W0289041

PATRICIA HEMPEL

VERLASSENE NESTER

ROMAN

TROPEN

Die Arbeit an dem vorliegenden Roman wurde mit einem Stipendium der Berliner Senatsverwaltung für Kultur und Gesellschaftlichen Zusammenhalt gefördert.

FSC
www.fsc.org
MIX
Papier | Fördert gute Waldnutzung
FSC® C014496

Tropen
www.tropen.de
© 2024 by J. G. Cotta'sche Buchhandlung Nachfolger GmbH,
gegr. 1659, Stuttgart
Alle Rechte vorbehalten
Cover: Favoritbuero, München unter Verwendung einer Abbildung
von © Bastian Kienitz/mauritius images/Alamy Stock Photos
Gesetzt von C.H.Beck.Media.Solutions, Nördlingen
Gedruckt und gebunden von GGP Media GmbH, Pößneck
ISBN 978-3-608-50223-7
E-Book ISBN 978-3-608-12364-7

Für meine Großmutter Marlis
(1934–2023)

TEIL 1

SCHWALBEN SIND GUTE MÜTTER

1

Die Ferienzeit fiel in die Einöde und mittendrin wurde ich dreizehn. Bei uns im Ort wohnten die meisten Menschen in den dreistöckigen Kasernen am Wasser, gegenüber vom stillgelegten Betonwerk.

Vom Ufer aus wirkte der Wohnkomplex wie ein klobiger Bergsturz. Er überrollte die Elbauen mit ihren versteckten Stränden und schnitt sich in die Landschaft wie die Schienen, die an ihm Richtung Kanalbrücke vorbeiliefen. Die sieben Häuser standen in einer Reihe wie Dominosteine und dazwischen wuchs nichts außer Schafgarbe. Im Sommer kämpften sich die weißen Köpfe durch die Gittersteine der Fabrik und eroberten sich die Brachen zurück.

Meine Generation scheiterte an dem Versuch, auf diesen Gittern Fußball zu spielen. Jeder gute Schuss prallte an den scharfen Lochsteinkanten ab und ging ins Auge. Deshalb verlegten die Spieler ihre Turniere so oft es ging auf die Wiese hinter den Kasernen, bis sie vom Hausmeister vertrieben wurden. Die Mütter wuschen Grasflecken aus den Trikots und liefen an den Wochenenden mit Plastiktüten die Ziegel ab, um aus der Schafgarbe Limonade zu kochen. Für die Jungs an den Bällen und für die

Mädchen, die sich auf dem Spielplatz nebenan langweilten oder Tierförmchen aus Plastik mit Sand befüllten.

Katja tat nichts von beidem. Wenn ihr danach war, schleppte sie Wasser in Farbeimern von der Anlegestelle der Ruderboote zum Spielplatz, wo sich die Mädchen jedes Mal um die Eimer stritten, sobald sie ankam. Eigentlich war es verboten, ohne Aufsicht die Elbpromenade zu überqueren und sich allein an der Uferlinie aufzuhalten, aber Katja sagte immer: »Wir sind doch keine Kinder mehr«, und trug gleich zwei Eimer auf einmal.

Auf dem Spielplatz gab es eine klare Ordnung: Der Sandkasten gehörte den Kuchenmädchen, und neben der Rutsche saßen die Vietnamesen auf ihren Picknickdecken und verkauften Zigaretten. Doch der beste Teil, eine riesige Betonröhre, gehörte Katja und ihrer besten Freundin Bine. In der Röhre spielten sie Familie. Katja war der Vater und Bine die Mutter, eins der Kuchenmädchen musste als Kind herhalten und wurde mit Cola bezahlt.

»Die Familie ist schon voll!«, schnauzte mich Bine an, als ich ein paar Wochen vor den Sommerferien zum ersten Mal fragte, ob ich mitspielen könne.

»Du kannst das Haustier sein, wenn du willst«, sagte Katja und schnalzte mit der Zunge, wie man es bei Pferden macht. »Katze oder Hund?«

Bine gefiel der Vorschlag gar nicht und sie schlüpfte in ihre Rolle: »Aber Liebling, ich will kein Haustier, die machen nur Dreck!«

Bevor ich mich entscheiden konnte, welches Haustier ich lieber sein wollte, nahm Katja ihren Gürtel und befestigte ihn an meinem Hosenbund: »So, und jetzt bei Fuß! Welche Hunderasse willst du sein?«

»Huskys sind cool!«, sagte ich, während mich Katja mit festem Griff in die Röhre zog.

»Okay, dann nennen wir dich Alaska.«

Die Wohnung im Inneren der Röhre war gemütlich. In der Mitte standen zwei Bierkästen, die als Küchentisch dienten, eine Schaumstoffmatratze war das Bett und eine Badetasche der Kühlschrank. Katja und Bine rückten den Tisch gerade und legten das Kind schlafen, das nicht mehr zu tun hatte, als an seiner Flasche Cola zu nuckeln.

»Alaska, ab in die Ecke!« Katja drückte mich gegen den Beton und klemmte meine Leine unter den Bierkasten, auf dem sie Platz nahm. »Liebling, was gibt es heute zu essen?«

»Heute gibt es Hühnerfrikassee.«

Bine zog zwei Puppenteller aus der Badetasche und verteilte Gummibärchen darauf. Ich bekam auch etwas von dem Frikassee, musste es aber auf allen vieren aus einer Sandform essen, die Bine aus der Bäckerei vor der Röhre geklaut hatte. Sie lachte und sagte: »Friss, du blöder Hund!«

Ich musste an den betretenen Gesichtsausdruck des Dackels meiner Tante Fuchs denken, der über Tage am Baum gekauert und erfolglos versucht hatte, sein Geschäft zu verrichten, nachdem ich ihm unter dem Gartentisch die Knochen meines Brathähnchens zu fressen gegeben hatte. Der Hund presste und presste. Die Schnauze bildete eine Linie mit seinem Schwanz, den er ausstreckte und der ihn noch länger aussehen ließ, als er ohnehin schon war. Er zitterte vor Anstrengung, und wenn nichts kam, schnüffelte er an der Stelle, wo eigentlich etwas hätte liegen sollen. Die Hühnerknochensplitter hatten sich so tief in seine Gedärme gebohrt, dass meine Tante das Tier irgendwann aufgab. Ich selbst saß in der Ecke und fühlte mich so unsichtbar wie die Hunde vor dem neuen Supermarkt, die an Eisenringen festgebunden auf ihre Besitzer warteten. Sie drückten ihren Bauch so flach es ging auf den Boden und hoben ihren Kopf nur, wenn sich die Automatiktüren zur Seite schoben.

Das Kuchenmädchen wurde unruhig und fing an, Katja zu nerven. Es wollte mit den anderen spielen, doch Katja entschied, dass das Kind sich zuerst waschen müsse. Das Badezimmer lag am Ende der Betonröhre. Katja befahl dem Mädchen, sich mit einer Gießkanne zu duschen, und wir konnten uns das Grinsen nicht verkneifen, als ihr der Zuckersand über den Kopf rieselte.

»Ich bin jetzt sauber!«, jammerte das Mädchen, und je mehr es unter dem Duschstrahl wimmerte, desto lauter mussten wir lachen.

»Okay, du kannst jetzt spielen gehen«, sagte Katja und gab Bine ein Zeichen, das Kind nach draußen zu bringen. Als wir allein waren, wandte sie sich an mich: »Alaska, was willst du machen? Draußen Stöckchen spielen oder gestreichelt werden?«

Der Gedanke, vor allen Kindern einem Stock hinterherrennen zu müssen, erfüllte mich mit Panik.

»Lieber streicheln.«

Sie sagte: »Na, dann komm her und mach Platz«, zog mich an der Leine zu sich und presste mein Gesicht auf ihren Schenkel. Langsam fuhr sie mit ihren Fingern durch mein Haar. Ich schloss die Augen und verlor mich in ihren Atemzügen. Die Luft in ihren Nasenflügeln erzeugte ein Säuseln, als würde sich Wind in einem zugigen Fenster verfangen. Einen Moment dachte ich, sie wäre so aufgeregt wie ich. Katjas Finger zeichneten immer schneller Spiralen in meinen Hinterkopf.

»Magst du das?«, flüsterte sie. »Feiner Hund. Ein ganz Feiner bist du.«

Ihre Hand war warm, und ich begann unter meinem Pullover zu schwitzen, als Bine mit einem Räuspern zurück in die Küche kam. »Was macht ihr denn – Kuschelstunde?«

Katja schob mich beiseite und grinste. »Bist du eifersüchtig?«

Vermutlich konnte mich Bine spätestens jetzt noch weniger leiden als vorher. »Hunde haben im Haus nichts zu suchen! Sie soll draußen vor der Tür aufpassen. In ihrer Hütte.«

Sie nahm meine Leine und zerrte mich vor den Eingang der Röhre. »Pass bloß auf!«, zischte sie und verschwand wieder in der Dunkelheit, in der Katja über irgendetwas laut lachte.

Die Fußballwiese war menschenleer und die Sonne hinter den Flachdächern der Kasernen längst abgetaucht. Der Abend lag kühl über der Wiese. In der Dämmerung glühten die Brachen zwischen den Häusern in diesem künstlichen Farbton, der im Sommer die nach Westen ausgerichteten Zimmer der Kasernen ausleuchtete. Manchmal lag ich reglos im Bett und stellte mir vor, wie das Nachbarhaus in Flammen stand und meine Fensterscheiben jeden Moment unter der Hitze zerbarsten. Mir fiel erst jetzt auf, wie mir das Rumsitzen in die Knochen gekrochen war.

»Ich muss nach Hause«, sagte ich zu Katja, die aus der Röhre trat und auf den Resten des Frikassees kaute.

Als ich ihr ihren Gürtel in die Hand drückte, sagte Bine: »Halt! Wir sind hier noch nicht fertig! Warst du denn heute schon Gassi?«

Für mich war das Spiel gelaufen, aber sie bestand darauf, dass ich mich wieder anleinte.

»Das geht schon, Bine«, fuhr Katja dazwischen, »sie kann ohne Leine laufen.«

Wir machten uns auf den Weg zur Hausnummer sieben, wo mein Vater und ich in der ersten Etage wohnten.

Vor der Haustür zeigte Bine auf die Platane: »Da kannst du hinmachen.«

»Was? Nein, ich muss aber nicht!«, entgegnete ich, obwohl ich schon die ganze Zeit über gemusst hatte.

Katja spielte mit dem Schultergurt der Badetasche und wanderte mit den Augen die Fenster über uns ab, weil Bine nicht lockerließ. »Tja, Pech. Dann spielst du ab morgen eben wieder alleine.«

»Komm, lass uns gehen.« Katja packte Bine am Ärmel.

»Was, wieso denn? Das sind doch deine Regeln!«

»Ja, aber …«

»Alaska, hierher!« Bine stellte sich vor dem Baumstamm auf und pfiff mich zu sich.

»Komm, Bine, lass gut sein!« Katja lief rückwärts in die Richtung, aus der wir gekommen waren.

Bine riss meine Hose bis zu den Knöcheln herunter und drückte mich neben sich auf den Boden.

»Rüden heben beim Pinkeln das Bein.«

Ich kauerte auf allen vieren und versuchte mit angehobenem Bein auf den abschüssigen Wurzeln das Gleichgewicht zu halten. Mein Körper zitterte so heftig, dass meine Arme immer wieder einknickten und mein Gewicht kaum halten konnten. Über mir kicherte Bine. Katja war am Ende der Straße stehengeblieben, umklammerte mit beiden Händen die Badetasche und starrte in unsere Richtung. An meinem Schenkel lief es warm hinunter, zwischen meinen Fingern sickerte es heiß gegen den Kantenstein. Die Erde war so hart, dass sich vor dem Rinnstein eine Pfütze sammelte, in die ich beim Aufstehen stolperte.

Bine betrachtete angewidert den Fleck auf dem Stoff meiner Shorts. »Du stinkst. Geh mal baden.«

Dann rannte sie hinter Katja her, die längst auf der anderen Straßenseite verschwunden war.

Zu Hause versteckte ich meine Sachen in der Schublade des Schreibtischs und sah vom Küchenfenster aus meinen Fußspuren von der Platane zur Haustür beim Trocknen zu.

2

An unserer Schule sahen die Mädchen meiner Klassenstufe in ihren bunten Nickis alle gleich aus, mit ihren straff nach unten gekämmten Haaren, die schnurgerade an den Wangen aufhörten, als hätte ihnen jemand beim Schneiden eine Salatschüssel übergestülpt. Die Älteren trugen Pferdeschwanz und Micky-Maus-Motive aus den neuen Katalogen. Katja war anders. Sie schnitt auf dem Pausenhof ihre Locken mit einer Bastelschere extra schief und wickelte bunte Halstücher zu Stirnbändern. Einzelne Strähnen filzte sie mit der Bürste aus ihrem Sportbeutel und verzierte sie mit den biegbaren Silberaufsätzen von Einwegfeuerzeugen. Die rechteckigen Metallteile klemmten sogar überall an ihrer Kleidung. Am Saum ihrer Fliegerjacke, am Schaft ihrer Schnürstiefel und sogar an den Reißverschlussseiten der runden Federtasche aus Leder, die wir alle hatten. Nur war Katjas mit Sprühfarbe bemalt. Sie spielte in den großen Pausen nicht Fangen oder Gummitwist wie die anderen, sondern versteckte sich hinter irgendeiner Hecke und rauchte Schmuggelzigaretten mit den Jungs aus der Zehnten.

Katja und Bine waren in der Nachbarklasse, und alle Mädchen hatten Angst vor ihnen. Sogar die Lehrer kuschten, wenn sie sich auf der einzigen Tischtennisplatte breitmachten und eins der verbotenen Taschenradios aufdrehten. Normalerweise nahmen sie die Geräte sofort an sich und räumten sie bis zur nächsten Elternversammlung ins Lehrerzimmer. Weil beide das Schuljahr wiederholen mussten, starteten wir zum ersten Mal gegeneinander beim Thälmann-Lauf, der die Ortsmitte jeden Sommer in eine Rennstrecke verwandelte. Das Rennen begann mit feierlichem Schulappell am zentralen Festplatz neben der St.-Nikolaus-Kirche, auf deren Hof Tante Fuchs und ich den verendeten Dackel im Schatten einer Rotbuche beerdigt hatten. Die Läufer schlängelten sich durch die Hauptstraße bergauf, vorbei am Schrauben-Hiller, an der Wäscherei Brunig und der Gaststätte Bandauer, bis die Tour am Schuttkontor außerhalb des Orts an der Stelle endete, wo die Kanalschiffer einfuhren. Insgesamt 4,2 Kilometer Schweiß, der auf den Filzdecken eines Massenpicknicks versiegte, an dem die Eltern früher nur teilgenommen hatten, um heimlich untereinander Westwaren auszutauschen, jedenfalls meinte das mein Vater. In diesem Jahr wurde das Fest vom Rohbau eines skandinavischen Bettenlagers überschattet, neben dem zum Ärger von Schrauben-Hiller ein Baumarkt mit angeschlossenem Gartencenter eröffnet hatte.

Katja gehörte immer zu den Besten. Sie lief direkt hinter mir, und ich lauschte, wie ihr Atem schwerer wurde. Ich rannte in ihrem Schattenwurf, der fast senkrecht auf meinem lag, und rechnete damit, jeden Moment von ihr überholt zu werden. Wurde ihr Keuchen leiser, ließ ich mich zurückfallen, bis sich ihre Silhouette wieder vor mir auf dem Asphalt abzeichnete. Ich hörte, wie ihre Sohlen die losen Kiesel wegtraten und ihr Schnaufen dumpfer wurde, wenn sie sich das Gesicht am Saum ihres T-Shirts abwischte. Es klang wie ein hastiger Spaziergang durch

Tiefschnee, bei dem sie immer wieder ein »Ha« ausstieß, wenn ihre Kräfte nachließen. Kurz nach der Zielgeraden umarmte nicht sie mich, sondern meine Klassenlehrerin und drückte mir einen Korb mit Mineralwasser in die Hand, um die Flaschen an diejenigen zu verteilen, die hinter mir eintrudelten. Als wir uns bei der Siegerehrung nebeneinander einfanden, um unsere Urkunden entgegenzunehmen, riss sie mir meine sofort aus der Hand und kreischte: »Zwei Sekunden? Du blöde Kuh!«, und ich war stolz. Zum ersten Mal war ich das Tagesgespräch der Schule, und Katja schien beeindruckt, dass ihr jemand das Wasser reichen konnte. Eine Woche später konnte ich in der Siegergalerie mein Bild bewundern, das genau neben ihrem aufgehängt wurde. Auf dem Porträt des Schulfotografen wirkte mein Überbiss noch schlimmer als in echt, doch beim stufenübergreifenden Zirkeltraining für die Kinder- und Jugendsportspiele spürte ich trotzdem vom anderen Ende der Turnhalle Katjas Blick im Rücken.

In der Umkleide zog sie sich immer dann aus, wenn ich gerade hinsah. Sie war die Einzige, die schon einen echten Büstenhalter tragen konnte. Über den Waschbecken vernebelte der Wasserdampf die Sicht, Katja vornübergebeugt mit einem Stück Seife in der Hand, Schaum unter den Achseln. Ich zählte jeden ihrer Wirbel und stützte mich an die beschlagenen Fliesen, um nicht auszurutschen. Trafen sich unsere Augen, schoss mir das Blut bis in die Haarspitzen. Ich versteckte mich so gut es ging hinter dem Stoff meines Waschlappens, aus Angst, Katja könnte sich an den Monaten stören, die unsere Körper voneinander trennten.

»Kein Wunder, dass deine Mutter abgehauen ist, Pilly! Hätte mein Kind so eine Pferdefresse, würde ich mich auch voll schämen!«

Marijan und Jonathan nutzten die Pausen, um mich zu ärgern,

weil sie sich vor unserer Klassenlehrerin Frau Leopold nicht trauten. Sie waren vom Sportplatz in meine Richtung gerannt, sobald sie mich entdeckt hatten. Ich stand allein vor der Sandgrube, die am Ende der Sprintbahn in den Boden eingelassen war. Die anderen Mädchen standen wie immer um Joseba herum, die auf der Tischtennisplatte voltigierte und auf den Knien »Die Fahne« demonstrierte. Ihr Bein reckte sich durchgedrückt nach hinten, den linken Arm streckte sie weit vor dem Gesicht aus. Sie hielt die Pose so lange, bis ihr Körper zu zittern begann und sie mit einem Salto auf beiden Füßen landete. Die Traube klatschte Beifall, als Joseba sich verbeugte und einer nach der anderen auf die Platte half, doch keine konnte die Figur so gut halten wie sie. Ich hielt nicht viel von Pferden und aus diesem Grund erst recht nichts von meinen Klassenkameradinnen mit ihren Wendy-Heften, aus denen sie sich gegenseitig vorlasen. Beides bereitete mir Unbehagen, die Tiere mit ihren klobigen Hufen und die Mitschülerinnen in ihren geputzten Reitstiefeln.

»Hast du deinem Vater heute Morgen schon eine Bierflasche geöffnet?« Jonathan tippte gegen seine Schneidezähne und balancierte einen Ball auf der Fußspitze.

»Die Beißer sind auch super für Konservendosen. Schließlich kocht Mutti nicht mehr«, setzte Marijan nach.

»Ihr seid so dumm, echt!« Ich lief in Richtung des Schulhauses und hoffte auf einen der Pausenlehrer.

»Na klar, schön feige zu den anderen Mädchen!« Marijan holte mich ein und baute sich vor mir auf. »Wie es aussieht, brauchen die sowieso ein echtes Pferd.«

Die Jungs lachten.

»Vielleicht können wir die Zähne gerade schießen.« Jonathan nahm Anlauf und bretterte mir den Fußball gegen das Kinn. Ich drehte mich weg und rechnete schon mit einem weiteren Schuss, als ich Katjas Stimme hörte.

»Sag mal, seid ihr total bescheuert?«

Sie kam mit einer Zigarette zwischen den Fingern aus dem Fliederbusch gestürzt. Bine schlurfte langsam hinter ihr her. Ich merkte, wie mir die Tränen kamen, und gab mir Mühe, nicht loszuheulen wie die Kuchenmädchen in ihrer Sandkiste.

Katja schoss Jonathans Fußball in hohem Bogen über die violetten Blüten. »Pilly gehört zu mir, ihr Vollidioten! Komm!«

Ihre Finger schnappten nach meinem Oberarm und zogen mich ins Gebüsch. Jonathan rief uns irgendetwas hinterher. Auf dem Boden lagen Kippenstummel verstreut, und die vertrockneten Fliederblüten standen so dicht, dass sich meine Augen an die Dunkelheit gewöhnen mussten. Bine beschwerte sich bei Katja, dass es nicht gut sei, wenn ich ihr Hauptversteck kennen würde, doch sie überhörte ihren Einwand.

»Zeig mal, wo er dich getroffen hat.« Katja musterte mein Gesicht. »Alles noch dran!«

Sie griff in der Innentasche ihrer Weste nach einer Zigarettenschachtel und hielt sie erst Bine hin, dann mir. Ich angelte nach einem der Filter und steckte ihn mir ungeschickt zwischen die Zähne. Die Spitze knisterte, als die Flamme sie erfasste, und ich musste sofort husten. Die Feuerzeugteilchen in Katjas Haar funkelten, als sie den Knoten ihres Stirnbands löste. Sie kippte Wasser aus ihrer Trinkflasche auf das Tuch und hielt es mir ans Kinn.

Bine verdrehte die Augen. Das Band roch nach Haarwäsche und einem Öl, das Katja in einem Fläschchen bei sich trug und in der Umkleide nach dem Sport immer mit dem Zeigefinger hinter die Ohren strich. Der Geruch erinnerte mich an Waldspaziergänge, an das Harz von Nadelbäumen, das einem an den Händen kleben bleibt. Ich konnte es sogar dann riechen, wenn Katja nicht in der Nähe war. Manchmal stieg mir ihr Duft beim Schlafengehen in die Nase und ich sah sie in ihrem schwarzen BH neben mir im Bett liegen. Doch vor allem dachte ich seit dem Nachmittag in der Röhre fast jede Nacht an ihre weiße Haut.

Nach der Schule bestand Katja auf einer Runde geklaute Limonade auf dem Spielplatz, um meine offizielle Aufnahme in die Familie zu feiern. Sie wollte einen kurzen Umweg über die Schienen zum neuen Supermarkt machen, Bine und ich sollten vorgehen und in unserer Küche auf sie warten. Ich konnte mir nichts Besseres vorstellen, als mich den Rest des Tages von Katja anleinen zu lassen, aber den Gedanken, mit Bine alleine in der Röhre bleiben zu müssen, ertrug ich nicht. Ich wollte mich lieber von einem Stück Kuchen im Garten von Frau Klinge trösten lassen, die mir nachmittags oft bei den Hausaufgaben half und früher die Lehrerin meines Vaters gewesen war, doch an Montagen hatte sie Waschtag. Sie stiefelte mit einem riesigen Kleidersack über der Schulter durch den Auenwald ins Nachbardorf, wo sie eine winzige Wohnung besaß, und kam erst am Abend zurück in ihre Laube.

»Dann aber morgen, ja?«, befahl Katja noch und umarmte mich zum Abschied so fest, dass Bine ihren Blick abwenden musste.

Ich schleppte mich durch das Treppenhaus. Nach jeder Stufe sausten meine Ohren, und ich spürte, dass mein Kinn angeschwollen war. Mein Vater war um diese Zeit längst im Bandauer beim Stammtisch und ich war erleichtert über die Leere, die mir aus der Wohnung entgegenschlug. Im Schlafzimmer angelte ich im Schrank nach einer der vergessenen Blusen meiner Mutter und vergrub mich in dem Stoff, bis er nass war. Ihr Geruch ähnelte dem Duft, den Lindenbäume in Sommernächten verströmen. Eine schwere Blüte, die in jedem Kleidungsstück hing, das sie zurückgelassen hatte. Die Fasern hatten ihr Gesicht gespeichert, das Puppenhafte daran. Ich umarmte die Blusen immer nur so kurz wie möglich, aus Angst, sie verlören sonst ihren Duft. Ein tiefer Atemzug genügte, um den Umriss meiner Mutter für einen Augenblick hinter mir zu sehen. Ich brauchte mich nur umzudrehen, und schon saß sie aufrecht auf der Matratze. Sie hielt mir die Decke hoch, damit ich zu ihr ins Bett schlüpfen konnte, den Kopf auf ihrer Brust, umschlungen von einem Nest aus Bettflanell. Am liebsten roch ich an ihren Händen, wenn sie nachmittags von der Arbeit kam, an den Flecken, die die feuchte Friedhofserde auf ihnen hinterließ. Ich konnte den Nektar der Blumengestecke riechen, das Harz der Kränze und die scharfe Politur, mit der meine Mutter das Moos von alten Grabsteinen schrubbte. Ihre Haut wurde im Sommer ganz dunkel, nur die Falten auf ihrem Nasenbein blieben weiß wie die Rillen auf einem Wetzstein. Dachte ich an ihren Mund, kam mir immer das stolze Lächeln von Katarina Witt nach ihrem Olympiagold in Kanada in den Sinn. Die glänzenden Haarspangen, in denen sich die Scheinwerfer spiegelten, und ihre eisweißen Zähne über der Folie des Siegersträußes.

»Das ist unsere Kati!«, hatte meine Mutter geschwärmt und mich vor dem Fernseher fest in den Arm genommen, als wäre ich selbst die Kür gelaufen. Die Witt sei eine der Wenigen, die das Land noch zusammenhielten.

Mein Vater sprang bei diesem Satz aus dem Sessel und polterte, dass meine Mutter von Zusammenhalt nichts verstand. Er trat ans Fenster und zog mit einem Ruck die Gardine zu. »Dir können die Fäden doch gar nicht schnell genug auseinanderlaufen.«

Ich verstand nicht, von welchem Zusammenhalt die Rede war und warum mein Vater sich nicht über die Frau auf dem Bildschirm freuen konnte, deren Gesicht dem meiner Mutter überraschend ähnlich sah. Später suchte ich am Fenster oft nach diesen Fäden, von denen mein Vater an diesem Tag gesprochen hatte. Ich strich mit den Händen die Gardine ab, aber ich konnte nichts finden, was in der Zwischenzeit auseinandergelaufen wäre.

Die Arbeit meiner Mutter war es, das Gedenken an diejenigen zu erhalten, die niemanden hatten, sich an sie zu erinnern. Keiner der Toten wirkte unter seinem Beet vergessen, denn sie wusste genau, welche Blumen zu pflanzen waren, um fehlende Besucher zu ersetzen. Jedes Jahr an ihrem Geburtstag schlich ich mich an die schattigste Stelle unseres Auenwäldchens, pflückte ihr das größte Farnblatt, das ich finden konnte, und steckte es zu Hause in eine Vase. Meine Mutter liebte Farn, weil er sie an exotische Regenwälder erinnerte und schon vor unserer Zeit auf unserem Planeten gewachsen war. Die Pflanze habe eine alte Seele, meinte sie. Außerdem fand sie es herzlich, dass sich seine Blätter bei Nacht zusammenrollten. Herzlich. Wie ein müder Mensch. Ich stellte die Vase auf mein Fensterbrett und zündete ein Teelicht an, doch das Blatt half mir nicht, meine Mutter in Erinnerung zu behalten. Das Gesicht von Katarina Witt wurde zu ihrem.

Ich brachte es nicht fertig, die Bluse in den Schrank zu räumen, sondern legte mich mit ihr auf die kahle Bettseite, die früher meiner Mutter gehört hatte. Der Stoff war mit gelben Blütenknospen bedruckt und legte sich kühl über die Schwellung an meinem Kinn. Sie hatte die Bluse im Sommer vor Olympia häufig getragen, zu der Zeit, als auch die Stimmen meiner Eltern lauter geworden waren. Sie hallten durch die Wohnung, mein Vater klirrte hinter verschlossener Küchentür mit den Flaschen und ließ sich stundenlang nicht blicken. An einem besonders schlimmen Schreitag traute ich mich nicht aus meinem Zimmer und beobachtete durch das Schlüsselloch, wie meine Mutter durch den Flur stampfte und ihre Reisetasche vollstopfte. Nach dem letzten Streit war sie erst Tage später wieder zurückgekehrt und hatte mir von den Stunden erzählt, die sie im Haus meiner Ostsee-Oma im Achterland verbracht hatte.

An diesem Schreitag schlich ich mich in den Hausflur und nahm die Treppe so leise es ging, setzte immer dann einen Fuß auf die Stufen, wenn der Absatz meiner Mutter gegen den Stein traf. Sie hastete über die Straße zum Transporter der Friedhofsgärtnerei und lud ihre Tasche auf die Ladefläche. Als sie mich am Hauseingang entdeckte, warf sie mir einen Kuss zu: »Pillchen, geh zum Platz, spielen. Ich bin am Wochenende wieder da!«

»Darf ich mitfahren? Ich will mitfahren!«, rief ich, doch sie schmiss einfach die Fahrertür zu und startete den Motor. Unter den Reifen knirschten die Schlackesteine, als sie den Wagen aus der Parklücke manövrierte. Ich lief in die Mitte der Fahrbahn und beobachtete, wie das Auto immer mehr zu einem weißen Punkt wurde, bis die Baumkronen ihn verschluckten.

Hinter den Kasernen hatte jemand einen Treffer gelandet. Gebrüll legte sich über die Flachdächer, und ich bildete mir ein, deutlich Katjas Stimme zu hören, die den Torschützen bejubelte. Die Zuschauer klatschten und das schleppende Echo trieb mich aus dem Bett. Ich zog die Bluse über den Bügel und hängte sie zurück in den Schrank.

Ein weiteres Tor fiel, als ich den Fußballplatz erreichte, doch ich konnte in der Menge weder Katja noch Bine ausmachen. Ich schwang mich auf mein Fahrrad und fuhr den Weg hoch ins Zentrum. Vor dem Schrauben-Hiller wartete der zerzauste Hund der alten Karauschek, in der Wäscherei Brunig surrten die Walzen der Wäschemangeln. Ich stand in den Pedalen und kroch die Straße bergauf. Mein Schatten lag neben mir, immer eine Radlänge langsamer als ich, und konnte mich nicht einholen. Er versank in den Schlaglöchern, zerriss sich an den Laternenmasten und verschwand ganz, als ich die haushohen Dünen der Sandgrube am Schuttkontor erreichte. Von hier aus wirkte die Werkruine winzig. Wie ausgehöhlte Zähne ragten die Hallen bis zum Betonsteg, auf dem sich die Fischer mit ihren langen Ruten wie bunte Nadelköpfe aneinanderreihten. Über den rostigen Lastenkränen zogen die Möwen ihre Kreise und schossen kreischend im Pulk Richtung Wasser, wenn jemand die Schnur einholte. Ich legte mich in den Sand und schloss die Augen. Die Schuttkähne rieben sich an den Algenbetten der Kaimauern, ihre Fender schlugen im Takt der Strömung immer wieder gegen den Stein, und das gleichmäßige Rauschen der Schnellstraße klang wie die Brandung des Meeres am Zempiner Strand. Es erinnerte mich an den Mund meiner Mutter, fettig von den Aalbrötchen meiner Ostsee-Oma.

3

»Martin sah heute in der Kaufhalle schlecht aus. Hat eine Kiste Bier gekauft und zwei Pfeffi für den Weg, sonst nichts.«

Katharina Fuchs mochte es nicht, wenn Eli schlecht über ihre Familie sprach, und dabei machte es keinen Unterschied, dass Martin nur angeheiratet war. Vor allem ärgerte es sie, wenn ihre Freundin recht behielt, was bei Schwager Martin in den vergangenen Jahren leider meistens der Fall war.

Sie griff im Bottich nach einer der Barben und warf sie auf das Brett vor sich. Der erdfarbene Fischleib passte gerade so zwischen die gespreizten Finger, und seine Schuppen bedeckten schon nach Sekunden die Arbeitsplatte der Imbissküche wie Kunstschnee. Mit jeder Handbewegung versuchte Katharina, das Bild ihres Schwagers vor dem Schnapsregal aus ihrem Kopf zu kratzen. Der Hobel glitt leicht über die Barbenhaut. Sie mochte den Moment besonders, wenn das von seinen Schuppen befreite Tier in ihrer Hand schimmerte wie feuchter Flussstein. Wenn sein Körper noch intakt war, bevor sie mit der Schere die Flossen kappte und mit dem Messer den fahlen Bauch von hinten nach vorne bis zu den Kiemen öffnete. Hatte sie das Gekröse entfernt, ließ der Fisch los und fiel in sich zusammen. Katharina hatte sich oft gefragt, wie es Martin gelungen war, sich einen Platz in ihrer Sippe zu ergattern, mit diesem Vorarbeiterrücken und den Blähwangen. Dass ihre Schwester bei Männern noch nie ein gutes Händchen gehabt hatte, war ein ausgetretener Pfad, doch mit einem wie Martin hätte Katharina nie im Leben gerechnet. Nachts lag sie häufig neben ihren Sorgen und dachte an ihre Nichte, die mit einem betrunkenen Vater und einer fehlenden Mutter zurechtkommen musste. Früher hatten die Männer vom Stammtisch sie davon abgehalten, bei der Jugendhilfe vorzusprechen, und ihr auf den Treffen im Bandauer gut zugeredet. Doch die Phasen, in denen Martin nicht trank, hatten gezeigt, welche Art von Vater er ohne ihre Schwester hätte werden können. Sie versenkte die Hobelklinge in der nächsten Barbe.

Eine Handvoll dieser Fische verirrte sich im Sommer auf der Suche nach einer Laichgrube immer in Elis Fangreusen, aber dieses Jahr waren es besonders viele. Die drei Räucheröfen mit ihren Schornsteinen im Imbiss »Zum Hexengarten« qualmten sogar bei Nacht, obwohl Eli die ungenießbaren Tiere voller Rogen aussortierte und genug Männchen wieder freiließ.

»Dem Martin bekommt das alles nicht, der hat keinen Boden mehr. Machst du dir denn gar keine Sorgen um unsere Pilly?«, fragte Eli und richtete den Gartenschlauch auf die Fensterscheibe über der Filetierplatte. Von außen hatten Spinnen die Sicht in Weben gehüllt, innen hafteten die Schuppen wie Raureif am Glas.

Katharina hatte sich angewöhnt, unbequeme Fragen mit mindestens zwei Gegenfragen zu beantworten, und erwiderte: »Wenn unser Wasser so schmutzig wäre, wie die behaupten, dann würden sich diese riesigen Barben hier doch gar nicht erst breitmachen, oder? Passen die überhaupt in die Öfen?«

Sie wusste, dass Eli auf ihre Gegenfragen grundsätzlich nicht antwortete und ihr die Unart nur durchgehen ließ, weil sie insgeheim genau wusste, dass kein Tag verging, an dem sie nicht darüber nachdachte, wie sie den Abgang von Waltraut ausgleichen konnte. Für Martin, dem die Schnäpse zu Kopf stiegen, seit der Westen Frau und Arbeit geschluckt hatte, und für Pilly, die sich bei ihren Besuchen ausschließlich für die alten Fotoalben begeisterte, anstatt im Garten zu spielen wie jedes normale Kind in ihrem Alter. Katharina hatte sogar ein Trampolin aufgebaut, doch ihre Nichte hatte nur Augen für die alten Aufnahmen ihrer Mutter im Ruderboot, im Hemd vor dem Pionierfeuer, zwischen Möwen auf der Seebrücke bei den Großeltern und im beigen Hochzeitszweiteiler vor den Stufen des Rathauses. Die Fragen nach ihrer Mutter, die Pilly Katharina immer wieder aufs Neue stellte, trafen ebenfalls auf doppelt so viele Gegenfragen. Das Kind hätte, gleich nachdem Waltraut ihre Familie verlassen hatte, zu ihnen in den Hexengarten ziehen sollen, doch Martin wollte selbst an den schlechtesten Tagen davon nichts hören.

Als Katharina die letzte Barbe ausgenommen und zum Ziehen in den Lakeneimer geworfen hatte, ging es an den Fang vom Vortag. Er war perfekt durchgezogen und bereit für den Ofen. Eli reichte Katharina die Fische einzeln. Sie durchstieß die Unterkiefer mit Haken und öffnete die Luke. Das Geheimnis von Elis berüchtigtem Räucherfisch lag in der Marinade und dem richtigen Holz. Das ausgenommene Tier kam für einen halben Tag in Sole und nach dem Entschuppen für eine ganze Nacht in einen Sud aus Zwiebel, Lorbeer und Rosmarin aus dem Garten. Erst ohne Rauch bei sechzig Grad, dann zwei Stunden bei mehr Hitze über Buche und etwas Obstbaummehl. Hinterher kamen die Filets zum Abhängen auf Rundhaken und das verkaufsfertige

Räuchergut der Reihe nach in die Dielenkammer an dünne Waschseile. Kein Fisch war besser in der Gegend. Früher standen die Leute im »Hexengarten« Schlange und drängten sich mit ihren Kühltaschen bis an den Steg. An Feiertagen kreuzten die ersten Kunden bereits auf, wenn Eli früh am Morgen von der ersten Tour zurückkam. Gemeinsam trug man die Fangeimer in die Räucherei, und wer besonders fleißig mithalf, bekam von Katharina ein Fischbrötchen umsonst. Neuerdings legte niemand mehr mit Hand an. Nachdem Gutachter aus dem Westen die Wasserqualität in Elis Angelbucht als »ausreichend bedenklich« eingestuft hatten und mit dem Verbraucherschutz drohten, blieb die Verkaufslade auch zur Hauptsaison geschlossen. Im Auftrag des Umweltbundesamtes gab es regelmäßige Stichproben am Steg, und das verhängte Verkaufsverbot hatte sich schneller herumgesprochen, als die Öfen sich befüllten. Alle Vierteljahre betrat jemand mit Klemmbrett unbefugt das Grundstück. Eli war sich sicher, dass den Eindringlingen das Elbwasser schnurzegal war und es nur darum ging, kleine Betriebe wie ihren kaputtzumachen. Fisch für alle gab es jetzt im neuen Supermarkt, aus Ländern, die in Katharinas Schulatlas aus guten Gründen gar nicht erst erwähnt wurden. Gefälligst kaufen sollten die Leute, das füllte die Staatskasse schneller als Rotbarsch und Neujahrskarpfen aus irgendeiner Kanalbude.

Frischen Elbfisch gab es noch immer, auch das Brötchen zum Mitnehmen, allerdings nur unter der Ladentheke. Diejenigen, die trotz Verkaufsverbot kamen, waren die festen Leute. Sie brauchten keine neuen Kaufhallen und schon gar nicht eine neue Zeit. Bei Sonnenaufgang die Reusen abrudern, den Fang einholen, ausnehmen, einlegen. Hölzer spalten, Haken setzen und am Abend im Garten mit einem Hasseröder auf volle Mägen anstoßen. Der frische Wind, den sich die meisten gewünscht hatten, konnte zwar die Laufkundschaft vertreiben, aber gegen die wirklich festen Menschen im Ort konnte er nichts ausrichten.

»Schlimmer wie die Stasi«, flüsterte Katharina mit Blick aus dem Fenster und hängte den letzten Fisch in den Rauch. Seit Tagen liefen Männer in dunkelgrünen Overalls mit Tachymetern das Gelände um den Hexengarten ab und markierten verschiedene Bäume mit hellroter Sprühfarbe.

»Tja. Jetzt ist das Grünflächenkommando auch bei uns angekommen. Drüben beim Holz-Giesecke haben sie gerade mal drei Bäume stehenlassen«, sagte Eli.

Es klopfte an der Tür. Zweimal lang, dreimal kurz, einmal lang. Genosse Bergmann kannte das Klopfzeichen, das die Hintertür der Fischbude öffnete, ob eingeladen oder nicht. Wer sich verklopfte oder die Reihenfolge nicht einhielt, blieb draußen.

»Dir schlackert ja schon die Uniform! Das müssen wir ändern! Komm schnell rein!« Eli ließ Bergmann eintreten und winkte einem Mann zu, der die Trauerweide neben dem Anlegesteg besprühte.

»Der Duft von besseren Zeiten«, sagte Bergmann und begutachtete die Öfen am hinteren Ende der Bude. »Was habt ihr denn Schönes für mich?«

Katharina schwärmte von den Barben. Viele Gräten, aber im Geschmack mal etwas anderes. In der Essnische war alles für den hohen Besuch vorbereitet, die Trapo hat man schließlich selten im Haus. Mischbrotecken mit Rauchpastete, Russische Eier und eingelegte Vorgebirgstrauben aus den eigenen Beeten vor dem Haus.

»Das nenne ich eine Gurke!« Bergmann kaute. »Den Mist aus

Holland kann man ja nicht essen. Ich verstehe nicht, warum sie den Dreck von drüben jetzt hierher karren.«

Bergmann glaubte noch immer an die Souveränität seines Landes und wurde nie müde, Katharina im Hexengarten oder beim Stammtisch im Bandauer zu erklären, dass nicht die Bürger eingeknickt waren, sondern der Pleiterusse mit seinem Übermut. Nicht der deutschdemokratische Sozialismus hätte versagt, sondern seine Beschützer, die ihn hätten verteidigen müssen. Allen voran Eberlein und Böhme. Keiner der Konsorten hätte in seinen Augen einen Orden verdient.

»Gute Politik verrät sich nicht und gibt nicht nach, das war doch immer so!«, fügte Bergmann hinzu und stellte in den Raum, dass das letzte Wort längst nicht gesprochen war.

Obwohl Eli nach seinen Besuchen über Bergmanns Stiefelhosen herzog, fand Katharina es bewundernswert, dass es noch Leute wie ihn gab, die ihre Uniform mit der Kleiderbürste polierten und auf neue Einsätze vorbereiteten. Die an einen Tag glaubten, an dem ihre Abzeichen wieder etwas zählen würden. Selbst ihr war aufgefallen, dass im Ort die Euphorie vom Anfang längst verflogen war. Sie konnte spüren, wie es in den Leuten brodelte und sich etwas unter jedem Stein zusammenbraute, das bald an die Oberfläche treten und sich mit äußerster Kraft entladen würde.

Bergmann sammelte mit dem Zeigefinger die Brotkrümel vom Teller und holte weiter aus: »Die Demos vor drei Jahren haben doch gezeigt, dass dieses Land viel mehr als nur Rückgrat hatte. Der Westen kann Wettbewerb und Wohlstand auf Kosten anderer, aber Zusammenhalt und Gemeinschaftssinn – den kann er nicht!«

Bergmann zählte die Monate, bis auch der letzte Bürger einsehen musste, dass freier Wille, Verfügbarkeit und Überfluss kein guter Tausch gewesen waren. Kein Wagen und kein Hotel in Italien könne länger darüber hinwegtäuschen, dass dieses neue Leben in keinem Verhältnis zu den ideellen Errungenschaften einer gesunden sozialistischen Ordnung stehe. Sei der Urlaub vorbei, stünde man trotzdem vor dem Scherbenhaufen einer gescheiterten und fremdbestimmten Existenz. *Für unser Land!*, lautete die Devise und nicht: *Für deren Land!* Das wussten schon Silly, der Heym und die Wolf, als man noch echten Spielraum gehabt hatte.

»Niemand weiß mehr, was einem tatsächlich noch gehört«, murmelte Bergmann mit Blick auf das Grünflächenkommando am Ufer vor der Bude. »Die ziehen euer Grundstück neu, säbeln die Bäume ab, und keiner weiß, wozu.«

Katharina nickte nach jeder Parole, die Bergmann über seinem Teller einfiel, und beobachtete Eli, die besonders bei den Worten »Italien« und »Rückgrat« zusammengezuckt war. *Deren Land* war längst zu Elis geworden, und es hatte deswegen nicht nur einmal Streit zwischen ihnen gegeben. Jeder gefällte Baum erhöhte das Verkaufspotenzial. Ein Wort, das vor allem von den Nachbarn in den Mund genommen wurde, die keinen Fisch mehr bei ihnen kauften.

»Dass einen die Wende um den eigenen Garten bringt, hätte man nicht gedacht, oder Eli?«, sagte Katharina.

»Jetzt hört aber auf zu meckern! Möchte jemand einen Fischergeist?« Auch Eli hatte sich angewöhnt, Katharinas Fragen mit Gegenfragen zu beantworten. »Gegen alles ist ein Korn gewachsen, nicht wahr?«

»Westplörre«, grunzte Bergmann.

»Schmeckt aber«, erwiderte Eli und wanderte mit einem Streichholz die winzigen Tonkrüge ab. Die Flammen züngelten bläulich über die Becherränder. Jeder hielt seine Löschpfanne bereit und las den auf ihrem Boden aufgedruckten Spruch laut genug vor, um die einsetzende Kettensäge zu übertönen:

Krug um Krug gut aufgefüllt,
Vom Flammenspiel umhüllt,
Lasst uns nun die Becher heben,
Fischergeist,
Lang soll er leben!

4

Frau Klinge war eine Wetteruhr. Wenn sie vor dem Tor ihres Gartens geputzte Nistkästen und Vogelhäuser zum Trocknen aufreihte, wusste jeder, der daran vorbeikam, dass der Frühling jeden Augenblick hereinbrechen würde. Sie konnte Schneefälle, Stürme und Hitzewellen so genau voraussagen, dass die Leute im Ort lieber sie fragten, als sich die Vorhersage im Fernsehen anzuschauen. Einmal hatte sie in den wolkenlosen Himmel gestarrt und gesagt: »Da kommt noch was.« Keine drei Stunden später setzte ein Platzregen ein, der den Kanal über sein Ufer treten ließ und die Elbpromenade bis zur Hauptstraße überschwemmte. Es gebe viele Wege, das Wetter zu bestimmen, hatte mir Frau Klinge an einem unserer Kuchennachmittage vor ihrer senfgelben Laube verraten. Wenn man weiß, aus welcher Richtung eine Wetterfront kommt, zeigt die Farbe des Horizonts beim Auf- und Untergang der Sonne an, ob man seinen Badetag besser verschiebt. Änderte sich der Luftdruck, kitzelte es ihr in den Knochen, und ob sich Schnee ankündigte, konnte sie am Umfang ihres Winterzehs ablesen, doch am zuverlässigsten waren die Vögel, wenn es darum ging, ein Ereignis vorauszusagen. Die Flughöhe der Mehlschwalbe verriet ein Sommergewitter, lange bevor es zuschlug, oder man lauschte tief in die Baumkronen hinein, ob eine Amsel einen Regenruf von sich gab. Je öfter ein Vogel den Meisenknödel anfliegt, desto wahrscheinlicher wird eine Regenjacke, erklärte sie mir.

An diesem Tag waren die Stare und Finken zwischen den Ästen umhergesprungen und interessierten sich weder für die Knödel noch für den Prasselkuchen auf unseren Tellern. Frau Klinge schnippte eine Fruchtfliege vom Tisch und sagte: »Wenn die Käfer nicht kuscheln kommen, kann man die Dachfenster offen lassen.«

Sie schob mir ein Etikett zu und ließ mich das Wort Zucchini buchstabieren. Wie immer vergaß ich das zweite C, wie bei Borretsch das zweite R, und ich durfte meinen Schönschreibfüller erst ansetzen, als es mir einfiel. Neben dem Gartentor stand ein langer Tapeziertisch, auf dem die Bewohner der Kaserne gebundene Blumensträuße, selbstgekochte Marmelade, Gemüse, Obst und braune Eier aus dem Hühnergehege kaufen konnten, das am Ende von Frau Klinges Parzelle stand. Jeden Abend zählte sie die Münzen in der Einmachglaskasse, und wenn die Hennen nicht auf der Wiese, sondern im schattigen Hühnerhaus legten, spannte sie zwei Schirme über die nach Größe sortierten Stapel. Ich hatte ein eigenes Glas mit Münzen, das im Küchenregal der Laube stand. Pro beschriftetes Etikett oder Preisschild bekam ich zehn Pfennige. Für Unkrautjäten sogar eine Mark. In jedem Winkel von Frau Klinges Garten wuchsen Schnittblumen und Kräuter. Sobald die Eisheiligen vorbei waren, reckten sie sich aus alten Milchkannen, Kochtöpfen und Obstkisten. Bunte Stauden überwucherten angemalte Autoreifen, und über dem schrägen Vordach der Laube rankte wilder Hopfen wie ein bestickter Brautschleier. Jedes Jahr war ich überrascht, wie viele Früchte die knorrigen Bäume aushielten und dass die Kürbisse bis in die Baumkronen wuchsen. Im Herbst hingen sie wie Girlanden zwischen den Ästen und Frau Klinge musste sich für ihre Ernte die Schiebeleiter der freiwilligen Feuerwehr leihen.

Obwohl das Einmachglas immer voll war und Frau Klinge manchmal schon vormittags Gemüse nachlegen musste, hatten die Bewohner der Kaserne viele Namen für sie: Laubenschrulle, Krähe, Eierliesel oder Wetterkröte. Ich verstand nie, warum sich die Leute so gemeine Dinge ausdachten. Vielleicht lag es an der Größe von Frau Klinges Garten, der hinter der Fußballwiese am äußersten Rand der Kolonie lag. Er war mindestens doppelt so lang und viel breiter als die verwahrlosten Parzellen, die die Vertragsarbeiter der Betonfabrik besetzt hatten. Auf einer Seite reihten sich die Birken unseres Auenwäldchens, auf der anderen liefen die Schienen der ehemaligen Werksbahn. Im Frühsommer war das Gleisbett von Klatschmohn und hüfthohen Gräsern überwuchert, und wenn man leise genug war, konnte man das Brummen der Insekten bis ins Innere der Laube hören. Herr Bandau war der Meinung, dass Frau Klinge in ihren Wickelblusen vom Fidschimarkt völlig durchgedreht aussah: So was kann man im Urlaub tragen, aber nicht beim Einkaufen! Und unser Schuster Herr Küstrin, der jeden Sommer auf der Elbpromenade die Eichhörnchen am Haseleck fütterte, drückte mir im Vorbeigehen eine Fanta in die Hand und flüsterte: »Aber nicht der ollen Klinge sagen. Die kommt auf ihrem Besen und gibt mir die Sporen.«

»Aber du bist doch gar kein Pferd, Herr Küstrin«, sagte ich lachend und trank die Flasche fast in einem Zug aus.

»Die alte Hexe sorgt schon dafür, dass ich dann eins werde.«

»Glaubst du, sie ist eine Hexe?«, fragte ich.

»Ja! Das sieht man schon an ihren Schuhen.«

Ich hatte Frau Klinge noch nie in etwas anderem als Gummistiefeln gesehen. Außer meinem Vater und mir schien jeder im Ort sie seltsam zu finden. Sogar Katja. Wir hatten kurz nach Ferienbeginn in der Röhre am Küchentisch gesessen, als sie Bine und mir erzählte, wie sie Frau Klinge einmal mitten in der Nacht in den Auenwald habe schleichen sehen. Sie schleppte einen riesigen Sack hinter sich her, der so schwer war, dass sie ihn mit beiden Händen greifen und rückwärtslaufen musste. Der Vollmond schien in dieser Nacht so hell, dass Katja erkennen konnte, wie sich etwas in dem Stoff bewegte, und danach habe sie Frau Klinge zwei Tage lang nicht gesehen.

»Da war bestimmt ein Kind drin!«

Ich schüttelte den Kopf. »Vielleicht war das nur ihr Wäschesack?«

Katja biss sich auf die Unterlippe und Bine tippte mit ihrem Zeigefinger gegen meine Stirn.

»Mensch, Pilly, ey! Selbst der Pudel meiner Oma stellt bessere Fragen.«

Bine glaubte sowieso alles, was Katja sagte. Dabei wusste sogar ich, dass Katja Lügen so schnell erfinden konnte, wie sie Limonade trank.

»Wollen wir Kassetten hören?«, lenkte ich ab.

»Richtige Frage!«, sagte Bine und sprang auf die Matratze neben dem Rekorder.

Katja zog mich an meiner Leine zu sich und strich mir über den Kopf. Sie hielt meine Wangen zwischen ihren Handflächen und flüsterte mir ins Ohr: »Da war kein Kind im Sack, sondern irgendwas, das flattert. Vielleicht ein paar ihrer alten Hühner, die keine Eier legen wollten.«

Mir war egal, was Katja über Frau Klinge dachte, ich trat doppelt so schnell in die Pedale, sobald in der Ferne die ersten Hecken der Gartenkolonie auftauchten. Oft lag ich reglos auf ihrem muffigen Laubensofa und streifte die Kasernen von mir ab. Ich hörte den Grillen im Gleisbett zu, lauschte den Runden der Stubenfliegen, und wenn sich Frau Klinge an ihre Staffelei setzte, verfolgte ich mit geschlossenen Augen das Kratzen der Pinselborsten auf der Leinwand und versuchte, mir die Bilder vorzustellen. Ich war mir sicher, an der Art der Kratzgeräusche die Motive erkennen zu können, und obwohl ich sie immer genau vor Augen hatte, sahen sie in echt jedes Mal ganz anders aus. Meistens malte sie Dinge, die sich im Garten anfanden. Die honigfarbenen Köpfe des Sonnenhuts oder die roten Blüten des Klatschmohns, die beim Pflücken sofort zerfielen. Sie malte die an ihren Garten grenzende Birkenreihe des Auenwalds oder Stillleben ihres Gemüses auf dem Tapeziertisch. Ganz selten pinselte sie unheimliche Landschaften auf die Leinwand, die schattig wirkten. Sie waren nicht bunt, sondern trugen die Farben des Federkleids der Elstern, die den Pflaumenbaum neben der Laube bewohnten.

Frau Klinge holte das Einmachglas vom Tapeziertisch und fing an, die Münzen vor sich in Türmchen zu stapeln. Zwei davon schob sie mir zu, obwohl ich weder gejätet noch annähernd genügend Schilder beschriftet hatte.

»Du kannst ein drittes in dein Glas tun, wenn du mir sagst, wie man Chrysantheme richtig schreibt.« Sie wies auf vier violette Sträuße, die neben mir auf dem Boden in den gleichen Metalldosen standen, in denen sie ihre Malpinsel in Terpentin einweichte.

»Das ist unfair. Das Wort habe ich noch nie geschrieben.«

Frau Klinge lachte und sagte, dass das Leben noch öfter unfair sein würde, und am liebsten hätte ich meine Mutter gefragt, die mit Sicherheit wusste, wie man jede Blume richtig buchstabierte. Natürlich erriet ich das C am Anfang nicht und schon gar nicht das H nach dem T, doch seit ich die Etiketten für ihren Verkaufstisch schrieb, war ich in Diktaten besser als vorher. Frau Klinge hatte meinem Vater das Angebot gemacht, mir nach der Schule mit den Hausaufgaben zu helfen, als ich ihn im ersten Frühling ohne meine Mutter auf dem Gleisbett neben der Kolonie nicht wach bekam. Er hatte sich noch vor dem Stammtisch im Bandauer vor den Prellbock gelegt und war eingeschlafen. Über seinem Kopf baumelte eine lose Mastleitung, und ich hatte Angst vor einem Stromschlag, als sie mich bei dem Versuch, ihn von den Schienen zu ziehen, mit jeder Windböe knapp berührte. In der Familie meines Vaters war Elektrizität ein Sargmacher. Seinem Opa war beim Baden das Radio in die Wanne gerutscht, und sein Vater hatte meine Großmutter zur Witwe gemacht, als er im Bergwerk an ein Starkstromkabel kam. Auf einem der alten Fotos stand sie mit Trauerhut vor seinem Grabstein und trug meinen Vater auf dem Arm. Sie selbst erzählte mir immer wieder die Geschichte vom Kugelblitz, der im Haus ihrer Kindheit eingeschlagen hatte. Wie er plötzlich durch das Fenster gekommen war, über ihren Kopf hinwegsauste und in der gegenüberliegenden Wand ein glühendes Loch hinterlassen hatte. Das war knapp gewesen, hatte sie gesagt, doch mein Vater meinte, dass es in Wirklichkeit keine Kugelblitze gibt. Meine Gewitter-Oma musste eine Vorahnung gehabt haben, denn sie verweigerte beinahe alle Geräte im Haushalt, die mit Strom betrieben wurden. Sie kochte auf einer Küchenhexe und schlug Sahne mit dem Schneebesen steif. Ihre Wäsche brachte sie zu Brunig in die Wäscherei und jeden

Sonnabend klopfte sie ihre Läufer an der Teppichstange im Hinterhof aus. Sobald ein Unwetter aufkam, zog sie den Stecker des Fernsehers, und in ihrer Blusentasche trug sie immer ein Stück Buche, damit sie am Lichtschalter keine gewischt bekam. Bei Unwetter Buchen suchen, vor Eichen weichen, Eiben und Weiden meiden. Sie ließ mich den Spruch für den Ernstfall ständig aufsagen. Als sie mit Kammerflimmern in die Klinik eingeliefert wurde, hätte man den Ärzten sagen sollen, dass die Stromstöße, die ihr durch die Brust gejagt wurden, keine gute Maßnahme waren. Sie brachten ihr Herz sofort zum Stehen. Auf den Beerdigungsfotos standen mein Vater und ich vor einer Reihe Birken neben den Kränzen, die meine Mutter gebunden hatte. Birken wirken.

»Das Kabel tut dir nichts! Siehst du?« Frau Klinge war über den Jägerzaun ihres Gartens geklettert und hatte die Leitung mit bloßer Hand vom Mast gerissen. Mein Vater wurde erst richtig wach, als wir in ihrer Laube vor einer Tasse Brühe saßen.

»Ich kriege die Nachtschichten nicht aus mir raus. Und zack, weg bin ich!« Seine Stimme klang rau und roch nach Bier. Er machte sich auf dem Laubensofa so klein wie möglich, was vermutlich daran lag, dass er Frau Klinge noch immer als seine Lehrerin sah.

»Morgen mache ich uns Frühstück. Dann kannst du mal richtig ausschlafen«, sagte ich und umklammerte seinen Oberarm. Mein Vater gab mir einen Kuss auf den Scheitel, und ich war glücklich, dass ihn der Strom verschont hatte. Der Plattenteller drehte sich und Frau Klinge summte einen Schlager mit. Es ging um Geheimnisse, die man nicht verraten sollte, weil sie den Abschied bringen.

»Hast du eigentlich keine Kinder?« Ich legte den Füller beiseite und bewunderte den Bauch einer 5, der mir auf dem Preisschild für die Chrysanthemen besonders gut gelungen war. Außer einem dreibeinigen Schienenkater mit versengten Schnurrhaaren, den ich Drosselbart getauft hatte, gab es niemanden, der Frau Klinge im Garten besuchte. Frau Klinge überlegte und steckte sich ihre Haarnadeln um. Das tat sie immer, wenn es um die Leute im Ort ging oder ihr eine Sache unangenehm war. Einmal, als ich ihr erzählte, wie mein Vater nach einem Streit mit meiner Ostsee-Oma unser Telefon aus dem Fenster geworfen hatte, zog sie mit einem Griff vier Nadeln auf einmal aus ihrem Haarnest.

»Ja und nein«, zischte sie, den Mund voller Nadeln.

»Das verstehe ich nicht. Entweder man hat ein Kind oder man hat keins!«

»Ein Sohn«, Frau Klinge schnaufte und harkte mit den Nadeln durch ihre Strähnen wie in einem ihrer Beete. »Hat die gleichen Haare wie du. Ganz rostig.«

»Und warum kommt er dich nie besuchen?«

Sie zeigte in Richtung eines der Pflaumenbäume. Im letzten Frühjahr hätte dort wie immer eine Elster gebrütet. Zwei Küken flogen von selbst weg, das dritte hatte die Mutter aus dem Nest geworfen. Es stolperte tagelang um den Baum herum, bis Drosselbart es aufspürte und vor der Laube zerkaute. Nur den Kopf ließ er übrig und legte ihn Frau Klinge als Geschenk auf den Fußabtreter. Viele Singvögel würden so aussortieren, erklärte sie mir, und wir Menschen machten das genauso.

»Also hast du deinen Sohn aus dem Nest geworfen?«

Frau Klinge lachte. »Nein, der ist von selbst gesprungen.«

Ich dachte an die Brücke, die neben dem Ort über die Schnellstraße führte, aber traute mich nicht zu fragen, ob ihr Sohn wirklich von irgendwo heruntergesprungen war. Ihre Frisur war wieder ordentlich vernadelt, und weil sich die Schwalben schräg vom Dachüberstand Richtung Tischplatte stürzten, war es wichtig, so schnell wie möglich den Tapeziertisch wetterfest zu machen.

5

Das feindliche Grünflächenkommando brauchte nur drei Tage, um den Hexengarten vollständig einzukesseln, und weitere sieben, um alle Bäume und Büsche von der Uferlinie bis an die Grundstücksgrenze zu fällen oder samt ihrer Wurzeln aus dem Boden zu reißen. Katharina wachte mit Magenschmerzen zwischen den Bohnenspalieren und hielt ihr Fernglas auf Eli. Sie saß in ihrem Boot vor einer Landzunge des Stichkanals und flickte mit der Netznadel die Reusen, die der Überlebenswille der Barben zerfetzt hatte. Die trägen Grundfische konnten sie in sich behalten, aber jedes Tier mit Kampfgeist, das nicht schnell genug im Rauch landete, biss sich mit Leichtigkeit seinen Weg zurück in den Fluss. Vor dem amtsverordneten Kahlschlag hatte der volle Blattstand der Nachbarbäume den Blick auf diese Angelstelle verborgen und nur am Ende des Jahres zwischen den Winterkronen freigegeben. Jetzt erschien hinter den Linsen des Feldstechers sogar der Wasserlauf, den man sonst nur direkt vom Ufer sehen konnte.

Katharina hatte sich an einem lautlosen Schrei verschluckt, als die beiden Trauerweiden rechts und links neben dem Bootssteg gekappt wurden. Sie war im Haus und drehte die gekochten Barben durch den Fleischwolf. Überall flatterten Absperrbänder und markierten die Zonen, die nicht mehr zum Hexengarten gehörten. Auch die Fischbude stand plötzlich auf fremdem Land, und weder Eli noch Katharina konnten in Erfahrung bringen, wem es neuerdings gehörte. Die Bude dürfe bleiben, aber nur wegen Bestandsschutz, hatte ein Baubeauftragter kurz vor dem Eingriff erklärt und währenddessen mit schiefem Hals in eines dieser Tragetelefone gebrüllt, um zeitgleich mit jemand anderem aus dem Ort zu streiten. Pachtvertrag, Konzession, Schanklizenz, in genau dieser Reihenfolge, aber erstmal müsse man schauen, ob der Fisch gewisse Grenzwerte nicht übersteige, und das wiederum fiele nicht in seinen Bereich. Katharina verstand nur Bruchstücke des Gesprächs, fand es aber unanständig, dass Eli den Bootssteg um einen Meter zurückbauen und mit einem Schließtor versehen sollte. Plötzlich brauchte der Hexengarten überall dort einen Zaun, wo der Verlauf des Ufers den Besitz nicht regeln konnte.

»Sie sollten auf diejenigen sauer sein, die den Fluss versaut haben!«, polterte der Beauftragte und verscheuchte Eli wie eine Pferdebremse von seiner Wagentür. »Die Zeiten sind jetzt andere. Gewöhnen Sie sich daran.«

Der Motor röhrte, als er im Rückwärtsgang das Rhabarberbeet neben der Auffahrt zerfuhr und eine Furche hinterließ. Katharina rannte dem Wagen noch hinterher, stolperte aber über den Schiefstand ihres rechten Fußes, der ein Vermächtnis ihres Vaters und seiner Vorväter war und der sich früher ausschließlich mit orthopädischer Bückware hatte beheben lassen. Die als Kümmerfuß in den Wortschatz der Familie eingegangene Fehlstellung übersprang für gewöhnlich die weiblichen Nachkommen, hatte aber bei Katharina eine Ausnahme gemacht. Sie kniete hustend in der von den Reifen aufgewirbelten Sandwolke und konnte sich nicht entscheiden, ob sie ihren schiefen Fuß oder den Schiefhals von der Bauleitung mehr verfluchte. Er hatte sie an etwas Verschnittenes erinnert. An Obstgehölz, das krumm zu einer Seite wächst, weil es das einseitige Gewicht seiner Früchte nicht aushält. Menschen sind wie Gewächse und nur so gut wie die Hände, die sie leiten. Das hatte ihr Vater immer gesagt, wenn sich jemand in seine Angelegenheiten eingemischt und dabei nichts Freundliches im Sinn gehabt hatte.

Eine Stunde später konnte Katharina durch das Fernglas sehen, wie Eli noch immer reglos auf der Bootsbank schaukelte. Die Netze waren gesetzt, aber etwas hielt sie davon ab, den Hexengarten anzusteuern.

»Du brütest!«, hatte Katharina gesagt, bevor Eli aufgebrochen war, doch die hatte nur mit den Schultern gezuckt und den Außenborder kommen lassen. Seit Wochen stand die Frage im Raum, ob man es so handhaben würde wie die Nachbarn: den Mief der Vergangenheit wegrenovieren und dann auf und davon. Die Mertens von nebenan konnten sich vor Kaufinteressenten kaum retten und hatten das Grundstück professionell schätzen lassen, als sich kein guter Preis verhandeln ließ. Katharina befürchtete, dass Eli sich die Frage an dem Abend beantwortet hatte, als im Fernsehen eine Reportage über drei Familien gezeigt wurde, die dem vereinigten Deutschland den Rücken gekehrt hatten. Sie winkten in die Kamera und zeigten, wie einfach es war, seine Träume im Ausland zu verwirklichen. Eli war am nächsten Tag in die Bibliothek des Gemeindehauses gefahren und mit einem Stapel Europareiseführer zurückgekommen. Katharina dachte nicht ans Ausland, sondern an den schlechten Zustand des Hexengartens, und hoffte, dass die Baumsägen vor

Pillys Geburtstag nicht noch weiteren Schaden anrichten würden. Die Betonlandschaft, in der ihre Nichte groß werden musste, billigte Katharina nur, weil es hier im Grünen einen festen Platz für sie gab. Auch taten ihr die Stare leid, die seit Tagen zwischen den gerodeten Feldulmen auf der Suche nach ihren Nestern waren und nicht fündig wurden, aber sie hatte im Liegeholz weder die Splitter der Nistkästen noch irgendeinen verirrten Jungvogel aufspüren können.

Unten am Steg fächerten sich die Strähnen der abgesägten Weiden wie Seegras auf der Oberfläche des Flusses, und das Zetern unsichtbarer Möwen zog seine Kreise über den Reusenstangen. Katharina strich mit den Fingern über die Jahresringe eines der Stümpfe und zählte. Ihr Vater hatte ihr erklärt, wie man an den Ringen das ganze Leben eines Baums ablesen konnte. Je schmaler ein Ring ausfiel, desto schwieriger war ein Jahr gewesen. Dieser Baum schien eine sorglose Kindheit gehabt zu haben, aber eine durchwachsene Zeit im Alter. Hatten die inneren Kreise noch den Durchmesser eines Daumens, sahen die äußeren eher wie Bindfäden aus. Das Holz erinnerte Katharina an die Sommer, in denen Pilly auf der verdorrten Wiese des Hexengartens gespielt hatte und die Imbissgäste sich noch bei Einbruch der Dunkelheit feuchte Handtücher in den Nacken legen mussten. Sie konnte an dem Baumstumpf den Wasserstand der Elbe ablesen und die zunehmenden Stürme, die die gleichmäßige Form der Ringe durcheinandergebracht hatten. Je älter die Weide wurde, desto glatter gingen sie ineinander über, so als hätte der windgepeitschte Baum irgendwann aufgehört, zwischen den Jahren einen Unterschied zu machen. So sieht der Kummer eines Baumes aus, dachte Katharina und winkte Eli zu, die ihr Boot endlich Richtung Steg ausrichtete. Auf einem der Querstämme saß ein

Kormoran mit ausgebreiteten Flügeln und trocknete, schon seit Eli aufgebrochen war, sein Gefieder in der Sonne. Katharina bewunderte seine Ausdauer und diese Fähigkeit, sich die Vorteile eines solchen Kahlschlags zu Nutze zu machen. Die Sägeblätter hatten den Ort so ungefragt überfallen wie ihre neunjährige Nichte damals den Ameisenhügel im Dickicht des Gartens. Das Kind hatte sich einen Ast gesucht, der lang genug war, den Bau längs zu durchstoßen. Es stach immer wieder auf seine empfindliche Mitte ein, bis die Schichten aus Erde und Tannennadeln unter seinen Hieben nachgaben. Am Mittagstisch hatte Pilly sofort berichtet, wie die Tiere in alle Richtungen gestürmt waren. Kopflos seien sie zwischen den Hügelbatzen verschwunden oder in den Schutz des umliegenden Laubes desertiert. Sie hätte noch nie so viele Ameisen auf einmal gesehen, es mussten über tausend gewesen sein. Eli und Katharina lauschten den Schilderungen mit hochgezogenen Augenbrauen und suchten mit der Taschenlampe den Hexengarten nach dem zerstörten Hügel ab, als Pilly vor dem Fernseher eingeschlafen war. Ein paar wenige Tiere hatten mit dem Wiederaufbau begonnen, doch die meisten bildeten noch immer Fluchtwege und versuchten, Samen, Puppen und Eier in Sicherheit zu bringen.

»Martin hat ihr erzählt, dass jeder Bau von Königinnen angeführt wird. Das musste sie natürlich gleich überprüfen«, flüsterte Katharina, und Eli seufzte: »Zu wenig Fantasie ist jedenfalls nicht ihr Problem. Hat sie in dem Haufen nach kleinen Metallkronen gesucht?«

Noch eine Woche später geisterten einzelne Ameisen um die Ruine des Baus. Sie schienen nicht mehr zu wissen, wohin sie gehörten, und Katharina konnte diese Ziellosigkeit nachempfinden.

Als sie Elis Anlegetau um die Klampe wickelte, versuchte sie, das Ziehen in ihrem Magen zu verdrängen – und damit den Gedanken daran, dass sich in ihrer Familie schlechte Nachrichten immer über den Bauch ankündigten. Die Schmerzen wurden schlimmer, als Eli noch am selben Abend zum ersten Mal seit Jahren die Räucheröfen ausgehen ließ. Das Unheimlichste war ihre gute Laune wegen des direkten Wasserblicks, den man jetzt vom Balkon des Fischerhauses hatte. Er würde den Wert des Grundstücks in die Höhe treiben.

In dieser Nacht lag Katharina lange wach und dachte an die Gespenster, die sie in letzter Zeit überall sah. Es gab die blassen, die mit jedem Monat mehr ausblichen. Sie saßen im Bandauer, um sich abends nicht mehr erinnern zu müssen, welche Umstände sie in den Ort getrieben hatten. Manche waren mit der Ausreise vor Augen gekommen, aber mit dem Fall des Landes waren auch die Gründe ihrer Flucht gefallen. Sie blieben an den westlichsten Ausläufern der Elbe genauso hängen wie die, die schon immer hier lebten. Andere wurden von den grellen Lichtern des Betonwerks angelockt, doch ohne den Puls der Mischanlagen, Rüttler und Fließbänder hatte sich ihr Herzschlag verlangsamt. Es sei schwierig geworden, sich dem neuen Takt anzupassen, so hatte es Martin kurz nach der Schließung des Betonwerks am Stammtisch ausgedrückt und war mit einer Gesichtsfarbe wie Rührteig aus dem Bandauer geschwankt. Zwischen der Gaststätte und den Kasernen gab es einen schlecht beleuchteten Bahnübergang, der an einer gefährlichen Schienenkurve lag und dessen Schranken sich nur bis nachmittags automatisch schlossen. Danach musste man genau hinhören, ob aus dem toten Winkel etwas herangeschossen kam. Katharina war Martin sofort hinterhergeeilt und hatte die Straße nach ihm abgesucht, doch wie bei Gespenstern üblich, hatte sich seine Gestalt einfach in Luft aufgelöst. Das Gleis kitzelte unter ihrer Handfläche, aber surrte noch nicht.

Katharina wälzte sich unter ihrer Decke und dachte an den Nebel, der an manchen Tagen von der Elbe aufstieg und die Fabrik wie eine verklärte Erinnerung umhüllte. Sie fand, dass die Hallenwände jenseits des Kanals immer mehr einem von Motten zerfressenen Gewebe ähnelten. Zwischen seinen Löchern und Scharten blitzten die metallischen Eingeweide auf, vielleicht hielt das die Leute fest. Die eingefrorenen Maschinen waren noch da, und irgendjemand würde die Hebel umlegen, vielleicht schon morgen die Totenstarre des Gebäudes lösen. Das Betonwerk lag als Geisterschiff vor Anker, und wenn in der Ferne ein Güterzug vorbeiratterte, zuckte sie zusammen. Das rhythmische Klackern der Räder klang wie das Getöse, das sonst über den Werkhof bis in die Tiefen des Hexengartens dröhnte. Die Hoffnung, dass der Betrieb noch nicht ganz verloren war, hielt sich hartnäckig und schlug in Enttäuschung um, sobald die Transportzüge die Kasernen hinter sich ließen. Eines Tages würden die hellen Tage zurückkommen, hoffte Katharina, und die Gespenster keinen Halt mehr finden.

Manche Geister zeigten sich nur in Nächten wie dieser, wenn Katharina nicht in den Schlaf fand oder sich nicht sicher war, ob sie nicht doch längst eingeschlafen war. Sie flog über die Moore des Urstromtals, über die Wipfel der endlosen Apfelplantagen ihrer Familie, auf deren sandigen Böden sie laufen gelernt hatte. Sie blickte in das volle Gesicht ihres Vaters, sah seine Fäuste die Kurbeln der Saftpresse bearbeiten, die ihr früher so monströs vorgekommen war. Die Walzen quietschten und ächzten, gingen ins Stampfen der Werkmaschinen über und lösten sich im schrillen Föhn der Brennöfen auf. Die Hitze der Öfen schmolz die Rundungen des Vaters ein, bis nur noch ein Umriss aus Schädelbeinen und Wangenknochen hinter Katharinas Lidern spukte. Seit dem Kahlschlag brach der Mond durch das Fenster, und in seinem fahlen Licht lag plötzlich nicht mehr Eli neben ihr, sondern der ausgemergelte Körper ihres Vaters, beschwert von dem Gewicht all der Dinge, die ihn zu Lebzeiten krank gemacht hatten. Sie fuhr aus dem Kissen und spürte, wie sich ihr Kümmerfuß auf dem verschwitzten Laken verkrampfte. Er tat das ohne Vorwarnung und am liebsten in rastlosen Nächten, der Fußrücken stellte sich krumm und zog sich minutenlang Richtung Fußsohle. Ein schmerzhafter Erinnerungsmechanismus, der Katharina jedes Mal Waltrauts schmale Füße ins Gedächtnis rief. Sie liefen an den Zehen spitz zu und passten in jeden Schuh. Besonders gut sahen sie in Sandalen aus, wenn die gebräunte Haut durch die Riemchen schimmerte und sich ihre Knöchel weich abzeichneten. Auf Absätzen schmiegte sich ihr Spann elegant ans Vorderblatt, und bei jedem Schritt zog ihre linke Hand einen rhythmischen Bogen in der Luft. Oft hatte Katharina das Schuhwerk ihrer Schwester im Regal bewundert. Es wirkte neben ihren beigefarbenen Klötzen aus Leder wie die Garderobe einer Gutsherrin, und wenn Waltraut ihre ältere Schwester dabei erwischte, lachte sie. »Immerhin hast du die Westschuhe!«

Katharina war schon immer die unhandlichere der beiden Schwestern gewesen. Der Kümmerfuß führte dazu, dass sie später als jedes andere Kind ohne fremde Hilfe lief und es erst als Erwachsene schaffte, auf einem Fahrrad längere Strecken zurückzulegen. Sie konnte auch nicht wie Waltraut bei der Ernte mithelfen. Egal wie schwer die Kiepe auf dem Rücken der Schwester lag, sie kletterte flink im Fruchtholz zwischen den Ästen umher und sammelte in Rekordzeit die Stellen der Bäume leer, die mit den Obstpflückern nicht zu erreichen waren. Auf Geburtstagskarten und in Briefen sprach die Mutter sie immer als *süßes* oder *fleißiges Eichhörnchen* an, Katharina aber blieb das *liebste Griebschchen*, ein abgenagter Rest der Träume ihres Vaters. Noch lange nach der Kollektivierung des Apfelhofs lag im Blick ihrer Mutter etwas Anklagendes, so als hätten die medizinischen Schuhe und ihre unlauteren Beschaffungsmaßnahmen etwas mit dem Verlust der Plantage zu tun gehabt. Wenn das Lächeln der Mutter sie überging, konnte Katharina Waltraut die Selbstverständlichkeit nie übelnehmen, mit der sie es hinnahm, die Bevorzugte zu sein. Auch die Verehrer aus Wolgast und Zinnowitz nicht, die später im gemeinsamen Zimmer unterschlüpften und beim ersten Geräusch im Schlafraum der Eltern die Flucht ergriffen. Die Bestimmtheit jedoch, mit der Waltraut ihre Familie und den Ort an der Elbe hinter sich gelassen hatte, konnte sie ihr nicht verzeihen.

Die sich am Tag zu erkennen gebenden Phantome quälten Katharina schlimmer als die nächtlichen. Als ihre ehemalige Kollegin aus der Werkskantine, Benita Altendorf, zum ersten Mal im Golf an ihr vorbeigerauscht war, hätte es Katharina fast hingelegt. Beim zweiten und dritten Mal trat Benita sogar aufs Gas. Nur Eli fand es witzig, dass die Altendorf ihren Hintern ausgerechnet in einem Golf von West nach Ost bewegte, schließlich hatte sie den Ort genau an jenem Tag in Richtung Rheinland verlassen, an dem der Volkswagen-Konzern Zwickau überrannte.

Der Kümmerfuß schlug besonders stark aus, als der totgesagte Riesel-Sohn plötzlich am Nachrichtenaufsteller des Papierlädchens vor Katharina Gestalt annahm. Fast wäre sie vornübergekippt und auf dem Gesicht von Detlev Rohwedder gelandet, das an diesem Apriltag die Titelseiten bestimmte. Das Ehepaar Riesel hatte immer behauptet, ihr Junge sei beim Versuch, über den zugefrorenen Aland Richtung Schnackenburg zu setzen, nicht weit gekommen, und war mit dieser Sache gefasster umgegangen als die Gäste ihres Cafés, die den Familienbetrieb seitdem nur noch Klatschcafé nannten. Sie saßen befangen vor ihren Mokkatassen und hofften auf Neuigkeiten. Direkt nach dem Vorfall brachte Katharina durch Waltraut in Erfahrung, dass der Familienname Riesel beim Metz auf keinem der Grabsteine eingeplant gewesen war und auch sonst keine Scheinbeisetzung stattgefunden hatte, die es immer mal wieder gab, wenn jemand aus dem Ort verschwand. Meistens hieß es dann hinter vorgehaltener Hand, die Person sei umgezogen, aber niemand wusste, wohin.

»Einer muss die Zeche zahlen«, sagte der Riesel-Sohn mit Blick auf den umgekippten Aufsteller und konnte Katharina gerade so auffangen.

»Mensch, Markus, trägst du jetzt einen Schnauzer?«, fragte sie und versuchte, die Grenzerkugeln nicht anzusprechen, die ihn vor sieben Jahren angeblich zur Strecke gebracht hatten. »Und ... wer zahlt die Zeche?«

»Na, der Idiot von der Treuhand!«

Katharina versuchte sich an die Fernsehnachrichten vom Vortag zu erinnern, konnte aber das Männergesicht unter der Schlagzeile nicht zuordnen. Eli wüsste sicher, was es mit der Treuhand auf sich hatte und wer der von ihr zu Fall gebrachte Herr war, dessen Stirn unter ihrem Kümmerfuß nachgab.

Es waren die lebendigen Toten und die Totgeglaubten, die Katharina auch in dieser Nacht nicht losließen oder die sie nicht loslassen konnte. Häufig sah sie Waltraut im Ort. Im Sommer trug sie Riemensandalen, im Winter die Stiefel aus Freiberger

Leder. Sie ging am Bandauer vorbei, betrat am Eichenplatz die neue Kaufhalle oder saß auf dem Spielplatz auf einer Schaukel. Manchmal kam sie ihr auf der Straße entgegen und ihr Blick, geradewegs in die Augen, brachte sie ins Schleudern, doch sobald Katharina ihr Gleichgewicht wiedergefunden hatte, war der Spuk auch schon vorbei.

6

Familie spielen war immer gleich: In der Küche sitzen, Kassetten hören, und wenn Katja so tat, als würde sie auf die *Jagd* gehen, kam sie meistens mit Süßigkeiten und einem Sandkastenkind zurück, das am anderen Ende der Röhre in seinem Kinderzimmer neben dem Bad schlafen musste und nichts sagen durfte. Nach dem Abendbrot, das aus Zehn-Pfennig-Süßigkeiten bestand, begann die letzte Phase. Sie spielte immer bei Nacht und fand auf der Schaumstoffmatratze statt. Weil mich Bine jedes Mal vor die Röhre in meine Hundehütte schickte, hatte ich keine Ahnung, was genau in der letzten halben Stunde passierte, bevor wir zu dritt den Heimweg antraten.

»Ich will nicht mehr der Hund sein!«, sagte ich eines Nachmittags, als Bine eine knallblaue Bojenschnur aus der Badetasche hervorzog.

»Aber ich habe dir extra eine neue Leine gekauft. Die ist sogar länger als deine alte. Guck mal wie schick.« Bine versuchte, das ausgefranste Ende durch meine Gürtellasche zu stecken.

Katja konnte sich das Kichern nicht verkneifen und mauerte am Ende der Röhre das Sandkastenkind des Tages mit Verkehrshütchen ein.

»Gefällt dir dein neuer Laufstall?«, fragte sie das Mädchen, doch das zog nur eine Speckmaus aus der Tüte und kaute teilnahmslos darauf herum.

»He! Ich habe dich was gefragt!« Katja boxte dem Mädchen gegen die Schulter, woraufhin es zu plärren anfing und die zerkaute Maus auf den Steinboden der Röhre sabberte.

»Ach, komm, hau ab! Aber die Mäuse lässt du hier!«

Katja scheuchte das Kind zurück auf den Spielplatz und prüfte Bines Knoten an einem der Bierkästen.

»Ich würde sagen, heute ist Pilly noch mal der Hund, und dann sehen wir weiter.« Sie zog kauend den Strang fester und fragte Bine, was ich sonst noch sein könnte.

Bine erzählte von Vito, dem Sohn unseres Fleischers. In seine Bande wurden nur Jungs aufgenommen, die sich trauten, in den Gullyschacht zwischen den Hausnummern vier und fünf zu klettern. Der Schacht führte steil hinab und verlief quer unter unserer Straße bis zur Elbpromenade. An seinem Ende trennte ein Klappgitter den Tunnel vom Kanal, und je nach Wetterlage stand man bis zur Brust in einer braunen Brühe. Wenn ausgerechnet dann jemand spülte, hatte man Pech, erklärte Bine. Sie hatte mit eigenen Augen gesehen, wie ein Junge, umringt von Vito und seiner Bande, in das Loch gestiegen war. Alle anderen stürmten hinüber zum Kanalrand und warteten eine Ewigkeit, bis er endlich den Laufrost hinaufstieg. Er war völlig durchnässt vom Abwasser und wurde seit diesem Tag von jedem nur noch Fladen genannt.

Die meisten Kinder hatten Angst vor der Bande, die im Laden von Schrauben-Hiller Sprühdosen für ihre Graffiti klaute und die bekannt dafür war, sich mit den Jungs vom Fußballplatz zu prügeln, wenn man sie ein Spiel nicht gewinnen ließ. Nur Katja und

Bine fürchteten sich nicht. Ohne ihre Erlaubnis wagte sich Vito nicht zum Sprühen in die Röhre, er hatte viel zu viel Angst vor dem Scharfschützengewehr, das Katjas Vater auf dem Balkon angeblich immer griffbereit hatte. Katja wohnte im elften Stock des *Wachturms*. So nannte mein Vater das Hochhaus am äußersten Ende der Kaserne, weil in ihm hauptsächlich Familien wohnten, die beim Militär dienten, außerdem war es dreimal so hoch wie unser Haus. Vom Wachturm aus hatte man den Hof der Kaserne, die Gärten und das Schienennetz Richtung Betonwerk im Blick, und ich konnte mir gut vorstellen, wie Katjas verrückter Vater in Uniform im Schutz der Blumenkästen hockte, um mit dem Zielfernrohr den Spielplatz anzuvisieren. Zwar wusste jeder, dass Katja häufig Unsinn erzählte, aber alle trauten ihr zu, dass sie ihrem Vater den Befehl zum Abschuss geben oder sogar den Schlüssel zum Waffenschrank klauen würde.

»Der Fladen hat gestunken wie ein Plumpsklo, und überall klebten Klopapierfetzen!«, sagte Bine kichernd, und Katja wollte wissen, wo genau der Einstieg in den Schacht zu finden sei. Einen kurzen Augenblick fürchtete ich, Bine würde mich wie diesen Fladen durch den Gully schicken, doch zum Glück war es Zeit für unser Familienessen. Es gab die restlichen Speckmäuse und Gummifrösche, die ich auf allen vieren neben dem Bierkasten aus meiner Sternchenform fraß. Als der Napf leer war, ließ sich Katja ein neues Spiel einfallen und schnipste mir vom Küchentisch aus Smarties zu, die ich mit dem Mund auffangen sollte.

»Du bist ja besser als ein echter Hund! Zur Belohnung darfst du heute im Ehebett liegen.«

Katja öffnete den Knoten meiner Leine und Bine fing an zu motzen.

»Das kommt mir nicht ins Bett! Was, wenn sie Flöhe hat?«

»Das finden wir gleich raus.«

Katja zog mich auf die Matratze und fing an, mein Haar mit den Fingern zu durchkämmen. Sie saß direkt hinter mir und umklammerte mit den Beinen meine Hüften. Ihre Berührungen waren zärtlich, wanderten vom Scheitel zum Ansatz hinter die Ohren, den Nacken am Kragensaum meines Nickis entlang. Ich kämpfte gegen die Gänsehaut.

»Wenn sie keine Flöhe hat, soll sie sich mal nützlich machen. Ich habe Durst!« Bine beauftragte mich damit, Limonade und Süßigkeiten vom Kiosk zu besorgen. Katja warf ihr einen langen Blick zu und grinste nur. Bine starrte uns an und stopfte das Essgeschirr in die Badetasche.

»Ich habe kein Geld«, sagte ich. »Habt ihr was?«

»Hä? Du frisst doch ständig umsonst unser Essen.«

»Bine hat recht«, sagte Katja. »Jetzt bist du mal dran.«

Ich kletterte hinaus. Draußen vor der Röhre lauschte ich, wie sie anfingen zu streiten. Ich freute mich, dass sich Katja wegen mir mit ihrer besten Freundin anlegte, und stellte mir vor, wie sie eines Tages Bine am Eingang mit ihrem Gürtel anketten würde. Am Rand des Sandkastens reihten sich die Kuchen. Eines der Kinder lief zwischen dem Gebäck hin und her und dekorierte es mit Kieseln. Es hielt erschrocken inne, als es Bine aus unserer Wohnung treten sah, und sobald Bine in seine Richtung blickte, versuchte ich mit jedem Schritt, so viele der Muscheln und Seesterne wie möglich zu zertreten.

»Papa!?«

Wenn mein Vater zu Hause war, hatte er seine Ohren überall, doch an diesem Tag öffnete er nicht wie sonst das Küchenfenster und warf eine Capri-Sonne oder in Stanniol gewickelten Pflaumenstreusel herunter. Die silbernen Pakete landeten meistens im Schlehenbusch vor den Kellerluken. Ich zerkratzte mir jedes Mal die Arme an den Dornen, während über mir das Lachen meines Vaters zu hören war.

Heute lehnte sich unsere Nachbarin Frau Dombrowski, die jeder nur Kessel-Klara nannte, über ihr Fensterbrett: »Dein Vater ist im Bandauer. Hast du Hunger, Mädchen? Dann komm hoch!«

»Nein, schon gut!«

Jedes Kind im Kasernenhof hatte Angst vor Kessel-Klara, was vor allem an dem aufgeblähten Sack unter ihrem Kinn lag, der aussah, als hätte sie einen Tennisball verschluckt. Der Kloß bewegte sich beim Sprechen hin und her, und bei der kleinsten Anstrengung klang sie wie ein verstopfter Teekessel. Eigentlich war Kessel-Klara nett zu uns Kindern: Wenn sie auf einer der Spielplatzbänke die Spatzen fütterte, hatte sie in einer anderen Tasche immer Lakritzrauten aus der Apotheke für uns parat. Kein Kind kam an ihr ohne eine Handvoll der schuppigen Pastillen vorbei. Außer Sichtweite schmissen wir sie ins Gras, weil wir glaubten, sonst würde uns im Hals auch so eine Kugel wachsen. Nur die mutigsten Kinder behielten sie im Mund und streckten zum Beweis ihre braunen Zungen raus. Mit der Grusellakritze konnte ich mich in der Röhre natürlich nicht blicken lassen.

Es musste etwas Besonderes sein, wie die bunten Tüten für zwei Mark aus dem Papierlädchen. Da waren nicht nur saure Gumminuckel und die begehrten Colaflaschen drin, sondern auch Schaumpilze, Apfelringe, Erdbeerschnüre und Brausepulver. Meine einzige Hoffnung war Frau Wenzel aus der Drei, die mich manchmal mit einem Fünfmarkstück belohnte, wenn ich mir ihre Geschichten aus der Vergangenheit anhörte. Sie stand den ganzen Tag bei geöffnetem Fenster in ihrer Küche über ein Stickkissen gebeugt und schien auf ein Kind wie mich zu warten, das genug Geduld mitbrachte und sich sein Taschengeld aufbessern wollte. Das Haar unter ihrem Kopftuch war gelb vom Zigarettenqualm, und jedes Mal zeigte sie mir die vielen Schrunden an ihren Händen, die ihr der Frost auf der Flucht in die Haut gebissen hatte. Sie erzählte von Pommern und dem Hof, auf dem sie aufgewachsen war, und wie die Russen zu Weihnachten ihren geliebten Hahn Anton gekocht hätten. Manchmal brachte sie mir ein paar Brocken Ostpreußisch bei oder wiederholte Sätze, die sich in ihr festgesetzt hatten: »Willst du Schuhe von langer Dauer, dann wähle Konrad Adenauer!« oder »Die Sonne scheint ins Kellerloch. Ach, lass sie doch!«

Sie brach in schallendes Gelächter aus, und ich kicherte mit, obwohl ich überhaupt nicht verstand, was daran so witzig war. An guten Tagen brachte sie die Dinge durcheinander, und ich konnte zweimal das Fünfmarkstück abstauben. Ich setzte mich morgens und mittags auf das Kellertreppengeländer vor ihrem Fenster und ließ sie die Geschichte von den hungrigen Weihnachtsrussen und dem Hahn erzählen, staunte über die Schrunden an ihren Fingerknöcheln, und wenn sie keine Lust mehr hatte, flippte sie die Münze ins Gras.

Eine wäre genug, dachte ich, während ich auf Frau Wenzels Küchenfenster zulief. Bine würde schäumen vor Wut, wenn ich mit zwei bunten Tüten zurückkäme und sogar noch Geld überhätte für Trinkpäckchen. Das Fenster bei Frau Wenzel stand auf Kipp und ich konnte schon aus der Ferne die Marschkapelle hören, die aus dem Inneren ihrer Wohnung Richtung Fußballplatz dröhnte. Ich kletterte auf das Geländer und klopfte gegen die Scheibe, doch Frau Wenzel brachte an diesem Tag nicht nur die Dinge durcheinander, sondern war ganz und gar aus der Zeit gefallen. Sie stopfte ihre gelben Strähnen unter den Stoff ihres Kopftuchs und schrie mich mit rotem Gesicht durch den Spalt an: »Mach, dass du wegkommst. Ihr habt uns alles genommen, wir haben nichts!«

Sie nahm ihren Gehstock und riss das Nudelholz vom Haken. Als ich sah, wie sie auf dem Absatz kehrtmachte und in Richtung ihrer Wohnungstür humpelte, sprang ich vom Geländer und rannte in Richtung der Gartenkolonie, vorbei am Fußballplatz, in einem großen Bogen um die Röhren. Mein Herz schlug bis in den Hals. Ich wollte nach Hause und meinen Vater bei Einbruch der Dämmerung sagen hören: »Setz dich ans Fliegengitter, Pilly.«

Er würde wie früher seinen Lederkoffer aus dem Wandschrank im Flur kramen, dessen Inhalt streng geheim war und mit dem er per Knopfdruck alle Laternen im Ort anzünden konnte. Niemand außer ihm, nicht einmal meine Mutter, durfte einen Blick in das Innere des Gepäckstücks werfen, und es gelang mir nie, die Zahlenkombination des Schlosses herauszufinden, egal, wie oft ich es versuchte. Ich wollte nicht mehr an Bine, Katja und die Süßigkeiten denken, sondern wie gebannt auf die in Reihe geschalteten Straßenlichter starren. Eine Birne nach der anderen würde aufflackern, sobald mein Vater den Generator in seinem Koffer betätigte. Natürlich wusste ich genau, dass sich die Straßenlaternen auch ohne den Koffer meines Vaters entzündeten und viele seiner Geschichten geflunkert waren, doch als ich schweißgebadet auf den Neubau der Familie Siebert zurannte, fiel mir wieder der Fischteich ein, von dem er mir so viel erzählt hatte. Der Teich befinde sich im Garten und seine Fische bestünden aus purem Gold, weil Herr Siebert senior als Generaldirektor des Betonwerks damals schon zu den Gewinnern gehört habe.

. Auf der Suche nach einer Lücke im Mauerwerk des Anwesens blickte ich immer wieder zurück zu den Kasernen, aus Angst, Frau Wenzel hätte inzwischen meine Fährte aufgenommen, um sich für ihren Hahn zu rächen.

Die Sonne hing im stumpfen Winkel, die Ebereschen standen dicht beieinander und neigten sich unter dem Gewicht ihrer Beeren. Ich tastete mich von Stamm zu Stamm, um nicht entdeckt zu werden. Der Teich lag am Ende des Grundstücks, und auf der Oberfläche schwammen mehrere Inseln aus Wasserlinsen, sodass ich die Fische nur in ihren Zwischenräumen sehen konnte. Die wenigsten von ihnen sahen aus, als würden sie unter ihren Schuppen Gold auf der Haut tragen, sie waren rot oder weiß und schwebten träge über dem Bodenkies. Den ersten Fisch fing ich ohne Mühe, und während ich nach zwei Backsteinen suchte, kitzelte mich seine Panik in der Faust. Ich legte das zappelnde Tier auf einen der Klinker ab und hinderte es mit den Handflächen daran, sich zurück ins Wasser zu winden. Seine Flossen ruderten ins Leere, und ich beobachtete, wie der Fisch mit jedem Atemzug ruhiger wurde, sich sein Körper wie die Klinge einer Sichel langsam nach oben bog. Ich nahm den anderen Stein und versuchte, ihn seitlich zu treffen, wartete einen Moment und zog die Kante vom Schwanz über die Schuppen Richtung Kopf. Unter der Haut war kein Gold, nur heller, feuchter Glibber. Bei den nächsten beiden Fischen war es dasselbe. Ich fragte mich, wohin das Gold verschwand, untersuchte die Oberfläche des Ziegels, bis mir die Idee kam, die Haut der Fische so abzuziehen, wie mein Vater es mit der Tapete in meinem Zimmer gemacht hatte. Es dauerte eine Ewigkeit, bis ich eine Glasscherbe fand, die scharfkantig genug war, doch als ich an den Teich zurückkam, stand dort Herr Siebert senior mit einem meiner Backsteine in der Hand.

»Du warst das!« Er schoss auf mich zu. Ich rannte zurück in die Ebereschen zur Gartenmauer und fing an zu klettern. Er packte mich am Fuß und zog mich auf den Boden, über mir schwebte der Stein. Er brüllte, dass man mich genauso zerquetschen sollte, und schubste mich so heftig gegen die Mauerziegel, dass mir schwarz vor Augen wurde.

Als ich wieder zu mir kam, war Siebert senior verschwunden und der abfallende Sonnenstand verriet, dass Katja und Bine seit über einer Stunde auf mich warteten. Ich saß mit dem Rücken zur Mauer und konnte nicht aufhören zu weinen. Neben mir lag die Glasscherbe und meine Hände rochen nach Ostsee.

7

Martin Jäckel kannte sich nicht mehr aus. Neuerdings ließ sich der Ort in Dinge verwickeln, die ihn nichts angingen. An langen Tischen wurden die Dörfer auseinandergerissen und neu zusammengestanzt. An manchen Morgen hob er den Kopf vom Kissen und fragte sich, ob die Bezeichnungen auf der Landkarte noch zutrafen. Wenn man nicht mehr weiß, wo das eigene Bett steht, dann hat man sich verlaufen, dachte er und setzte sich in solchen Momenten vor das Radio. Die Nachrichten im Regionalsender drückten auf die Laune, aber sie halfen ihm dabei, die Welt zu sortieren. Alles sollte Schliff bekommen, ob man wollte oder nicht. Die neue Kaufhalle mit den automatischen Türen am Anfang der Hauptstraße war der Verwaltung wichtiger gewesen als die Erhaltung der drei Eichen, die schon immer dort gestanden hatten. Die Blätter der stärksten Äste hatten gerade so in die Handflächen seiner Tochter gepasst. Martin hatte sich oft vorgestellt, wie im Krieg der Luftalarm durch die Wipfel gefegt sein musste, um sich dann darüber zu ärgern, dass sich sogar die guten Zeiten schlecht anfühlten. Schon seine Mutter war mit ihm als kleinem Jungen zu den Eichen spaziert und hatte ihm von den grünen Lichtern erzählt, die im letzten Kriegsjahr von überall her aufgeflackert waren. Dass sie auf der Suche nach Getreidekörnern mit ihrem Vater auf den Feldern die Hamsterbaue ausgraben sollte und jeden Abend die Wischtücher auskochen musste, damit die Hunde nicht verhungerten. Die Rüden schlabberten die Lappenbrühe und winselten danach nur noch mehr. Wenn Pilly früher nicht aufhörte, nach ihrer Mutter zu fragen, spazierte er mit ihr auch zu den Bäumen und zeigte ihr das W, das er in die Rinde des dicksten Stamms geritzt hatte. Im Auenwald hatte Waltraut damals erst auf ihren Bauch getippt, dann auf seine Brust, und wahrscheinlich hätte sie unter anderen Umständen der Hochzeit niemals zugestimmt. Sie und ihre rasanten Weltvorstellungen wären nie bei ihm eingezogen. Ohne das Fest der Freiwilligen Feuerwehr und die halbe Flasche Kasoff, aber vor allem ohne das plötzliche Unwetter, vor dem er Waltraut retten musste, wäre es vielleicht nur bei ein bis zwei Spaziergängen geblieben. Er hätte sich danach wie sonst auch weiter an Benita Altendorf versucht, die in der Werkskantine für den Nachtisch zuständig war. Selbst die Eiche schien Zweifel an der Verbindung zu haben. Als Pilly eingeschult wurde, war das W im Stamm schon beinahe zugewachsen. Die Rinde zog sich an den Kerblinien zusammen, als wolle sie einen Fehler korrigieren.

Auf dem Weg zum Bandauer brauchte Martin die Gewissheit, dass die wichtigen Dinge noch dort standen, wo er sie vermutete. Das Fahrrad seiner Tochter vor dem Haus erinnerte ihn an sich selbst. Es brachte ihm die vollständigen Tage zurück, die Zeiten, in denen er die Wochen auseinanderhalten konnte und sie nicht als Last empfand. Inzwischen reichte ihm der Sattel bis unter die Hüfte, dabei war es gar nicht so lange her, dass er in die Hocke gehen musste, um den Sitz richtig einzustellen und die Stützräder abzumontieren. Pilly hatte vor Stolz gestrahlt, als er den Gepäckträger nicht mehr festhalten musste. Den ganzen Tag fuhr sie die Promenade hoch und runter, bis seine Füße in den Schuhen bluteten. Auf dem Friedhofsgelände hielt sie den Lenker schon sicher und quietschte: »Guck mal, Papa, ich kann fliegen!« Sie schoss bergab an den Grabstellen vorbei, mitten in die Gießkannen ihrer Mutter. Klitschnass saß Pilly neben ihrem Rad und rieb sich in Waltrauts Arm das Knie.

»Dass du nicht aufpassen kannst!«, hatte Waltraut geschimpft, und in ihrem Blick hatte diese Wut gelegen, die Martin lange nicht einordnen konnte. Sie legte Spitzwegerich auf die Schürfwunde und scheuchte ihn nach Hause. Später besorgte er aus der Apotheke eine Packung Ankerplast und humpelte zum Schuster Küstrin, um das Leder reinigen zu lassen. Küstrin nannte Martin am Stammtisch seitdem nur noch Aschenputtel, wenn er ausgerechnet mit diesem Paar Schuhe zum Bandauer kam.

Martin zog die schwere Tür der Gaststätte auf und freute sich an diesem Nachmittag besonders, dass das Gebäude mit seinem alten Fachwerk von den allgemeinen Umwälzungen unberührt geblieben war. An den Wänden hingen noch immer die blau-weißen Wimpel des 1. FC Magdeburg und ein signiertes Porträt von Wolfgang Seguin. Herr Bandau hatte es sich in Dessau nach dem Sieg gegen Lok Leipzig von Paule höchstpersönlich unterschreiben lassen. Durch die Butzengläser fiel gelbliches Licht auf die Tischplatten. Es entblößte den kalten Rauch, der im Bandauer stand wie eine fünfte Wand. Martin setzte sich auf den freien Stuhl neben seine Schwägerin und trank das erste Bier fast in einem Zug. Jeden Montag kam sie mit dem Fahrrad hoch zum Stammtischtreffen und brachte eine Häppchenplatte. Manchmal blieb sie auf ein Köstritzer oder eine Kegelrunde im Hinterzimmer der Kneipe, doch Martin wurde das Gefühl nicht los, dass es ihr hauptsächlich darum ging, ihn im Auge zu behalten.

»Dit wird nich bei Hoyerswerda bleiben, sag ick euch.« Brunig war schon bei seinem dritten Bier, ließ die Handgelenke knacken und griff nach der letzten Fischboulette.

»Was war denn in Hoyerswerda?«, fragte Katharina.

»Ihr kriegt in eurem Hexenwald jar nüscht mit, wa?«

Katharina schüttelte den Kopf.

»Da haben sich ein paar engagierte Leute um Arbeiter aus Mosambik und Vietnam gekümmert«, erklärte Schrauben-Hiller und ließ sich von Bandau ein neues Bier zapfen. »Denen war gekündigt worden, aber gehen wollten die auch nicht. Am Ende stand da die halbe Stadt vor dem Wohnheim und hat mal die Meinung gesagt.«

»Ja, Riesensache! Die Schmarotzer aus Rumänien und Persien hat man gleich miterledigt«, mischte sich Bandau ein. »Die Polizei stand wie eine Eins voll dahinter!«

»Freital, Thiendorf, Tambach-Dietharz, Bredenbeck, Münster – das geht jetzt immer so weiter«, ergänzte Küstrin.

»Das ist ja furchtbar«, sagte Katharina. »Habt ihr die Barbenpastete probiert?«

»Wat is furchtbar? Hier jibtet doch nüscht mehr zu holen! Die können alle wieder hübsch nach Hause jehen!«, knurrte Brunig. »Wenn die mir ihre Wäsche bringen, stinkt der janze Laden nach Asientempel.«

»Ihr quatscht bald wie eure Großväter.« Genosse Bergmann schien sich gerade so zurückzuhalten. Er betonte in letzter Zeit immer häufiger, dass mit der Mauer alles gefallen war, wofür das Land eigentlich gestanden hatte. Früher hat es im Bandauer einen anderen Stammtisch gegeben, sagte er und strich sich über die Bestenschleife seiner Uniform. Da hatte jeder der Männer noch Ideen, jeder war bereit, das Ruder kurz vor Schluss rumzureißen. Auf dem Rathausplatz redeten die Jungen genau das Gleiche, und er fragte sich, ob die Perspektivlosigkeit daran schuld war oder ob die Jugend zu viel Zeit hatte. Würden sich die Neuen Länder durchsetzen, dann wäre die Zukunft nicht so düster. Seine Katja war eine begeisterte Jungpionierin gewesen, auch davon war nichts übriggeblieben. Früher war sie im Freundschaftsrat, heute klebte sie Poster von englischen Rockmusikern an die Wand, die wie Frauen aussahen.

»Die besetzen seit Monaten unsere Gärten, bauen ihr Ching-Chong-Gemüse an und grillen den ganzen Tag. Das ist nicht normal!«, sagte Bandau.

»Ihr habt eure Lauben doch sowieso verlottern lassen, und wo sollen diese Familien jetzt so schnell hin?« Katharina schob die Reste der Fischplatte ordentlich zusammen.

»Den Sieberts gehören elf Hektar Freifläche. Da kann man bauen und jeder hätte wieder einen Garten, ganz einfach. Aber die rücken die nicht raus«, sagte Bergmann.

»Hat der längst verkooft. An 'nen Wessi.«

Schrauben-Hiller fiel noch ein, dass die Bewohner seines Gartens den alten Quittenbaum verkommen ließen, den sein Großvater damals für seine Frau gepflanzt hatte. Er erinnerte sich an das Gelee, das er als Kind so gerne aß, und der Gedanke an die unwiederbringlichen, wie mit Gold bestrichenen, Weißbrotscheiben tat ihm im Herzen weh. Irgendetwas müsse passieren, so gehe es jedenfalls nicht weiter.

»Die machen die Järten kaputt und uff meenen Balkon passen grad mal 'n paar Blümchen, weeßte?«

»Früher in Caputh hat mein Vater auf Brandwirtschaft gesetzt. Brennt man alles ab, ist der Boden hinterher wie neu.« Küstrin schmunzelte und lobte als Einziger Katharinas Kochkünste, Martin schwieg und trank Bandaus Selbstgebrannten aus dem Wasserglas.

Auf dem Rückweg zog es ihm spitz in den Rücken, als er auf der Promenade am Werk vorbeilief. Er musste die Ruine nur ansehen, schon meldeten sich seine Knochen. Sie erinnerten sich noch besser als er an die Doppelschichten, die Wochenendeinsätze, die Nachtarbeit in den grell ausgeleuchteten Werkhallen und die Kopfschmerzen am nächsten Tag. Das viele Rumstehen und die Arbeit an den schweren Maschinen hatten sein Skelett gestaucht. Als wollten sich die Wirbel ineinanderstapeln wie früher Pillys Buddeleimer. Doch so schädlich das Betonwerk auch für seine Gesundheit gewesen war, so ungesund war dessen Schließung für den ganzen Ort. Früher hatte es eine kostenlose Kinderbetreuung gegeben. Der zweistöckige Flachbau hatte neben dem Werk wie eingeschrumpft gewirkt. Selbst die kümmerlichen Linden warfen Schatten auf die körnige Dachpappe, vom anderen Ufer sah das Gebäude wie eine von Martins Miniaturen aus, die er mit spitzen Fingern auf dem Kunstrasen seiner elektrischen Eisenbahn befestigte. Bevor das Werk geschlossen wurde, hing über den Kasernendächern bis in die Nacht das Pumpen der Maschinen, das gezogene Quietschen der Stanzen, das Surren der Sägeblätter, die sich durch Betonblöcke kämpften. Die monotonen Signallaute der Hebefahrzeuge in den Arbeitshallen dröhnten bis in die letzten Winkel der Kasernen. Martin ertappte sich oft dabei, wie er von der Kantine aus auf den Kanal starrte und im Takt der Anlage kaute. Seine Backenzähne wurden Teil des Getriebes. Kauen, kauen, schlucken. Als eines Tages die Abrissbagger und Planierfahrzeuge vorfuhren, bekamen alle Arbeiter eine zweiwöchige Werkpause verordnet. Die Fahrer trugen Schutzanzüge und walzten innerhalb weniger Tage den Flachbau für Schulhaus und Kindergarten in den Boden. Am ersten Abrisstag hob Martin Pilly auf eine der Kanalmauern, von der aus man die einstürzenden Gebäude gut im Blick hatte. Er wickelte ihr seinen Winterschal über Mund und Nase, obwohl die Sonne senkrecht über ihren Köpfen stand.

Die Staubwolke hüllte den Ort in Nebel, und Martin öffnete die Fenster nur, wenn es vorher geregnet hatte. Die Unterrichtsräume seiner Tochter zogen unweit der Kasernen in einen Neubau, und zwei Flügel der benachbarten Markthalle wurden zur neuen Turnhalle und Aula. Die neue Ordnung hinterließ nicht nur flächenweise Ödland, sondern zerriss auch die Familie. Wenn seine Schicht schlecht lag, sah er Pilly nicht wie sonst in der Kantine, sondern nur kurz zum Frühstück und schlich sich danach sofort ins Bett.

Martin setzte sich auf die Bank am Haseleck und grinste über die Eichhörnchen, die ihre Stämme hinabsausten und in seiner Hemdtasche Futter vermuteten, als er nach seinem Flachmann griff. Pilly war am Vormittag genauso schnell in ihr Zimmer gesaust, als klar wurde, dass an der Tür nicht der Postbote, sondern Herr Siebert senior klingelte und seine Fische beklagte. Siebzig Mark wollte er für die teuren Exemplare aus Kyoto, die so schnell nicht zu ersetzen seien. Überhaupt sei es notwendig, das Mädchen für die Tat entweder zu bestrafen oder gründlich untersuchen zu lassen. Manchmal stünde ein schlechter Umgang hinter solchen Dingen oder aber etwas Tieferes, hatte Siebert im Treppenhaus doziert, sich beklommen umgeschaut und auf dem Fußabtreter immer wieder die Sohlen poliert. Kinder, die keine

Skrupel vor dem Tod eines Tieres hätten, seien als Erwachsene häufig gewaltbereit. Man sollte das abklären.

Privataudienzen mit Generaldirektor Siebert senior gab es eigentlich nur, wenn man Probleme machte, und das schien bis heute so zu sein, dachte Martin und zahlte. Er musterte Sieberts feinen Anzug. Als Schuljungen hatten Martin und seine Klassenkameraden Froschrennen veranstaltet. Die Frösche wurden mit einem Strohhalm aufgeblasen und dann auf dem Wasserlauf des Stichkanals platziert. Meistens waren sie schon tot, bevor sie im Ziel ankamen, aber ein Verbrecher ist aus ihm nicht geworden. Die saßen seiner Meinung nach heute ganz woanders und trugen Maßanzüge und polierte Schuhe. Früher standen die Verbrecher am Band direkt über ihm, getarnt in grauen Firmenjacken und schlagfesten Helmen. Die, die nach oben wollten, waren die Schlimmsten, und wer private Fragen stellte oder Angebote machte, verhielt sich verdächtiger als jeder Froschrennfahrer.

»Genosse Jäckel«, hatte ihn einer dieser Typen mal in der Mittagspause angesprochen, als die Maschinen des Werks noch rundliefen, »Sie können das nächste Plansilvester auf Ihre Fahne schreiben, wenn Sie bei den Schwestern Fuchs für klare Verhältnisse sorgen.«

Anstatt wie jeden Freitag bei Benita Altendorf nach einem Tanz oder einer Extraportion Pudding zu fragen, versuchte sich Martin deshalb an Katharina Fuchs, die halbtags neben Benita an der Ausgabe stand. Sie war politisch unbedenklich und besaß einen übersichtlichen Geisteshorizont. Dem Genossen ging es vor allem um die andere Schwester, und wie sich zeigte, war Waltraut nicht nur die den Männern Zugeneigtere, sondern auch die in zweifelhafte Aktivitäten Verwickeltere. Mehr als einmal hatte sie auf der Wandzeitung des Werks über fragwürdige Nachmittagsaktivitäten der St.-Nikolaus-Kirche informiert, die offenkundig in Austausch mit Störobjekten, Republikflüchtigen und anders Gelisteten stand. Um in die Erfolgsstatistik des Werks einzugehen, sollte sich Martin ab und an Notizen machen, wirklich nur ein paar Worte, hieß es. W.F. sei eine Gefahr für die öffentliche Ordnung und die Wirtschaftsinteressen des Werks, hieß es.

Martin lud beide Schwestern auf das Fest der Freiwilligen Feuerwehr ein und gab mit Erlaubnis von oben die Tischgestecke bei Waltraut in der Friedhofsgärtnerei in Auftrag. Er betrat das Gewächshaus und wurde schlagartig heiser. Das lag in der Familie, schon sein Vater war in den ersten Monaten mit seiner Mutter ständig heiser gewesen, weil er sein Glück kaum aussprechen konnte. Sie erzählte Martin die Geschichte jedes Mal, wenn er eine Frau mit nach Hause brachte, die in ihren Augen eine zweifelhafte Schwiegertochter abgab.

Waltraut trug ein geblümtes Kleid, das sie inmitten der vielen Blüten und Pflanzenkübel beinahe unsichtbar werden ließ. Fast hätte Martin sie übersehen. Auch seine Hintergedanken verflüchtigten sich, als sie auf ihn zuschwebte und mit fester Stimme sagte: »Margeriten und Kerbel. Die passen gut zum Löschwagen, fand ich.«

Sie streichelte die Gestecke wie den Rücken eines scheuen Pferds. Ihre Hände verrieten viele Sommer unter der Sonne, wirkten aber zu zart für die schwere Arbeit in einer Gärtnerei. Sie hätten viel besser auf die Tasten eines Klaviers oder um den Hals eines Streichinstruments gepasst. Martins Blick wanderte langsam ihren Arm entlang, ihre Haut war fein, etwas an ihr glühte. Von Waltraut ging eine Frische aus, die er noch bei keiner Frau gesehen hatte, und er kämpfte gegen das Verlangen, mit seiner Fingerspitze ihr Schlüsselbein nachzuzeichnen.

Sie stieß durch die Nase ein hörbares Lächeln aus und fragte: »Sind Sie noch bei mir?«

»Sie sind schön.« Martin räusperte sich und zeigte auf die Gestecke. Hinter den Scheiben des Glashauses stapfte der Steinmetz durch die Reihen der Grabsteinrohlinge, und Martin war sich sicher, dass er genau neben dieser Frau beerdigt werden musste. Am selben Abend schrieb er in seiner ersten Notiz, keine auffälligen Aktivitäten in der Gärtnerei beobachtet zu haben. Man könne Schwester K. F. aus dem Visier nehmen, da sie sich ihm gegenüber zu keiner Zeit anders als parteilich und fortschrittlich geäußert hätte. In puncto Zielperson W. F. wäre es aber für weitere Erkenntnisse und sachdienliche Hinweise zwingend, einen regulären Umgang herzustellen.

8

In den großen Ferien Geburtstag zu haben war ein Fluch. Die meisten Kinder waren mit ihren Eltern im Urlaub, und es hatte von vornherein keinen Sinn, Einladungskarten zu schreiben. Als ich noch in der Unterstufe war, hatte mein Vater versucht, eine Feier für mich zu organisieren, aber von zwanzig eingeladenen Schulkameraden kamen nur zwei zur Schnitzeljagd im Hexengarten. Ich musste tagelang Torte essen und nahm mir vor, meinen Geburtstag nie wieder zu feiern. Insgeheim beneidete ich aber die Kinder, die an normalen Tagen Geburtstag hatten und vor ihrer großen Feier nach der Schule von unserer Lehrerin Schokolade geschenkt bekamen. Mein Vater hatte den Vorschlag gemacht, in diesem Jahr die Mädchen einzuladen, mit denen er mich ständig auf dem Spielplatz sah, aber ich traute mich nicht, Katja und Bine zu fragen. Vor allem Bine war immer noch sauer auf mich, weil ich ohne Süßigkeiten und Limonade vom Haus der Sieberts zurück in die Röhre gekommen war. Sie ließ mich draußen schmoren und ich hörte, wie sie Katja davon zu überzeugen versuchte, mich loszuwerden.

Ich fand den Mut erst einige Tage später, als sie sich abgeregt hatte und ich wieder mitspielen durfte.

»Kommt ihr am Freitag zu meinem Geburtstag?«, fragte ich und sah dabei nur Katja an. Wir schlenderten über die Fußballwiese nach Hause und ich drückte ihr meine Leine in die Hand.

»Mein Vater kommt aus Berlin und holt mich ab.« Bine gähnte. »Ich soll über eine Woche bleiben, damit ich seine neue Freundin kennenlerne. Immerhin gehen wir direkt ins Kino und gucken irgendwas ab sechzehn.«

Katja rannte in die Brache zwischen Haus vier und fünf zum Stromkasten. Sie stützte ihre Hände auf die Steinplatte und zog sich hoch, danach half sie Bine und mir. Sie umfasste mein Handgelenk und ihre Oberarmmuskeln spannten sich unter meinem Gewicht. Ich starrte auf die Vene, die von ihrer Armbeuge bis hoch zu ihrer Schulter lief, und konnte die abgekühlte Sonne auf ihrer Haut riechen, als ich zu ihr hochkletterte. Alles an Katja fühlte sich drahtig an. Ich klammerte mich an ihr Fußgelenk und zog sie dabei fast vom Kasten.

»Fein, das hast du gut gemacht!« Sie kicherte, zündete eine Zigarette an und steckte mir den Filter zwischen die Lippen.

»Komm doch einfach mit nach Berlin«, sagte Bine zu Katja.

»Wirklich? Kino wäre schon cool! Ich darf zu Hause nicht mal fernsehen.«

»Mein Vater hat einen richtig großen Fernseher!«

»Und meiner einen richtig großen Schaden!«

Katja und Bine lachten. Ich fixierte die Zigarettenspitze und versuchte, nicht zu husten. Es half, sich auf das leise Knistern der Tabakblätter zu konzentrieren und dabei die Glut zu beobachten, wie sie mit jedem Zug mehr in Richtung Filter rutschte.

Bine rechnete für Freitag mit einer riesigen Tüte Popcorn und damit, dass sie bei Burger King essen gehen und am nächsten Tag Klamotten kaufen würden. Vor allem aber rechnete sie damit, dass Katja lieber mit ihr in der Hauptstadt ins Kino gehen würde als auf einen Kindergeburtstag im Garten meiner Tanten.

»Und was habe ich davon, wenn ich auf deine Feier komme?« Katja riss mir die Zigarette aus der Hand und schnippte den Filter mitten in einen der Lochsteine.

Ich starrte auf die senkrechte Rauchsäule, die zwischen den Blättern der Schafgarbe aufstieg. »Wir machen Feuer und Knüppelkuchen. Und wir können im Zelt schlafen.«

»Blindekuh und Topfschlagen gibt es auch?«, fragte Bine und sprang vom Stromkasten. »Leute, ich muss los!«

»Haha, du bist die blinde Kuh.« Katja sprang auf Bines Rücken, die in Richtung der Elbpromenade lostrabte.

»Muh, muh!«

Katjas Lachen entfernte sich viel zu schnell. Ich schloss die Augen, das endlose Wabenmuster der Gittersteine machte mich schwindelig. Aus einem der Fenster über mir dröhnte hinter Gardinen die monotone Stimme eines Nachrichtensprechers, irgendwo schlugen Töpfe gegeneinander und etwas Großes zischte wütend im Bratenfett auf. In Zeitlupe rutschte ich bäuchlings vom Kasten, doch meine Füße fanden keinen Halt und traten ins Leere. Ich spürte, wie der Stoff meines Nickis bis in die Achselhöhlen rutschte und wie meine Brustwarzen über den körnigen Stein schrammten. Als ich unten ankam, hörte ich auf dem Fußballplatz hinter mir Gelächter. Kurz verlor ich das Gleichgewicht und für einen Augenblick war ich mir nicht sicher, ob mich der Stromkasten erwischt hatte. Ich zog den Stoff über meine Hüften und fiel beim Umdrehen fast über meine Füße. Zum Glück lachte der Fußballplatz nicht über mich, sondern über einen der Torhüter, der sich umringt von der grölenden Gegenmannschaft unter der Latte auf dem Boden krümmte. Ein Schuss musste ihn genau zwischen den Beinen getroffen haben.

Wie jedes Jahr bestand ich darauf, meinen Geburtstag im Hexengarten bei Tante Fuchs und Tante Eli zu feiern. Sie steckten Fackeln in den Boden und befestigten meterweise Lichterketten, die wie Fadenkreuze von einem Baum zum anderen liefen. Tante Fuchs backte meine Lieblingstorte, für die man zehn Tafeln Schokolade brauchte, und Tante Eli dachte sich die verrücktesten Spiele aus. Im letzten Jahr hatte sie einen Schatz in der Elbe versenkt, den man nur finden konnte, wenn man die Rätsel richtig löste. Mein Vater und ich ruderten ewig die Bucht ab, bis wir die mit Süßigkeiten gefüllte Kiste an der Kette unter einer Boje fanden.

Als mein Vater und ich ankamen, hingen zwischen den Weinreben bereits die roten Faltlampions von den Dachbalken der Veranda, und aus der Ferne war das Splittern des Holzes für mein Geburtstagsfeuer zu hören, das Tante Fuchs bei Einbruch der Dämmerung in einer zerbeulten Öltonne entfachen würde. Sie stand mit der Spaltaxt breitbeinig vor dem Hackklotz und warf die Scheite säuberlich auf einen Haufen.

»Ihr seid zu früh!« Tante Eli lachte und warf uns vom Buffettisch aus Luftküsse zu, die Hände vom Knüppelkuchenteig verklebt. »Alles Gute zum Geburtstag, Pillchen! Fuchsi hat deine Geschenke überall im Garten versteckt, du musst sie nur suchen.«

»Das ist ja aufregend!«, sagte mein Vater, als mir Tante Eli einen Beutel in die Hand drückte und mich auf die Wiese schob.

Tante Fuchs winkte mir zu und wies mit der Axt in Richtung zweier Buchsbäume, die den Eingang ins Gewölbe markierten.

Die Suche war nicht einfach, weil beide Tanten es nicht über das Herz brachten, den Pflanzen ihre Wuchsrichtung vorzugeben. Die Bäume im Hexengarten steckten wie Puzzleteile ineinander und die Büsche waren über die Jahre so miteinander verwachsen, dass der gesamte Garten vom oberen Stockwerk des Fischerhauses betrachtet wie ein Bollwerk aus Blättern, Ruten und Ästen aussah. Himbeeren wuchsen neben Johannisbeeren, Stachelbeeren neben Mirabellen, man musste sich mit mindestens vier Körben den Weg durch das Dickicht schlagen, um die vielen Früchte ordentlich von den Zweigen zu pflücken. Der Hexengarten verschluckte den Tag und man konnte sich leicht im Halbdunkel der überwucherten Trampelpfade verlaufen. Man wurde erst am Ende des Grundstücks ausgespuckt, wo das Gestrüpp in eine kleine Badewiese mit Steg überging. Daneben stand die Fischbude mit ihren drei Schornsteinen, aus denen immer Rauch quoll, wenn ich zu Besuch war. Ich konnte mir hinterher die Haare so oft waschen, wie ich wollte, der Geruch nach Räucherholz blieb tagelang an mir hängen.

Ich kannte die Route durch das Gewölbe genau: am Gartenzwerg mit gelber Mütze nach links und so lange geradeaus, bis man auf eine Gruppe Fliegenpilze aus Sandstein stieß. Hier driftete der Pfad nach rechts ab, vorbei an mehreren Weidenkätzchen und den »ewigen Brombeeren«, die Tante Fuchs so nannte, weil sie sogar bei Schnee entweder blühten oder ganze Beeren trugen. Von hier schlug der Weg eine scharfe Rechtskurve und führte nach elfeinhalb Schritten zur Elfenstadt, einem von Zunderschwämmen übersäten Baumstumpf. Mich erinnerten die überlappenden Schirme immer an Balkone, ein Schirm pro Elfenfamilie, eine Kaserne für Elfen mitten im Hexenwald meiner Tanten. Bog man an dieser Stelle falsch ab, landete man wieder am Anfang des Labyrinths. Ich orientierte mich immer am

Klirren der Windspiele, die an den Ästen jedes Obstbaums hingen, um die Stare zu verscheuchen. Tante Fuchs bastelte sie aus leeren Konserven, Angelschnur und Kronkorken. Sie hängte die Mobiles in jeden Baum entlang der Uferlinie, die sich sogar bei kleinsten Regenfällen in ein Schlammloch verwandelte. Stand der Wind richtig und blies aus Westen, wies er einem sicher den Weg nach draußen zur Badewiese. Kam er von Osten, musste man genau hinhören, denn der Klang schien von allen Seiten zu kommen und ging im Rauschen des Blätterdachs unter. Oft hatte mich mein Gehör getäuscht und ließ mich so lange im Kreis laufen, bis ich erst am Gartenzwerg wieder wusste, wo ich mich befand. Heute horchte ich vergeblich in die Windstille, die die Mobiles in den Bäumen hatte verstummen lassen.

Alles, was ich einsammelte, waren Dinge, die Katja gut gefielen und die nur deshalb auf meinem Wunschzettel gelandet waren: Drei CDs von ihrer Lieblingsband The Cure steckten schräg in den Astlöchern der Holunderbäume, deren Kronen eine Seite des Gewölbes vollständig überdachten. Sie trugen in dem Jahr so viele Blätter, dass ich eines der Alben fast übersah. Ich lief die Wege mehrere Male ab. An den ewigen Brombeeren bog ich absichtlich falsch ein, in der Hoffnung, das wichtigste Geschenk doch noch zu finden. Um das Paar Leuchtturnschuhe hätte mich jede auf dem Spielplatz, allen voran Bine, beneidet, und ihr Schmollen stand auf meiner Liste ganz oben. Auf den ersten Blick wirkten die Schuhe wie normale Sportschuhe, doch an beiden Seiten der Fersen hatten sie punktförmige Plastikfenster, die blinkten, sobald die Sohlen den Boden berührten. Statt der Schuhe trug Bine eine gefaltete Katalogseite bei sich, auf der ein Mädchen in enger Jeans unter einem Basketballkorb posierte. Ihre Beine nahmen die halbe Seitenlänge ein, meine hätten auf

Viertelhöhe aufgehört. Wenn ich im Sitzen auf meine kompakten Schenkel hinabsah, musste ich immer an festgekochte Rollbraten denken. Die Haare des Models fielen in vollen Locken über ihre Brüste, meine schafften es gerade so unter die Ohrläppchen. Dem Mädchen standen die Schuhe besser als jeder von uns. Katja hielt die Seite oft in ihren Händen und verstummte. Ich fragte mich, ob sie die Schuhe betrachtete oder das lächelnde Model mit den perfekten Zähnen. Bine war barfuß mehrmals in der Röhre auf und ab gelaufen und vor uns stehengeblieben, damit Katja und ich uns die blinkenden Schuhe an ihren Füßen vorstellen konnten. Leider gab es bei uns auf dem Kasernenhof weder einen Basketballplatz, noch hätte Bines Mutter ihr teure Sachen aus irgendwelchen Katalogen bestellt.

Zwischen den engen Trieben einer Korkenzieherweide hingen in buntes Glanzpapier gewickelte Maracujabonbons wie Baumschmuck zu Weihnachten. Katja schwärmte von dieser Sorte, die es nicht im Papierlädchen, sondern nur im neuen Supermarkt zu kaufen gab. Und darunter stand tatsächlich ein Päckchen, das die Größe eines Schuhkartons besaß.

Das einzige Geschenk, das Katja blöd gefunden hätte, war ein Buch über Vogelbestimmung, das aus dem Riss ragte, der die Elfenstadt in ihrer Mitte teilte. Auf der ersten Seite hatte Frau Klinge eine Widmung geschrieben: *Herzliche Glückwünsche, liebe Pilly! Mögest du an deinem Geburtstag immer gutes Vogelwetter haben. Gruß mit Hut, Deine Hedwig Klinge.*

Ich prüfte den Himmel durch die Äste hindurch. Nur eine Wolke war zu sehen. Sie sah aus wie der Puffärmel einer Riesin, und nicht ein Vogel kreiste über der stehenden Hitze, die den Hof der Kaserne und den Hexengarten bis in die Wurzeln erfasst hatte. Ich warf den Beutel über meine Schulter und wollte das

Ufer nach weiteren Geschenken abgrasen. Auf dem Weg durch das Gewölbe suchte ich noch immer vergeblich nach dem Klimpern der Windspiele und erschrak umso mehr, als ich am Wasser die gefällten Bäume sah. Zwischen den Stämmen hatte sich eine Gruppe Wasserwanderer breitgemacht, die Tante Fuchs nicht ausstehen konnte, weil ihre Zelte überall gelbe Abdrücke auf der Wiese hinterließen und sie den Hexengarten als Toilette benutzten. Sie war häufig damit beschäftigt, Klopapierfetzen einzusammeln und das Obst abzuzählen, das die Paddler übriggelassen hatten.

»Wollen wir ein Lagerfeuer machen?«, fragte eins der Mädchen mit Blick auf die herumliegenden Äste und ließ die Zeltstangen an ihren Gummis ineinanderschnappen. Die Freundin neben ihr nickte und versuchte, die mit ihren Abspannleinen zu einem Paket geschnürte Zeltplane zu befreien.

»Guter Plan! Hinter dem Steg habe ich eine Reuse gesehen. Wir nehmen uns da Fische raus und braten die«, erwiderte ein Junge mit Pferdeschwanz und hievte eine Palette Bierdosen aus dem Kanu in die Hände seines Kumpels. Ich verstand, warum Tante Fuchs hoffte, dass die Windspiele im Normalfall nicht nur Singvögel, sondern auch Wasserwanderer abhielten. Tante Eli dagegen freute sich über Touristen. Wer den ganzen Tag auf dem Wasser war, der isst für zwei, meinte sie, aber Tante Fuchs beschwerte sich trotzdem, weil die Fischbude seit Monaten überhaupt nicht geöffnet war. Ohne die Sitzbänke und die gestreiften Sonnenschirme wirkte sie wie ein normaler Schuppen. Früher hatte man die Gäste bis hoch ins Fischerhaus hören können, das Klirren der Biergläser und das Kratzen von Besteck auf Porzellan. Jetzt stand die Elbe tiefer als sonst und das Wasser schwappte lustlos gegen das Kanu, das die Paddler neben Tante Elis Angelboot am Stumpf der Trauerweide festgebunden hatten. Auf dem Weg zurück zum Haus hörte ich in meinem Rücken die Mädchen kreischend vom Steg springen und hoffte, sie würden den Wasserschaukelbaum nicht entdecken. Er ragte ein Stück weiter hinter der Fischbude schräg über das Ufer. Meine Mutter hatte sich minutenlang am Schwingseil festhalten können, ohne in den Fluss zu fallen. Mein Rekord lag bei 37 Sekunden.

Die Weinreben hingen von den Balken der Veranda und verschluckten meinen Geburtstag. Durch die Öffnungen des Rankgitters schnarrte Tante Elis Rabenlachen. Es klang wie ein tief in der Lunge sitzender Husten und abschreckender als die Windspiele der Badewiese. Eine der Holzrauten umrahmte das Gesicht meines Vaters, das im Schlaf auf seiner Brust gerade so Halt fand. Die Schokoladentorte schmolz in der Hitze, die von der Feuertonne ausging.

»Und? Hast du gefunden, was der Postbote heute Morgen hier für dich abgegeben hat!« Tante Fuchs schielte auf meinen Beutel und stolperte beim Gehen über die aufgereihten Knüppelkuchenspieße. Ich nahm das Päckchen aus dem Sack, stellte es vor mir auf die Tischplatte und befreite es ungeduldig von dem Packpapier. Ich fragte mich, woher meine Mutter jedes Jahr wusste, was ich mir am meisten wünschte. Langsam zeichnete ich mit der Fingerspitze die runden Bögen ihrer Handschrift im Adressfeld nach.

»Und warum kommt sie nicht selbst?«, fragte ich.

»Wollen wir es aufmachen?« Tante Fuchs spielte mit der Klinge eines ausfahrbaren Teppichmessers. Sie ritzte die Klebestreifen auf und reichte mir den Karton.

Die Schuhe sahen in echt noch viel besser aus als im Katalog und obwohl ich mich darüber freute, dass meine Mutter meinen Geburtstag nicht vergessen hatte, und vor allem über das Gesicht, das Bine machen würde, war ich von Katjas Abwesenheit enttäuscht. Die einzige Person, die wie jedes Jahr zum Gratulieren auf ein Stück Kuchen vorbeikam, war Frau Mertens von nebenan. Sie schenkte mir wie immer eine Tafel angelaufene Schlager-Süßtafel.

»Eli, kannst du einen Kaffee aufsetzen? Wir brauchen dringend Kaffee!« Tante Fuchs blickte besorgt zu meinem Vater hinüber, dessen Schnarchen sich den Baumsägen auf dem Grundstück der Mertens angepasst hatte, und fädelte mir die Schnürsenkel ein.

9

Ich lief dreimal vor dem Eingang der Röhre hin und her, bis Katja mich endlich sah und beim Aufspringen einen der Bierkästen umwarf.

»Mensch Pilly, warte! Ich hatte Hausarrest!«

Sie krallte sich meinen Ärmel und ihr Griff durchfuhr mich wie ein Stromschlag.

»Mein Vater hat mich beim Rauchen erwischt.«

Die Außenseite ihrer Augenbrauen kräuselten sich, was immer passierte, sobald sie eine Sache ernst meinte. Ich starrte auf die Kappen meiner neuen Schuhe, die ich angezogen hatte, obwohl der Morgen schon so schwül gewesen war, dass mein Vater und ich in Unterwäsche am Frühstückstisch gesessen hatten. Katja zog mich in die Röhre und sofort wurde es kühler. Die Hitze schaffte es nie bis in unsere Küche. Es roch nach Sand und Baustelle. Der Geruch ging von der Decke aus, die Sonnenstrahlen ließen die Feuchtigkeit verdunsten.

»Freundinnen?«, fragte Katja und umarmte mich fester als sonst. Ich blickte über ihre Schulter hinweg und sah, dass sie auf Papptellern zwei YES-Törtchen vorbereitet hatte. In meinem steckte wie in der Werbung eine dünne Kerze. Sie richtete den umgefallenen Bierkasten und verbeugte sich vor mir wie ein Ober. »Bitte schön, Madame!«

Ich setzte mich so, dass sie die Lämpchen an meinen Turnschuhen sehen konnte, und beobachtete, wie sie erst die Kerze, dann zwei Zigaretten auf einmal anzündete. Ich pustete den Rauch gegen die bekritzelte Röhrenwand.

»Neue Schuhe?« Katja zwinkerte mir zu. »Bine wird dich auf jeden Fall umbringen.«

Unser Lachen prallte vom Beton ab. So muss es sich in einem U-Boot anhören, dachte ich und war glücklich, Katja ganz für mich zu haben. Das passierte so gut wie nie, und ich war froh, die Gemeinheiten, die sich Bine für mich ausdachte, nicht ertragen zu müssen. Ich nahm die Mutproben an, denn je übler mir Bine mitspielte, desto netter war Katja zu mir.

Kurz vor ihrer Abreise nach Berlin hatte Bine mir eine Handvoll Mahonienbeeren in den Napf geworfen, als Katja in die Bäckerei gegangen war, um Wassereis zu kaufen.

»Wenn du alle isst, bist du wirklich eine von uns«, hatte sie gegrinst und sich im Schneidersitz vor mir hingesetzt. Ich hatte die erste Beere schon geschluckt, als Katja vor Schreck das Eis in den Sand fallen ließ und den Napf gegen die Wand warf. Bine behauptete, sie habe nicht gewusst, dass die Beeren giftig seien, schließlich würde ihre Mutter aus ihnen sogar Marmelade kochen.

Meine Schuhe blinkten am besten an der dunkelsten Stelle der Röhre, dort, wo die Sandkastenmädchen schlafen gelegt wurden. Katja biss sich auf die Unterlippe und meinte, ich sei hübscher als das Model aus dem Katalog, und schrieb mit einem Edding K + P = ♥ neben den Ausgang.

Ich wusste, dass sie log. Katja log ständig. Ihre Nasenflügel bebten dann und sie biss sich so fest auf die Unterlippe, dass man die Abdrücke ihrer Schneidezähne noch Minuten später erkennen konnte. Je größer die Unwahrheit, desto tiefer wanderten sie, ganz selten landeten sie in der Kuhle oberhalb des Kinns, die ich bei Katja besonders hübsch fand.

Zur nachträglichen Feier meines Geburtstags schlug Katja einen Familienausflug in den Auenwald hinter der Gartenkolonie vor. Die Hitze schlug uns ins Gesicht, als wir den Hinterausgang der Röhre verließen. Auf dem Spielplatz stritten sich ein paar Mädchen um die besten Wippenplätze und die Jungs lagen neben ihren Bällen flach im Gras. Die Schwalben flogen bereits auf halber Höhe und kündigten das Gewitter an, auf das alle seit Tagen warteten. Frau Klinge hatte mir erklärt, dass nicht die Schwalben selbst das Wetter prophezeien, sondern der Luftdruck die Fluginsekten beeinflusst. Je schlechter die Prognose, desto tiefer sinkt das Luftplankton, von dem sich die Vögel ernähren.

Katja und ich liefen Hand in Hand die Schienen entlang und die Grillen zirpten so laut im Schotter, als säßen sie in unseren Ohrmuscheln. Zwischen unseren Fingern wurde es feucht, ich fühlte Katjas Puls auf meinem Handrücken. Wir schlenderten an Frau Klinges Garten vorbei und machten einen scharfen Bogen nach rechts. Selbst unter dem dichten Blätterdach des Auenwäldchens ließ die flirrende Luft über den Kieseln den Weg vor uns verschwimmen.

»Hattest du keine Angst, nachts allein im Zelt zu schlafen?«

Ich löste meine Hand aus ihrer, weil mich die Frage daran erinnerte, dass sie nicht zu meinem Geburtstag gekommen war, obwohl sie es noch am Tag vorher fest versprochen hatte. »Manchmal hört man komische Geräusche, aber das sind meistens herabfallende Äste. Oder Maulwürfe.«

Katja wollte wissen, wie Maulwürfe klingen.

»Wie das Zischen einer Sprudelwasserflasche, wenn man sie mit einem Ruck aufdreht. Oder wie eine fauchende Katze, die so groß ist wie ein Hamster.«

Die seltsamsten Geräusche waren in der Nacht im Hexengarten von der Kanutruppe am Ufer zu hören gewesen. Ich erzählte Katja, wie es aus einem der Zelte erst leise, dann immer lauter gewimmert hatte. Eins der Mädchen musste Schmerzen gehabt haben. Sie hatte abgehackt gekeucht, wie Kessel-Klara beim Treppensteigen, und dann wurde es plötzlich ganz still.

»Glaubst du, sie ist ohnmächtig geworden?«, fragte ich, und Katja lachte so laut los, dass die Vögel über uns durch die Baumkronen schossen.

»Weißt du nicht, wie sich Liebe anhört?«

Ich versuchte mir nicht anmerken zu lassen, dass ich keine Vorstellung davon hatte, wie Liebe sich anhörte. In meiner Fantasie klang sie mehr wie ein Rascheln und nicht schmerzhaft. So wie beim letzten Thälmann-Lauf, als Katjas Schritte den Kies zur Seite traten, oder wie die Noppen der Bürste auf meiner Kopfhaut, mit der meine Mutter früher nach dem Baden durch meine Haare gefahren war.

»Männer finden es gut, wenn Frauen bei der Liebe laut sind«, sagte Katja. »Das musst du dir merken.«

Der Trampelpfad zum Teich verlief quer durch das Wäldchen und fiel an einer Stelle so steil ab, dass ich mich an Katja festhielt. Ich hatte vorher noch nie in dem Teich gebadet, weil mein Vater meinte, er sei voller Wasserschlangen und Blutegel. Außerdem habe dort Herr Brunig von der Wäscherei vor Jahren seine Schildkröten ausgesetzt, die seitdem überall herumschwammen.

Je näher wir dem Tümpel kamen, desto stärker wurde der Gestank nach verrottetem Holz und schalem Süßwasser. Am Ufer breitete Katja eine karierte Decke aus und warf mir ein Handtuch zu. Es roch nach ihrem Öl und am liebsten hätte ich mich sofort darin eingewickelt. Mit dem Fuß testete ich das Wasser, es färbte meine Haut beim Eintauchen giftgrün und hinterließ ein klebriges Gefühl. Ich konnte hören, wie Katja hinter mir immer nackter wurde. Der Stoff ihrer Kleidung raschelte. Das Wasser warf gelben Schaum an die Ränder des Teichs und spiegelte reglos die Blätter über sich.

»Kannst du mir mal helfen?«

Katja stand mit dem Rücken zu mir und hielt den Verschluss ihres BHs zwischen den Fingern. Schneller, als ich wollte, öffnete ich die Ösen, und starrte auf die Härchen an Katjas Nacken. Ich legte meine Arme um ihre Taille und drückte meine Stirn gegen die Schweißrinne auf ihrem Rücken. Sie fiel in gerader Linie ab und teilte Katjas Körper in zwei gleiche Hälften. Ich mochte es, dass ihr Atem wegen mir laut wurde, und fragte mich, ob es an meinem Gesicht zwischen ihren Schulterblättern lag oder ob meine Umarmung zu fest war.

Sie löste sich aus meinem Griff und sprang in drei langen Sätzen ins Wasser. Ihr Körper tauchte unter, ich zählte die aufsteigenden Blasen und kämpfte gegen das Bedürfnis, den Trampelpfad hoch und zurück zu den Schienen zu rennen.

»Worauf wartest du?« Katja winkte mich zu sich heran, der Teich perlte an ihren Brüsten ab und ich starrte auf ihr dunkles Schamhaar, in dem die Wassertropfen das Licht reflektierten. Ich zog mich bis auf den Schlüpfer aus und versuchte, nicht an die Egel und Schildkröten zu denken, hoffte, dass Katja meine Brustwarzen nicht zu hässlich fand. Ihre standen ab und hatten die

Farbe von Kaffee, meine versteckten sich in tiefen Löchern und sahen aus wie die Haut eines Ferkels. Insgeheim beschwor ich das Gewitter herbei, damit ich mich wieder anziehen konnte, stürzte mich aber so schnell in den Teich, dass es nach allen Seiten spritzte. Ich tauchte so langsam wie möglich auf Katjas Beine zu, und je näher ich ihnen kam, desto heftiger schlug es hinter meiner Brust. Etwas hielt mich unter Wasser fest und ich stieß mich erst nach oben, als mir die Luft ausging.

Katja grinste, als ich vor ihr auftauchte, und sagte: »Mutig.«

Der Tümpel war flach und reichte mir in seiner Mitte gerade bis unter die Schultern, sodass ich mit angewinkelten Beinen schwimmen musste. Der Grund war schleimig und fühlte sich an wie Treibsand. Immer wieder berührte etwas meine Beine, vielleicht der Panzer einer Schildkröte oder Katjas Hände, und ich kreischte, worüber sie sich lustig machte. Wir versuchten über andere, aber nicht über uns zu reden.

»Nach der Schule gehe ich nach New York und studiere Mode.« Katja prustete und versuchte, sich nicht an dem Teich zu verschlucken. »Aber mein Vater erlaubt das nicht.«

»Was sollst du denn machen?«

»Keine Ahnung ... Dabei bräuchte er eigentlich echt jemanden in der Familie, der Mode kapiert. Seine Uniformen sind voll peinlich.«

»Ich finde total ekelig, dass der den Fisch von meinen Tanten isst.« Immer wenn ich Katjas Vater zufällig im Hexengarten begegnete, schaufelte er tellerweise stinkende Fischbrötchenhälften in sich hinein.

»Ja! Der schmeckt irgendwie nach Schlamm und Seife.«

»Mein Vater säuft dazu immer Schnaps.«

»Vielleicht muss man den saufen, weil man sonst kotzen muss.«

Ich wollte Katja sagen, dass meine Mutter den Fisch früher genauso widerlich fand und mein Vater auch ohne Fisch ständig trank, aber sie redete einfach weiter. Sie war froh, dass bei ihr zu Hause getrunken wurde, weil ihr Vater dann früh ins Bett ging und sie ihre Grufti-Musik, wie er die Lieder von The Cure nannte, ohne Kopfhörer hören konnte. Wer so was hörte, konnte früher kein Abi machen, hatte er gesagt und die Sicherungen herausgedreht. Danach war er ins Bandauer gestolpert und in Katjas Zimmer funktionierten die Lichtschalter nicht mehr.

Wir schwammen umeinander herum wie Fische in einem Glas, bis uns der einsetzende Regen aus dem Teich trieb. In meinem Treppenhaus gab ich Katja meine Turnschuhe, weil ihre nassen Füße auf dem Rückweg bei jedem Schritt aus den Sandalen gerutscht waren. Sie umarmte mich und ich konnte riechen, wie die Nässe über ihrer warmen Haut verdampfte. »Willst du noch kurz mit reinkommen?«, flüsterte ich, doch bevor Katja antworten konnte, stöhnte Kessel-Klara eine halbe Treppe unter uns über das Gewicht des riesigen Ventilators, der auf die Stufen knallte und sie fast mitzog. Ihr Atem ging so hastig wie mein eigener, als Katja sich von mir losmachte und ihr zu Hilfe eilte. Sie klemmte sich das klobige Teil unter den Arm und sprang an mir vorbei.

»Dritter Stock!«, keuchte Kessel-Klara und erreichte meine Wohnungstür erst, als Katja längst wieder neben mir stand. »Vielen Dank, mein Kind.« In ihrer Handtasche knisterte die Lakritztüte.

»Kein Problem. Schönen Tag noch«, sagte Katja und drehte sich dann zu mir. »Dir auch, du Süße.« Sie umarmte mich kein zweites Mal, sondern rutschte pfeifend das Treppengeländer nach unten bis zur Haustür.

Ich beobachtete Katja lange durch das Treppenhausfenster, wie sie die Salmiakpastillen an die Platane warf, um jede Pfütze einen Bogen machte und immer wieder in die Luft sprang, um die Sohlen leuchten zu lassen. Sie hatte sich den ganzen Nachmittag über nur einmal auf die Unterlippe gebissen, und auch nur ganz kurz, als sie mir versicherte, im Teich noch nie eine von Herrn Brunigs Schildkröten gesehen zu haben.

10

Katharina saß im Zug Richtung Westen und fühlte sich nicht richtig. Am Fenster zogen Felder und Lichtungen vorbei, kleine Auen und Kirchturmspitzen. Alles wirkte wie zu Hause, aber die Befürchtung, durch ein anderes Land zu fahren, wurde sie nicht los. Die anderen Passagiere schienen ihr anzusehen, dass sie das Gefühl hatte, etwas Verbotenes zu tun. Als würde die Teilung nach wie vor bestehen. Sie lächelten ihr zu und nickten. Freundlich. Aber immer mit dieser den Wessis eigenen Überlegenheit. Drüben sind sie arrogant, hatte ihre Mutter zu ihr gesagt, als sie Waltraut einmal dabei erwischt hatte, wie sie heimlich unter dem Reetdach Mittelwelle hörte, und vielleicht lag sie gar nicht so falsch damit. Die Leute trugen andere Frisuren, und fast jeder Fahrgast studierte neugierig den Haarschnitt, den Eli ihr seit Jahren alle drei Monate zurechtstutzte. Katharina konnte den Gedanken nicht abstreifen, dass die Menschen im Abteil ihr mit diesem Lächeln und Nicken ununterbrochen die Bereitschaft signalisierten, die Errungenschaften der letzten vierzig Jahre auch mit ihr zu teilen. Aber Katharina fand das vermessen. Wegen ihr hätte man die Grenze nicht abschaffen müssen, und einen Friseurladen mit riesigen Trockenhauben, in dem es nach Chemie und Föhnluft roch, brauchte sie in ihrem Ort auch nicht. Sie ärgerte sich über das Westliche, das sogar der Bezug der Sitzpolster im Zug in sich trug, aber vor allem über ihre Schwester, wegen der sie überhaupt in diesem Massenabteil saß. Waltraut mit ihren Sommersandalen und diesem französischen Flechtkranz aus dem Frisurenmagazin hätte schon immer gut hierher gepasst. Katharina machte nicht der Umstand wütend, dass Waltraut ihrem Land und ihrer Identität den Rücken gekehrt hatte. Jeder, wie er will, hatte sie zu Eli gesagt, aber die Fragen, die sie als Tante aushalten und sich selbst stellen musste – die konnte sie nicht so einfach schlucken. Welche Mutter lässt ihr Kind zurück? Und warum hatte Waltraut den Transporter der Kirche am Elbufer abgestellt und ihre Koffer darin zurückgelassen?

Katharina erinnerte sich, dass ihr einige Tage nach dem Verschwinden ihrer Schwester ein Volkspolizist geraten hatte, die Dinge langsam auf sich zukommen zu lassen. Der Mann aß nach dem Frühdienst häufig bei ihr im Imbiss, immer Aalbrötchen mit Meerrettich auf der Seite. Er war es auch gewesen, der ihr kurz nach der Aufnahme der Vermisstenanzeige die Nachricht übermitteln musste, dass man am Elbufer zwar den Wagen, aber keine Spur von Waltraut gefunden hatte.

»Lassen Sie es langsam angehen, schnelle Gedanken bringen Sie nur aus dem Rhythmus«, hatte er gesagt und die Spitze seines Brötchens so gleichmäßig wie möglich in die Meerrettichsahne getaucht. Doch bei Katharina war es eher andersherum: Je langsamer sie nachdachte, desto mehr geriet ihr Kopf aus dem Takt. Sie hörte lieber den Männern am Stammtisch zu, die zu Waltrauts Verbleib viel lebhaftere Theorien hatten als sie selbst, und ließ sich von ihren Gefühlen leiten. An Tagen, an denen sie mit der Sache keinen Frieden schließen wollte, glaubte sie Martins Erklärung, der zufolge ihre Schwester irgendwo im Westen an der Seite des ehemaligen Gemeindepfarrers versuchte, ihr altes Leben zu vergessen. In weichen Momenten schob sie Waltrauts Verschwinden auf die Familie ihrer Mutter, die generationsübergreifend Probleme mit Wasser hatte. Ins Wasser zu gehen, lag in der pommerschen Linie der Familie wie die Neigung zu Kümmerfüßen auf der havelländischen Seite des Vaters. Eine Urgroßtante mütterlicherseits war von einer Kurwoche in der Lübecker Bucht nicht zurückgekommen. Ihr Körper wurde von Anglern in der Nähe von Scharbeutz aus dem Wasser gefischt, was in die Sippenfolklore der geborenen Struwes als tragische Fügung einging, die den bei Ostwind aufkommenden Unterströmungen zu verdanken war. Wenn Katharinas Mutter auf den Tod ihrer Großtante zu sprechen kam, erzählte sie im selben Atemzug die Geschichte von deren Bruder, der im Ersten Weltkrieg die Skagerrakschlacht überlebt hatte, aber auf dem Rückweg nach Wilhelmshaven bei bestem Fahrwetter über Bord gegangen war. Er sei ein hervorragender Schwimmer gewesen, doch das Meer gab ihn nicht wieder her. In den Folgejahrzehnten hatte es in der Familie immer wieder glimpflich verlaufende Unfälle gegeben, bei denen Wasser eine gewisse Rolle spielte. Erst als Katharinas Mutter nicht mehr Struwe hieß und längst im Westen Brandenburgs sesshaft geworden war, rissen die Schlittschuhe einer Großcousine die Eisfläche des Schmollensees auf. Die Stelle, an der der See unter ihren Kufen nachgegeben hatte, war zu flach, um darin zu ertrinken, doch sie bekam nach ihrer Rettung eine so schwere Lungenentzündung, dass sie wenige Tage später starb. Nach diesem Unglück rammte ein Freiwilligentrupp der in Pudagla stationierten Luftverteidigungsdivision im gesamten Kreis Wolgast Warnschilder in den Uferboden, und die geborenen Struwes nahmen sich vor, vor allem junge Mitglieder der Familie von Gewässern fernzuhalten, was sich im Achterland jedoch schwer umsetzen ließ.

Katharina sah in solch tragischen Fügungen immer auch die grässliche Seele der Ostsee. Die stürzte sich nämlich mit grausamer Vorliebe auf jene Verwandten, die der Mühsal des Küstenlebens nichts entgegenzusetzen hatten. Die See stülpte sich über ihre Gemüter und versalzte sie von innen. Sie wurden unbeständig und aufgewühlt, aufbrausend oder haltlos. Die Urgroßtante war immer eine Frau mit Abgründen gewesen und hatte sich regelmäßig die Trübseligkeit vom Hals gebadet, der Fähnrich zur See erlag seiner Kriegsmüdigkeit. Katharina vermutete hinter dem Ableben der Großcousine eine ungünstige Mischung aus schlechten Witterungsbedingungen und der im Achterland weitverbreiteten Langeweile. Waltraut schlug der besagten Urgroßtante nach, ihr Temperament war etwas windig. Katharina wäre nicht überrascht gewesen, wenn ihre Schwester an den Rand der Elbe gefahren wäre, um darin abzutauchen.

Aus den Lautsprechern neben Katharinas Kopf stolperte der Dialekt des Schaffners. Seine Stimme konnte nicht verbergen, dass der Zug über fremden Boden gelenkt wurde. Er schien jeden Ortsnamen dreimal von einem Blatt abzulesen, bevor er selbst verstand, wohin die Waggons steuerten. Im Abteil tauschten die Passagiere Blicke und kicherten in ihre Handflächen.

Am Tag nach dem Mauerfall waren aus dem Lautsprecher des Pucks Sondersendungen und Musik gekrochen, die Katharinas Mutter damals so gewagt gefunden hatte. Sie traute sich nicht, den Fernseher anzustellen, und machte die Fischbude früher auf. Sie freute sich über die Anwohner, die wie üblich ihre Bestellungen aufgaben, ohne die Geschehnisse vom Vortag zu kommentieren. Im Ort tanzte niemand in eine vermeintlich bessere Zeit, und keiner stieg ins Auto, um sich an der Grenze Mitleidsgeld in die Tasche stecken zu lassen. Nur Eli saß im Wohnzimmer aufrecht im Sessel und hielt sich an der Fernbedienung fest. Als Katharina den Raum betrat, knisterten im Fernseher die Röhren.

»Das wird noch was«, sagte Eli und versuchte, zerknirscht zu klingen.

An jenem Freitag kam man im Bandauer zu einer Notsitzung zusammen. Die sonst so gesprächigen Männer saßen kleinlaut vor ihren Gläsern und tranken zu jedem Bier zwei Schnäpse. Über dem Ort hing eine Ruhe, wie sie Katharina vorher noch nie wahrgenommen hatte. Im Betonwerk wurden die Maschinen abgestellt, und Martin bezweifelte, dass sie ihren alten Schwung jemals wiederfinden würden. Schuster Küstrin diskutierte mit Schrauben-Hiller über Honeckers Gesundheitszustand, und Genosse Bergmann verkündete, dass er seinen Dienst quittieren werde, sollte die Transportpolizei vom Westen unterjocht werden.

Nur Pilly bekam von den Sorgen der Erwachsenen nichts mit und spielte am Tresen Goldene Sechs mit Herrn Bandau und Herrn Brunig. Für eine Zehnjährige etwas zu gewieft, bemerkte Bandau, und wenn er seine Groschen vor jedem Wurf wieder auf die falschen Würfelzahlen gesetzt hatte, kicherte sie: »Pech gehabt!«

Die Erwachsenen hofften derweil, dass noch nicht alle Würfel gefallen waren und man im Politbüro eine Lösung fand.

»Ick hab lieber 'nen Affen als 'ne Birne zum Oberhaupt«, sagte Brunig, und Bandau ärgerte sich, dass man von einem zweifelhaften Bündnis ins nächste getrieben wurde. Schon im Sommer hatte er am Stammtisch vom »Warschauer Vertragsfrust« geredet und gemeint, dass der Staat sich nicht über sowjetische Bestandsgarantie definieren solle.

»Der Russe kackt sich selbst vor die Haustür«, murmelte er und setzte ausnahmsweise richtig.

Katharina machte sich so klein wie möglich, als sich ihr an der unaussprechlichen Haltestelle in Schandelah eine Frau gegenübersetzte. Die durch das Fenster fallenden Sonnenstrahlen prallten an der blonden Kurzhaarfrisur ab, die Katharina im Fernsehen bei der englischen Kronprinzessin und im Zug an jeder zweiten Frau von drüben gesehen hatte. Ihre pinken Lippen legten sich über die grelle Haut einer Apfelsorte, die auch in der neuen Kaufhalle auslag, aber niemand im Ort kaufen wollte. Manchmal vermisste Katharina den mostigen Geruch, der über der Apfelplantage ihrer Kindheit gelegen hatte. Wenn es nachts kühler wurde, war er vom Fallobst am Boden aufgestiegen und zwischen den Ästen gewabert, an denen die wurmstichigen Früchte in der ersten Herbstbrise zitterten. Nach dem Blütenfall im Frühsommer federten Katharinas Schritte immer wie durch Schneewehen, und wenn sich nach ihrem Geburtstag im August die gesamte Ernte in den Kronen zeigte, konnte sie mühelos den Apfel bestimmen, der am ehesten reifen würde. Die Wetten gegen Waltraut gewann sie fast immer.

Als Katharina in den Hexengarten zu Eli gezogen war, wurde im Ort viel über die welken Jungfern geredet, die keinen abbekommen hatten und deswegen gut zusammenpassten. Fast wäre sie wieder abgereist, aber der Duft der Obstbäume neben der Imbissbude hielt sie. Er brachte ihr all die Erinnerungen zurück, die schon im Heimatboden ihrer Mutter versunken waren. Katharinas Wurzeln fanden im Schlick keinen Griff. Anders als ihre

Schwester konnte Katharina von Anfang an nichts mit der See anfangen, und es verging kein Jahr nach dem Umzug ins Achterland, in dem sie das Havelland nicht vermisste. Die Sonne konnte noch so dramatisch hinter der Steilküste untergehen und die Brandung in flüssigen Bernstein verwandeln, das Meer der Apfelplantagen trieb sie Katharina nicht aus.

»Uns gehört nicht mal die Kloschüssel, auf der wir sitzen«, hatte Katharinas Vater gesagt, als Obstflächen, Hof und Laden, sogar die hundertfach geflickten Wechselreifen an der Wand der Garage an die Genossenschaft gingen, und war danach immer stiller geworden.

»Das ist nicht richtig«, murmelte er, während er nach dem Fehler suchte oder seine Bedenken sachlich zu Papier und in Umschlägen zur Post brachte. Es war nicht richtig, dass auf seine Briefe keine Antworten kamen und dass das in Zeitungspapier gewickelte Porzellan seiner Eltern in Apfelkisten nach Trassenheide in den Bungalow der Schwiegereltern umgesiedelt werden musste. Katharinas Mutter weinte an diesem Tag viel.

»Wer gegen Berge schreit, muss sich über das Echo nicht wundern«, flüsterte sie Katharina zu und beschriftete mit dem Bleistift die Kisten. Sie tat das mit Schwung, als würde sie es schnell hinter sich bringen wollen.

Was auch immer den Vater dazu zwang, das Havelland zu verlassen – es schlug ihm genauso auf den Magen wie die Samen der Süßlupinen, um die er sich fortan kümmern sollte. Niemand fragte laut, ob er für seine Beschwerdebriefe bestraft wurde. Hatten früher andere dem Vater zugearbeitet, war er nun derjenige, der fester anpacken musste. Statt Äpfeln kamen die gelben Bohnen auf den Tisch, die geröstet nach Nüssen und roh nach unreifen Erbsen schmeckten. Erst verlor er den Appetit auf Deftiges, dann auf Süßes, was allen Sorgen bereitete, und später wurden die Bauchschmerzen so schlimm, dass er sich schon krümmte, wenn er sich nur nach seinen Arbeitsstiefeln bückte. Katharina meinte, dieses Sich-Krümmen komme von der viel härteren Arbeit auf dem Feld, aber vor allem vom Ort Krummin. Es steckte schon im Namen, dass man sich hier winden musste. Sie hasste die sumpfigen Salzwiesen mit ihren aggressiven Seevögeln, die in ihnen brüteten. Das unbeständige Wetter. Die Kreuzwinde. Das Murmeln des Meeres, das alle in der Familie so beruhigend fanden, machte sie nervös und rastlos.

»Dann geh doch einfach im Wald spazieren!«, meckerte Waltraut immer, wenn sich Katharina mal wieder über das Fehlen von Apfelbäumen beklagte und über das Leben an der Wieck sowieso. Aber so ein Bruchwald war doch nicht mal ein echter Wald.

Während Waltraut im Kinosaal des Zinnowitzer Kulturhauses ihre Jugend an männlichen Verabredungen ausprobierte, verfestigte sich die Krümmung in der Körpermitte des Vaters unaufhaltsam. Er lag wie zusammengefaltet auf seiner Seite im Ehebett und verließ sie nur, wenn jemand Geburtstag hatte oder die Schwiegereltern zu Besuch kamen. Katharinas Mutter arbeitete im Ferienheim *Roter Oktober* als Putz- und Empfangskraft und traute sich nach der Arbeit nicht zu ihm ins Zimmer.

Als Waltraut zum ersten Mal ihren festen Freund Karl zum Essen mit nach Hause brachte, entlud sich die Spannung im Körper des Vaters in einem Schwall Blut auf der Tischdecke. Die Spritzer erfassten den Gardinenschal, die Glasglocke des Deckenleuchters und die Blätter des Gummibaums. Sie mischten sich unter die Bratensoße, verteilten sich über den Samt der Thüringer Klöße und Karls Jackett. Danach ging es schnell. Der Vater reiste in einer Kiste zurück ins Havelland und kam endlich wieder in den Boden, der ihm gehörte. Noch Jahre später erinnerte die Tapete neben dem Esstisch alle an den Vorfall, von dem Waltraut Liebeskummer und Katharina Albträume bekommen hatte. Karl war danach nie wieder zum Essen gekommen, und weder tischte Katharinas Mutter seitdem Klöße mit Soße auf, noch brachte sie es fertig, im Wohnzimmer zu renovieren. Stattdessen schlug sie einen Nagel über den Blutfleck auf der Tapete, und immer, wenn jemand zum Kaffee kam, hängte sie ein Ölbild darüber. Eine brandenburgische Landschaftsidylle mit Kiefern vor einem See, die nicht zu dem Möwengeschrei vor dem Haus passte.

Auf dem Weg vom Bahnhof zum Schuhladen fühlte sich Katharina wie ein Süßwasserfisch, der versehentlich ins offene Meer geraten war. Sie fragte sich, was einen Menschen dazu brachte, sich freiwillig durch enge Fußgängerzonen wie diese zu quälen. Alle fuhren die Ellenbogen aus und eckten bei jedem Schritt irgendwo an. Aus den Geschäften dröhnte Musik, auch aus dem Laden, in dem Pillys Turnschuhe zum Glück direkt neben dem Eingang ausgestellt waren. Sie hatte vor ihrem Geburtstag tagelang den Katalog durchgeblättert und von nichts anderem reden können als von den leuchtenden Sohlen der Schuhe, die es wie so vieles im Ort nicht zu kaufen gab. Manchmal war es Katharina unheimlich, wie viele von Waltrauts Schwächen Pilly geerbt hatte und wie sehr sie doch ihr selbst ähnelte. Sie hatten beide die breiten havelländischen Züge, die knollige Nase und schiefen Zähne. Ihre Nichte interessierte sich genauso wenig für Jungs wie sie in dem Alter, hinzu kam diese Sanftmut, die außer ihnen niemand sonst in der Familie besaß und von der Katharina selbst nicht wusste, woher sie kam. Das Gleiche galt für Pillys rote

Haare. Ein Rätsel, das nur Waltraut würde lösen können. Im Bandauer erzählte Martin ab dem dritten Bier regelmäßig, dass er seiner Vaterschaft nicht über den Weg traute. Waltrauts Kleider hätten kaum drei Wochen im Schrank neben seinen Hemden gehangen, schon sei ihr jedes davon zu eng gewesen. Katharina hatte den Zweifeln ihres Schwagers nichts entgegenzusetzen und empfand in solchen Momenten sogar etwas Mitleid. Martin war nicht der erste Mann in Waltrauts Chronik, dem sie sprachlos gegenübergesessen hatte. Ihre Schwester hatte zwar den weniger hübschen Namen, dafür aber die besseren Gene abbekommen mit ihrem dunkelbraunen Haar und den fahlen Augen. Nach dem traumatisierten Karl gab es einen enttäuschten Friedrich, dann einen betrogenen Janko und nach Janko noch viele andere, die Katharina nicht ernst genug nahm, um sich ihre Namen zu merken. Sie erinnerte sich lediglich an einen Ralf, der Waltraut nicht hinterherweinte. Er schenkte ihr zum Abschied ein blaues Auge und ein Zugticket Richtung Fischerhaus. Wie ausgewaschenes Strandgut stand Waltraut mit zwei Koffern plötzlich vor der Tür und weinte ihr so laut in die Schulter, dass Katharina die beiden Gepäckstücke unkommentiert ließ. Vor Martin war da noch Peter gewesen, der Waltraut die Stelle in der Friedhofsgärtnerei vermittelt hatte und rötliches Haar besaß. Katharina konnte Martin die Zweifel also nicht verübeln.

Die Regale waren zugestellt mit Schuhen für jeden Anlass. Schuhe, in denen man Sport treiben konnte, Schuhe für Wanderungen und Strandurlaube, schwarze Modelle für Beerdigungen, weiße für Hochzeiten und bequeme für das Wohnzimmer. Tanzschuhe, Stiefel aus Gummi oder Leder und Riemchensandalen, wie Waltraut sie trug. Katharina klemmte sich hastig den Schuhkarton unter den Arm und trieb auf dem Weg zur Post in Gedanken. Sie wollte nicht an ihre Schwester denken und auch nicht an den Blutstropfen an der Tapete hinter dem Bild im Krumminer Elternhaus. Nicht an die stinkenden Türme der Schaumalgen, die nach Stürmen das Meerufer säumten, und auch nicht an den Kummer ihres Schwagers. Stattdessen versuchte sie, sich die kratzigen Hände ihres Vaters vorzustellen, wie sie eine Apfelkiste nach der anderen hochhievten und die Früchte in die Presse kullern ließen. Den Geschmack der Sorten Spartan und Kalco. Die eine konnte man erst im November essen, die andere war schon kurz nach ihrem Geburtstag im September so weit. Spartan hing fast violett zwischen den Ästen, und sein Saft schmeckte so süß, dass einem die Zähne davon wehtaten. Der Kalco hatte mehr Säure und war ein richtiger Schneewittchenapfel. Seine Schale stach blutrot ins Auge, wo die Sonne sie traf, doch im Schatten blieb sie gelb. Sie wollte sich an die Reihe Obstpflücker unter den Ersatzreifen in der Garage erinnern. Wie eine Armee Zinnsoldaten standen sie beharrlich bis zu ihrem nächsten Einsatz Schulter an Schulter, von Spinnenweben überzogen sahen sie aus wie die Zuckerwatte auf Baumblütenfesten.

Am Schalter wickelte Katharina den Schuhkarton sorgfältig in Paketpapier ein und schrieb Pillys Anschrift auf die Deckelseite. Sie versuchte, Waltrauts runde Handschrift zu imitieren, was ihr mit jedem Jahr besser gelang. Ihre angeborene Sanftmut ließ nicht zu, dass jemand in schlechtem Licht dastand oder irgendetwas die Kindheit ihrer Nichte wegwusch, wie es damals die Ostsee mit ihrer eigenen getan hatte.

11

Regnete es länger als zwei Tage hintereinander, sahen die Kasernen noch grauer aus. Die Fassaden sogen sich voll und glänzten wie die Schuhe im Schaufenster von Herrn Küstrin. Auf dem Spielplatz schlugen die Tropfen so große Löcher in den Sand, dass man sie sogar vom Fenster ausmachen konnte. Am Sandkastenrand ließ die Nässe die Reste der Kuchen zerlaufen, und die Schaukeln schwangen langsam hin und her, wenn der Regen sie in einem bestimmten Winkel traf. Nur auf der Wiese rollte der Ball, und die Jungs schlitterten klatschnass von einem Tor zum anderen. In der Drei lehnte Frau Wenzel mit verschränkten Armen am Fenster auf ihrem Stickkissen und trug über ihrem Kopftuch eine Regenhaube. Sie feuerte die Spieler mit der Faust an, und weil sie zwischendrin immer wieder vergaß, für welche Mannschaft sie war, jubelte sie bei jedem Tor mit. Frau Karauschek zog ihren wasserscheuen Hund unter einem Regenschirm neben sich her. Das Wetter hatte ihn in einen Wischmopp verwandelt, der in langen Schlieren den Dreck auf dem Gehweg hinter sich herzog.

»Bläst hier jemand Trübsal?«, trompetete mein Vater und knipste den Fernseher aus.

Ich zuckte mit den Schultern und guckte weiter runter zu den Röhren, die genauso grau waren wie die Kasernen.

»Komm, Pilly, du kannst den Zwinger anmalen.« Er quälte sich aus der Sitzkuhle seines Sessels.

Ich hatte keine Lust darauf, eines seiner daumengroßen Eisenbahngebäude mit Lack zu bepinseln, und dachte viel lieber an Katja im Teich. Beim Unter-Wasser-Worte-Raten hatten ihre Luftblasen an meinem Hals gekitzelt und ihre Stimme dunkler geklungen. Immer wieder dachte ich an unsere Körper, wie sie sich aneinanderkrallten, um nicht an die Oberfläche zu treiben. Wie mir das Wasser in den Augen gebrannt hatte und ich Katjas Gesicht nur über die Feuerzeugteilchen ausmachen konnte, die als silberner Halbkreis über ihrem Kopf schwebten. Luftschloss. Pferdekuss. Schnapsdrossel. Nur zwei ihrer Wörter hatte ich nicht erraten, weil sie auf Russisch waren.

Mein Vater taperte durch den Flur und hangelte sich an den Wänden entlang, um nicht zu stürzen. Das passierte immer, wenn er zu lange in den Welten hinter dem Fernsehbildschirm verbracht hatte und ihn die Realität aus dem Gleichgewicht brachte. Im Tausch gegen meine Mutter hatte ich mehrere Väter bekommen. Einer zündete Laternen an und erzählte die besten Geschichten. Früher hatte ich an den Mottengeist geglaubt, der immer dann in meinem Zimmer spukte, wenn ich nicht ordentlich staubwischte. Er ließ Glühbirnen flackern, konnte Zimmerpflanzen verrücken oder sogar Bücher im Raum schweben lassen. Ich hatte nie herausgefunden, wie mein Papa diese Kunststücke hinbekam. Ich war fasziniert vom allwissenden Kochtopf, der immer dann pfiff, wenn ein Ei nicht mehr zu weich und noch nicht zu hart war, und bis zur zweiten Klasse glaubte ich, dass der Perserteppich im Flur tatsächlich fliegen konnte, wenn man nur die richtige Zauberformel kannte. Aber natürlich hatte mein Vater sie mir nie verraten. Er erzählte mir auch, dass es sich bei dem Kuckuck in unserer Uhr um einen echten Vogel handelte. Jeden Abend riss ich ihm ein Stückchen Brot von meinem Teller, legte es ihm vor seine Luke und freute mich am Morgen, dass kein Krümel übriggeblieben war. Wenn der Kuckuck aus seiner Luke sprang, beförderte er eine Staubwolke aus seinem hölzernen Nest, die wie glitzernder Schnee durch den Raum fegte. Früher hatten meine Mutter und ich uns immer erschrocken, wenn sich das Uhrwerk mit einem Krachen in Gang setzte und der pfeifende Vogel aus dem Gehäuse geschossen kam. Die schweren Gewichte hatten die Form von Tannenzapfen und rasselten zu jeder vollen Stunde an ihren Ketten weiter Richtung Fußboden. Ungerechterweise traf die Strafe am Ende den Kuckuck und nicht meinen Vater, der trotz aller Proteste jeden Morgen den Vogel neu aufzog und anschließend den Schlüssel versteckte. Meine Mutter kaufte bei Schrauben-Hiller eine Packung Gänsehaut und umwickelte damit die Klappe, gegen die der Kuckuck von innen zu jeder vollen Stunde stieß. Das Krachen der Zahnräder wurde dadurch noch lauter, und sein Schnabel hinterließ hinter der Luke unzählbare Dellen. Mir tat der eingesperrte Vogel leid, doch erst nachdem meine Mutter zum letzten Mal ihre Reisetasche gepackt hatte, traute ich mich, das Klebeband abzuziehen und das Tier wieder freizulassen.

An guten Tagen war unsere Küche eine Kombüse und mein Vater trug eine Schürze, auf der *Smutje* stand. Er setzte sich seine Kochmütze auf und brauchte nur acht Sekunden, um eine ganze Zwiebel in Würfel zu schneiden. Die Klinge verschwamm vor meinen Augen und berührte das Brett so schnell hintereinander, dass ich nie mitzählen konnte, wie oft sie aufkam. Wäschestücke in gleich große Quadrate zu falten und Kartoffeln zu schälen, ohne absetzen zu müssen, seien die wichtigsten Dinge gewesen, die er bei der Volksmarine gelernt habe. Er konnte zwei Eierkuchen gleichzeitig wenden, fast immer berührten sie knapp die Zimmerdecke, und er zeigte mir, wie man einen Apfel mit beiden Händen in zwei Hälften drehen konnte. Er ließ Brotteig auf seinen Fingerspitzen tanzen und röstete Toastscheiben über der Flamme des Gasherds. In der Kombüse schmeckten sogar Senfeier und Soljanka, anders als in der alten Werkskantine.

An schlechten Tagen oder spätestens, wenn der Kuckuck zum siebzehnten Mal aus seiner Uhr herausgeflogen war, hatte ich einen Vater, an dessen Gesicht ich mich gewöhnen musste. Es verflüssigte sich wie heißes Wachs und wurde länger als die Schatten der Kasernen auf den Lochsteinen. Um diese Tageszeit ließ der graue Bart meinen Vater besonders verloren und ausgeblichen aussehen. Unter seinen Augen bildeten sich faltige Kissen und ich dachte, dass sich in ihnen die Worte sammelten, die er für den Rest des Tages nicht mit mir sprechen würde. Wenn ich aus den Röhren nach Hause kam, fielen ihm keine lustigen Geschichten ein, und die Kombüse war wieder die Küche, in die er sich einschloss. Ich sah meinen Vater nur selten trinken, aber die Tassen rochen noch nach Schnaps, wenn von ihnen der Schaum auf die Geschirrablage tropfte.

Im halben Zimmer neben meinem fuhr noch immer die Reichsbahn. Stendal, Magdeburg, Halle und weiter südöstlich nach Görlitz, wo die Schienen vor der berühmten Waggonfabrik aufhörten. Dort wurden die Doppelstockzüge hergestellt, mit denen wir zu dritt in den Urlaub gefahren waren, sagte mein Vater, aber ich konnte mich an keine dieser Zugreisen erinnern. Bis zur Türschwelle zogen sich die Bahnhöfe Erfurt, Leipzig, Dresden.

Dom, Völkerschlachtdenkmal und der einen neuen Anstrich benötigende Zwinger. Im Norden lief das Streckennetz der Schmalspurbahn bis unter den Heizkörper, und ich verfolgte die Bahnen, die der Rasende Roland durch Rügen zog. Ich kannte jede Station auf dem Brett auswendig. Elektrische Lokomotiven kamen aus Hennigsdorf und Dieselloks aus dem Babelsberger Karl-Marx-Werk. Früher musste man die Gauschkessel der Züge mit Braunkohle befüllen, weil Steinkohle knapp war, und eine Fahrt in der 2. Klasse kostete acht Pfennige pro Kilometer.

Mein Vater stellte die Weichen um und ließ die Taigatrommel von Schwerin nach Stendal ausfahren.

»M62, hergestellt in Woroschilowgrad«, sagte ich.

»Korrekt! Und fährt wie schnell?« Mein Vater erhöhte die Spannung am Trafo.

»Einhundert Stundenkilometer?«

»Sehr gut! Besonderheiten?«

»Die ersten Modelle kamen ohne Schalldämpfer.«

»Genau, da wollte man nicht neben dem Bahnhof wohnen. Mensch, Pilly, du bist ja richtig gut!«

Die kreisenden Waggons machten mich schwindelig, während der Regen gegen das Fensterglas hämmerte. Mein Vater leerte seine Tasse in einem Zug, und ich zählte die Flugversuche des Kuckucks im Nebenzimmer. Doch am meisten Sorgen bereiteten mir die rissigen Trafo-Kabel in den Händen des Lokführers, schließlich war Elektrizität in dieser Familie ein Sargmacher.

Der Hauptweg der Gartenkolonie war zu einem Riff geworden und so aufgeweicht, dass die Räder meines Fahrrads ständig durchdrehten. Ich stieg vom Sattel und schob mich mühsam von einer Insel zur nächsten, der durchnässte Stoff meiner Kleidung rieb mir auf der Haut, und ich fühlte mich so nackt wie am Teichufer vor Katja. Die Vertragsarbeiter grillten hinter Rauchschwaden, und die bunten Planen über ihren Köpfen wölbten sich unter dem Gewicht des Regens. Immer wieder stand jemand vom Tisch auf und drückte von unten einen Stock gegen das Plastik, damit das Wasser seitlich abfließen konnte. Die Luft roch nach dem Aufatmen trockener Erde und nach gerösteten Sesamkörnern, ganz anders als die Mittagsdünste im Hof der Kaserne, die meistens nach brauner Fleischsoße und Mehlschwitze stanken.

»Mit Reisfressern spricht man nicht«, hatte mir Bine eingebläut, als sich am Anfang der großen Ferien ein Zigarettenverkäufer von der vietnamesischen Spielplatzhälfte in die Röhre verirrt hatte und unter unserer Matratze seine Zigarettenstangen verstecken wollte. Die würden alle kein Deutsch verstehen und in unserem Land leben dürften die auch nicht.

Ich kannte keine der Familien, die barfuß auf ihren Grillbänken hockten und laut durcheinanderredeten. Hinter den Zäunen verstummten die Stimmen, sobald ich in Sichtweite kam, und ich fühlte die Blicke hinter dem Qualm an mir haften. Mein Vater meinte, dass die Vertragsarbeiter die Bewohner der Kaserne nicht leiden konnten, aber Frau Klinge war sich sicher, dass es genau andersherum war. In ihrer Parzelle fühlte sich die Erde hart unter den Füßen an. Sie lag auf einer kleinen Anhöhe, an der sich das Unwetter nicht festhalten konnte. An dem verriegelten Tor lehnte der zusammengeklappte Verkaufsstand, und ich schaffte es gerade so über die rutschige Schräge in ihren Garten. Die Blumen duckten sich und nickten, wenn der Regen von ihren Kelchen in die Beete abglitt, am Hopfenschleier schlängelten sich die Tropfen von Dolde zu Dolde, und Drosselbart zuckte im Halbschlaf mit den Ohren, wenn einer zwischen den Rissen des Vordachs auf ihn herabfiel. Unter dem Wellblech ihres Verschlags staksten die Hühner in Zeitlupe, nur eine der jungen Hennen schien kein Talent zu besitzen, das Wetter vorauszusagen. Sie saß aufgeplustert im Gras unter einem Regenschirm und bewachte mit geschlossenen Augen ihr Ei unter den Brutfedern. Frau Klinge musste den Schirm vor dem Unwetter über der Henne aufgespannt haben. Immer wenn sich ein Huhn einfallen ließ, eins ihrer Eier auszubrüten, sagte Frau Klinge mit einem Schmunzeln: »Die lernt auch noch, dass es hier keinen Hahn gibt.«

Die Schwalbenmütter flogen angetrieben vom Hunger ihrer Küken wie Fledermäuse dicht an den Holzwänden der Laube entlang. Ich traute mich nicht, in den riesigen Jutesack neben der verschlossenen Tür zu schauen, über dem die Vögel steile Haken schlugen, doch es war beruhigend, dass in ihm, anders als Katja behauptet hatte, nichts flatterte. Ich wollte nicht zurück nach Hause und den Zwinger lackieren oder meinen Vater im Eisenbahnzimmer neben den Gleisen finden. Ein Stück Kuchen und ein Glas von Frau Klinges selbstgemachtem Holundersaft wären mir lieber gewesen. Ich klopfte an die Tür der Laube und hielt mein Ohr gegen das Holz, als niemand öffnete. Auch im Garten fehlte jede Spur von ihr. Es kam häufiger vor, dass Frau Klinge für ein paar Tage verschwand, doch jedes Mal, wenn ich sie darauf ansprach, gab es plötzlich sehr viel im Garten zu tun oder es regnete Haarnadeln.

Auf dem Rückweg zur Kaserne nahm ich die stillgelegten Schienen hinter der Laube. Sie verliefen von dort bergab an der Gartenkolonie und den Kasernen vorbei, erst auf der Zugbrücke des Kanals gabelte sich die Strecke. Nach rechts schloss sie sich nach einigen Weichen dem Güterverkehr Richtung Magdeburg an, der linke Abzweig führte über kniehohe Gräser auf das verlassene Werksgelände. Folgte man der falschen Weiche, konnte es gefährlich werden, wenn ein Zug ohne Vorwarnung an einem vorbeibretterte oder auf dem Weg zum Bahnhof nicht rechtzeitig abbremste. Vito und seine Jungs verteilten deshalb entlang der Brücke Pfennigstücke auf den Schienen und markierten so die sicheren Laufwege. Immer wieder erwischte es Igel und Marder, die sich auf die Gleise verirrten und nicht schnell genug auswichen. Katja behauptete, dass die alten und kranken Tiere bewusst den Wald verließen, um ihrem Leben auf der Zugbrücke ein Ende zu setzen, aber natürlich war das wieder nur eine ihrer Geschichten. Trat man jedoch auf einen Knochen oder begegnete einer plattgefahrenen Münze, drehte man besser um. Der unbefahrene Schienenabschnitt zwischen der Gartenkolonie und den Kasernen war sicher. Man bekam höchstens Mückenstiche oder begegnete lästigen Erdwespen, die einen bis zur Elbpromenade verfolgten, trat man aus Versehen auf eins ihrer Nester. Ich schob das Rad am Gleis vorsichtig neben mir her und hielt so gut es ging nach den tiefen Löchern im Boden Ausschau.

Normalerweise steckte die Sonne um diese Zeit die Kasernenwände in Brand, doch die Wolkenfront tauchte den Hof in diesiges Licht. In der Ferne schlugen die Glocken der St.-Nikolaus-Kirche und verrieten, dass der Kuckuck im Wohnzimmer an diesem Tag zum neunzehnten Flug aufgebrochen war. Auf den Balkonen versteckten sich die Bewohner der Kaserne unter ihren Sonnenschirmen vor dem Regen, und auf dem Parkplatz stieg Rauch aus dem Ofenschlot des rostigen Westfalias, der Marcik Gornicz, einem Jungen aus der Abschlussklasse, gehörte. Er lag jeden Tag zwischen den Vorderreifen auf einem Rollbrett und schraubte an der Schrottkarre herum. Katja erzählte ständig, dass er es innerhalb weniger Monate geschafft hatte, den Bus bewohnbar zu machen. Der Wagen besitze neben dem Holzofen ein Klappbett, das man tagsüber in eine Essecke umbauen könne, eine Küchennische mit fließend Wasser, Kühlschrank und Herd, und sogar eine Außendusche. Ich fragte mich, woher sie so genau wusste, wie es in dem Bus aussah. Angeblich würde Marcik damit im Herbst nach Portugal aufbrechen, um den Winter an der Algarve zu verbringen. Dort gebe es nicht nur nettere Menschen, sondern auch die höchsten Wellen Europas. Jedes Mal, wenn wir am Parkplatz vorbeikamen, ließ Katja ihre Feuerzeugteilchen funkeln und steckte sich ihre Zigarette wie die Schauspielerinnen in einem von Bines Magazinen zwischen die Finger.

Ich wollte wissen, warum Katja so gerne über Marcik redete. Wenn die Welt untergehen würde, dann wüsste jemand wie er, was zu tun sei, sagte sie. Sie schwärmte von seinen ölverschmierten Händen und dass er immer die richtigen Werkzeuge zur Hand hatte. Er würde seinen Bus im Sommer niemals unter eine klebrige Linde stellen und im Herbst nicht unter die Geschosse eines Kastanienbaums. Marcik konnte Bierflaschen mit den Zähnen öffnen, und wenn ein Ball vom Spielfeld ins Aus flog, schoss er ihn vom Parkplatz aus direkt zurück ins Tor.

»Marcik trägt Kajal wie Robert Smith, das ist so schick, und ist euch die riesige Beule in seiner Hose aufgefallen?«

Wenn Katja so sprach, setzte Bine sich Kopfhörer auf, und ich spürte ein Reißen im Bauch, alles faltete sich in mir zusammen. Es gab nur wenige Momente, in denen Bine und ich einer Meinung waren, aber wir hofften beide, dass Marcik seine Beule bald nach Portugal lenkte. Katja hatte behauptet, er habe ihr angeboten, sie auf die Reise mitzunehmen, aber sie hatte sich dabei ihre

Unterlippe so dunkelrot gebissen, dass weder Bine noch ich es glaubten.

Ich lehnte mein Rad gegen die Kastanie, unter deren Dach Marcik seinen Bus abgestellt hatte. Die Regentropfen prallten scharf gegen das Blech und klangen wie das Holz in den Räucheröfen meiner Tanten, wenn es zu feucht verbrannte. Auf den grünen Gardinen blühten Gänseblümchen. Sie bildeten ein wild verstreutes Muster wie auf der Wiese im Hof, und manche verloren ihre Blütenblätter. Sie segelten als kleine weiße Sicheln quer über den Stoff. Meine Mutter wusste alles über Blumen. Jede hatte eine besondere Bedeutung und einen eigenen Charakter. Lilien waren eitel, Azaleen verzagt. War die Liebe frisch, schenkte man Stielrosen, war sie alt, dann Tulpen. Galt es einen Dank auszusprechen, paarte man am besten Nelken mit Dahlien, und nach Katarina Witts Olympiasieg wären Gladiolen die passende Wahl im Strauß gewesen. Ich wusste nicht, wofür das Gänseblümchen stand, aber ich hatte es in diesem Sommer mehrmals nach Katja befragt.

So leise wie möglich schlich ich um den Bus herum. Obwohl der Regenguss wie lauwarmes Badewasser aus den Wolken gefallen war, fühlte sich die Haut unter meiner durchnässten Kleidung eisig an. Mein ganzer Körper zitterte, als ich mich gegen den nassen Fensterrahmen lehnte und versuchte, so unauffällig wie möglich einen Blick ins Innere des Busses zu werfen. Auf der Tischplatte spiegelten sich die Ofenflammen. Ich hielt den Atem an, als ich Marciks Schritte hörte. Er trug Katja auf beiden Händen vor sich, ihre Beine schlangen sich um seinen Körper. Ihre Zunge steckte in seinem Mund, und mir wurde schlagartig übel, als er sich auf die Sitzbank warf und sie auf seinen Schoß rutschen ließ. Katja stützte sich mit den Knien auf dem Polster ab. Ihr Körper wirkte im Vergleich zu Marcik winzig. Ich starrte auf ihre Brüste, die sich im Griff seiner Hände verloren, und presste meine Fingerspitzen gegen den feuchten Stoff meiner Unterhose. Die Stelle war plötzlich ganz warm geworden, und die sich in meinem Unterleib ausbreitenden Wellen zogen mich fast zu Boden. Ich verfolgte Katjas Bewegungen aus den Augenwinkeln und lauschte, ob im Bus dieselben Geräusche zu hören waren wie bei den Wasserwanderern beim Hexengarten. Katja war nicht laut. Ich war beruhigt, dass sich in Marciks Bus nichts nach Liebe anhörte und sie sich auf die Unterlippe biss, als sie ihren Kopf zurückwarf. Ich löste mich erst von der Scheibe, als Katja plötzlich ihre Augen öffnete und durch die Regenschlieren nach draußen starrte. Auf Zehenspitzen hüpfte ich zurück auf den Fahrradsattel und war mir nicht sicher, ob sie mir kurz zugezwinkert hatte.

Zu Hause tastete ich mich durch den Flur und knipste das Licht erst in meinem Zimmer an. Wie immer um diese Uhrzeit hatte sich mein Vater in Luft aufgelöst. Alles um mich herum war ganz still, nur in der Brache vor meinem Fenster sang eine Amsel ihr einsames Abendlied. Ihre Stimme überschlug sich und ging unbeantwortet in der Leere auf. Auf dem Fensterbrett schälte sich die Grünlilie aus ihrem Topf, die mir meine Mutter vor Ewigkeiten aus der Gärtnerei mitgebracht hatte. Sie ließ nie ihre Blätter hängen, egal wie oft ich vergaß, sie zu gießen.

12

An jedem zweiten Mittwoch gab Martin sich Mühe und kümmerte sich, weil er jeden zweiten Donnerstag seine alte Lehrerin Frau Klinge von seinen Vaterqualitäten überzeugen musste. Eine Übereinkunft, die sie nach seinem Totalausfall auf dem Gleis vor ihrer Gartenparzelle für ihn getroffen hatte. Martin spürte den Staub in der Wohnung auf, schrubbte die Fliesen im Bad mit aufgeblühten Zahnbürstenköpfen und kochte seiner Tochter nach der Schule ein Gericht aus den sorgfältig angelegten Rezeptbüchern seiner Mutter oder aus dem Wir-kochen-gut-Band, den Waltraut an Festtagen immer zur Hand genommen hatte. Pilly bezeichnete diese Wochentage als Küchenlotterie, weil Martin sie mit einem Spielwürfel die Seitenzahlen bestimmen ließ, von denen gekocht wurde. Sobald der Würfel das Mittagessen festgelegt hatte, schrieb Martin eine Einkaufsliste und schickte Pilly in den Supermarkt. Bei ihrer Rückkehr war sie jedes Mal erstaunt, wie glatt sich seine Wangen anfühlten, wenn er es in der Zwischenzeit geschafft hatte, den Nassrasierer zu benutzen.

»Tut das eigentlich sehr weh?«, fragte sie ihn mit Blick auf die Schnitte, die die Doppelklinge dieses Mal in seinem Gesicht hinterlassen hatte.

»Nein. Das ziept nur kurz mal, und dann brennt es.«

»Ich bin so froh, dass ich ein Mädchen bin und mich nicht rasieren muss.«

Martin räumte die Zutaten für einen Kartoffelauflauf mit Speck und Erbsen aus ihrem Rucksack und musste schmunzeln.

»Aber eigentlich bluten wir Frauen ja auch ständig. Ist bestimmt viel schlimmer, jeden Monat da unten zu bluten als ab und zu im Gesicht.«

Martin nahm eine Kartoffel aus dem Netz, um Pilly zum zigsten Mal zu zeigen, wie man ihre gesamte Schale mit einem Handgriff entfernen konnte, und dachte dabei an die bevorstehenden Gespräche, die er lieber Waltraut überlassen hätte. Es war ihm unangenehm, über den sich verändernden Körper seiner Tochter nachzudenken. Er fand, es ging ihn nichts an, ob sie ihre Blutungen schon hatte oder nicht. Zwischen ihm und Pilly hatte sich eine Grenze gezogen, und es war ihm peinlich, ihre gewaschenen Schlüpfer zum Trocknen auf die Leine zu hängen.

»Setz doch schon mal das Wasser auf«, sagte er und warf die erste Knolle quer durch die Küche in den Kochtopf.

»Ich habe keinen Hunger. Darf ich noch eine Runde Radfahren?«

»Na schön«, sagte Martin und fragte sich, ob in der neuen Kaufhalle die Damenbinden neben den Windeln oder im Gang mit den Abschminktüchern zu finden waren.

Pilly stürmte in ihr Zimmer, um sich das durchlöcherte Hemdchen anzuziehen, das sie sich von Bergmanns Tochter geliehen hatte und das bis in den Flur nach Zigarettenqualm roch. Martin konnte Bergmann gut leiden, aber ihm gefiel der Einfluss nicht, den seine Göre auf Pilly hatte. Seine Tochter sprach von kaum etwas anderem mehr. Sie ließ die Reichsbahn links liegen und verschmähte ihre Hörspielplatten, das war noch nie vorgekommen. Die heimlichen Zigaretten auf dem Balkon vertrieben ihr den Appetit, und sie stand permanent vor dem Badezimmerspiegel mit irgendwelchem Schminkkram, den sie sich von ihrem Taschengeld nicht leisten konnte.

»Aber zum Sandmännchen bist du wieder zu Hause!«, rief Martin ihr hinterher, als wäre die Sendung eine feste Zeiteinheit, und biss sich sofort auf die Zunge. An jedem zweiten Mittwoch fiel ihm auf, wie viel Leben seiner Tochter in den Winkeln vom Bandauer verlorengegangen war, und er musste sich eingestehen, dass Waltraut die fehlende Zutat darstellte, die ihn zu einem guten Vater machen würde. Er konnte sich nicht erinnern, wann Pilly zuletzt vor dem Schlafengehen nach dem Sandmann gefragt hatte, und nahm sich vor, bei der nächsten Gelegenheit eine Packung Binden zu besorgen und sie unkommentiert in den Badezimmerschrank zu stellen. Vielleicht noch eine Dose von dem rosa Puder, das Pilly sich neuerdings auf die Wangen klatschte.

»Zeit für eine Zwischenbilanz, Herr Jäckel.«

Frau Klinge setzte ihr Mahngesicht auf, das Martin schon früher immer nervös gemacht hatte. An jedem zweiten Donnerstag servierte sie Obstplunder und er, der Problemschüler, musste seine Lehrerin von seinen Fortschritten überzeugen. Jedes Mal, wenn Frau Klinge in ihrer Laube die Kaffeekanne auffüllte und zurück an den Gartentisch kam, musste Martin den Drang unterdrücken, wie damals vom Stuhl aufzuspringen und mit »Immer bereit!« zu salutieren, doch inzwischen ging es nicht mehr um Bereitschaft für Frieden und Sozialismus, sondern um die Lernfortschritte seiner Tochter. War Frau Klinge mit Pillys schulischen Leistungen oder mit Martin als Vater nicht zufrieden, entließ sie ihn mit einer Rüge, liefen die Dinge gut, bekam er einen zweiten Plunder, noch warm vom Blech. Sie plauderten über seine ehemaligen Klassenkameraden und was die Zeit mit ihnen angerichtet hatte. Vor allem diskutierten sie über die Wende, die wie ein Radierer die Fehler im System hatte korrigieren sollen, doch stattdessen den halben Ort entfernt hatte. Obwohl Martin an diesen Donnerstagen das unbequeme Gefühl von damals bei der Zeugnisausgabe überkam, genoss er die frühen Nachmittage außerhalb der Wohnung und des Bandauers. Sie hatten einander nötig. Martin brauchte einen Wegweiser, einen Ersatz für alle Frauen, die für ihn früher den Überblick behalten hatten, und seine Lehrerin bekam auf ihre alten Tage nochmal die Gelegenheit, den Rohrstock zu schwingen.

»Früher konnten Sie ja keine gerade Linie zeichnen, und heute können Sie manchmal kaum geradeaus laufen.« Frau Klinge zwinkerte ihm zu. »Aber in letzter Zeit bin ich wirklich zufrieden mit Ihnen.« Sie klopfte ihm auf die Schulter und setzte mit dem Heber einen dritten Aprikosenplunder auf seinen Teller. »Pilly hat in diesem Jahr große Fortschritte gemacht und stellt sich auch hier im Garten geschickt an. Aber ist Ihnen sonst etwas aufgefallen?«

Martin starrte auf die zerbackenen Früchte und legte aus Gewohnheit beide Handflächen gerade ausgestreckt auf die Tischplatte.

»Ich mache mir Sorgen«, seufzte er und erzählte, wie vor zwei Wochen Klaus Siebert senior plötzlich vor seiner Tür gestanden und sich seine Goldfische hatte bezahlen lassen. Die hingekritzelte Adresse des Kinderpsychologen in Magdeburg, die er ihm bei der Gelegenheit zugesteckt hatte, wollte er nicht entziffern.

Frau Klinge nickte. »Ihre Familie braucht keine Psychologie.

Wissen Sie, manchmal ist das Päckchen, das wir tragen, viel schwerer, wenn es leer ist.«

Martin musste sich beherrschen, nicht mit den Augen zu rollen. Zu Schulzeiten hatte er die alte Hexe mit ihren Alltagsweisheiten nie gemocht. Er hasste ihre Exkurse über die Brigademalerei und fand es lächerlich, Bilder über eine bewegliche, sich im Aufbruch befindende Zukunft zu malen, wie sie es nannte. Gute Noten bekam man von ihr nur, wenn man eine Gruppe von Jugendlichen malte, deren Halstücher die richtige Farbe hatten, oder wenn sich in der Zeichnung etwas fand, das in ihren Augen fortschrittlich genug war. Werkzeuge, Bauern, Arbeiter. Besonders gelungen fand sie Kritzeleien, in denen wie zufällig Salzgurken oder Matrjoschkas auftauchten, wie bei Klaus Siebert junior, dem die Mädchen vor allem deshalb hinterherrannten, weil er der Sohn des Generaldirektors vom Betonwerk war. Ihn konnte Martin noch weniger leiden als seine Lehrerin. Wegen der Mädchen, aber vor allem wegen seiner Kontakte und der Aussicht auf die Erweiterte Oberschule. »Ein guter Tschekist wählt klare Linien und die Farbe Rot«, hatte Frau Klinge immer doziert und dann meistens vor einer Arbeit vom Siebert gestanden. Klaus musste nicht in den Kasernen wohnen, die er nach seinem Abschluss im Werksbüro des alten Siebert auf dem Reißbrett entworfen und dabei vergessen hatte, dass echte Menschen darin leben sollten. Die Decken waren sogar zu niedrig für die gängigen Schrankwandmodelle von früher.

Martin betrachtete die Aquarelle, die unter dem Vordach gegen die Laubenverkleidung lehnten. Frau Klinges Hauptmotive bezogen sich inzwischen auf bunte Staudenbeete, und in den Bildern kamen weder klare Linien noch die Farbe Rot übermäßig vor.

»Wie soll ein leeres Päckchen schwerer sein als ein volles?«, murmelte Martin und ärgerte sich über seine einfältige Bemerkung, die Frau Klinge nur wieder Gelegenheit gab, sich aufzuspielen.

»Nun, sehen Sie, Herr Jäckel, wenn das Päckchen, das wir tragen, voll ist, dann wissen wir genau, woher das Gewicht kommt, und akzeptieren es irgendwann. Wenn uns aber etwas fehlt, dann tragen wir schwer an einer Sache, die gar nicht da ist. Das Päckchen ist leer, und wir ärgern uns darüber, dass es trotzdem so unbequem auf dem Rücken liegt.«

Martin biss ein besonders großes Stück von seinem Plunder ab und versuchte, auf seine Armbanduhr zu schielen. Die Sonne stand fast senkrecht und lag ihm im Nacken wie die Abwärme der Fabriköfen.

»Ihre Frau hat Ihrer Familie eine Leere hinterlassen und die müssen Sie jetzt schleppen. Für sich und für das Kind. Und Sie tun das besser auch, denn vor Gericht gewinnt die Mutter immer.«

»So einfach ist das nicht. Schließlich bin ich der Vater.«

Frau Klinge zog drei lange Nadeln aus ihrem Haarturm, von dem Martin als Schuljunge immer gedacht hatte, er sei von innen hohl und aus diesem Grund der perfekte Ort für Schmuggelware. Ihr Lächeln hatte sich verzogen, und sie deckte die von grünlich schimmernden Schmeißfliegen attackierten Plunder mit einer Tortenhaube ab.

»Kommen Sie noch kurz mit rein. Gibt gleich einen Guss.«

Martin wurde das Gefühl nie los, dass seine Lehrerin mehr wusste, als sie mit ihm teilen wollte, und dass sie wirklich etwas Unheimliches an sich hatte. Die ersten Tropfen schlugen schon auf das Wachstuch, obwohl der Himmel noch völlig wolkenlos war.

Im Zweifelsfall erkennt ein Vater an den Ohren eines Säuglings, ob ihm etwas untergejubelt wurde. Ohren setzen sich durch, jedenfalls in den ersten Lebensmonaten, hatte Martins Mutter behauptet, als Waltrauts Schwangerschaft und die Zweifel ihres Sohnes nicht mehr zu übersehen waren. Auch an der Länge des Wochenbetts lasse sich etwas ablesen. Wenn eine Mutter auch nach fünf Wochen noch getrennt vom Vater in den Federn liege, dann sei etwas im Busch. Notfalls müsse man schauen, ob das Kind es später mit dem Strom habe wie der Rest der Familie. Als Martin Pilly zum ersten Mal im Arm hielt, wanderte sein Blick über die winzigen Ohrmuscheln und brachte ernsthafte Zweifel. Ihr Schwung ähnelte weder Waltrauts noch seinem eigenen, und die Bedenken wurden größer, als er acht Wochen nach der Geburt noch immer auf dem Sofa im Wohnzimmer schlafen sollte. Er durfte die Tochter halten, wenn seine Mutter zu Besuch kam, an den anderen Tagen schirmte Waltraut sie von ihm ab. Sie verließ das Bett nur, um sich Brote zu schmieren, die sie zur Hälfte aß und dann auf dem Nachttisch stapelte. Die übrige Zeit lag sie mit wunden Brustwarzen neben dem Kind und ließ es schreien, bis es heiser wurde. Oft lauschte er an der Schlafzimmertür und suchte nach passenden Worten, aber sie fielen ihm nicht ein. Er wartete, bis aus dem Weinen ein Wimmern wurde, das irgendwann verstummte, und schlurfte zur Fabrik. Das Kreischen der Brennöfen vertrieb den Klang der heiser gekreischten Kinderstimme und den Anblick der immer dünner werdenden Ärmchen. An manchen Tagen waren die Hungerschreie so entsetzlich, dass Martin auf dem Weg zum Bandauer den Blick von den Vätern abwenden musste, die ihre Kinderwagen über das Kopfsteinpflaster schoben.

»Die ersten Monate sind schwierig«, hatte die Hebamme gesagt und ihm bei jeder ihrer Visiten zugenickt. Es gebe Spargel- und Kürbiskinder, daran ändere das Kopfzerbrechen nichts, und dass sich manche Mütter nicht sofort in ihre neue Rolle fänden, sei völlig normal. In ihrer Obhut sei noch niemand verhungert, und bis zum achten Monat hätten Babys und Mütter ihre eigenen Regeln. Martin wusste nicht, ob er für diese Regeln nicht genügend Verständnis aufbrachte oder ob er sie einfach nur nicht verstand. Wenn sich Waltraut im Bad einschloss, um die Butterbrothälften wieder auszuspucken, hielt er Pilly die Ohren zu und rätselte, was der Körper seiner Frau loszuwerden versuchte.

»Ich ertrage diesen Ekel nicht«, hatte sie einmal geschluchzt und vom vielen Würgen wie erkältet geklungen. Ihr Kopf lag neben dem Säugling auf seinem Oberschenkel. Martin strich ihr mit den Fingerkuppen die fettigen Strähnen aus dem Gesicht und suchte nach dem Zauber, der ihn im Gewächshaus der Friedhofsgärtnerei so berauscht hatte. Nichts an Waltraut erinnerte ihn noch an die Frau, die in der Nacht vor der Trauung für ihren Brautstrauß die schönsten Blumen aus dem Gewächshaus gestohlen und in einem Halbkreis um das Ehebett aufgestellt hatte. Sie gab in jede Vase einen Esslöffel Rübenzucker, damit die Blütenpracht ihre Köpfe nicht hängen ließ.

Martin dachte an die betäubende Wirkung des ersten gemeinsamen Winters, der erst das Land und dann seinen Verstand lahmgelegt hatte. Er wünschte sich diese eingeschneiten Nächte zurück, in denen die beschlagenen Scheiben von innen zugefroren und der Strom tagelang ausgefallen war. In den Tagebauen vereisten die Oberleitungen und die festgefrorene Kohle musste per Hand aus den Waggons gehämmert werden. Er dachte oft an die armen Zecher, die bei Eiseskälte schuften mussten, während er mit seiner Zukünftigen verschwitzt unter der Daunendecke lag und nur über sein Sternchen in Verbindung mit der Außenwelt blieb.

»Komm, wir machen ein Kind«, hatte Waltraut die nächsten Tage immer wieder geflüstert und die Kerzenflamme zwischen Daumen und Zeigefinger erstickt. Er hatte später nie wieder solche Schneemassen gesehen oder seine Frau neben sich so ausgelassen erlebt. In den Monaten nach Pillys Geburt drohte sie sich in seinem Schoß aufzulösen oder fiel ganz in sich zusammen. Ihre Blicke trafen ihn sogar dann noch hart, als die Schreie des Kindes weniger wurden und er es häufiger durch die Wohnung tragen durfte. Waltraut hatte sein Kopfkissen zwar wieder neben ihrem eigenen geduldet, ihn aber trotzdem gebeten, sich für die Nachtschichten im Werk zu melden. Eigentlich glaubte Martin nicht an Vorzeichen wie seine Mutter, nur manchmal, wenn er den Kinderwagen vor seiner Schicht über die Lochsteine am Stromkasten vorbeischob, wünschte er sich aus sicherer Entfernung einen kasernenübergreifenden Kurzschluss, der beweisen würde, dass es seine Tochter zumindest mit dem Strom so hatte wie der Rest seiner Familie.

13

»**Mehlschwalben bauen** ihre Nester nur an Häuser, unter deren Dächern gute Menschen leben«, sagte Frau Klinge und fütterte mit dem Gartenschlauch die Schlammkuhle neben der Laube.

Die Vögel stürzten sich an diesem Morgen abwechselnd auf die feuchte Erde und pickten kleine Kugeln aus dem Modder, mit denen sie die Risse und Bruchstellen in den Nistfladen aus den Vorjahren ausbesserten. Frau Klinge kannte alle Länder, an denen die Schwalben auf ihrem langen Weg von Afrika bis in die Laube vorbeiflogen. Ich versuchte jedes Jahr, mir das Federkleid einzelner Vögel einzuprägen, die verschiedenen Formen ihrer Schwanzgabeln, aber es gelang mir nie, die Tiere voneinander zu unterscheiden. Im Winter hatte ich sie vergessen, und es schien bei ihrer Rückkehr nicht so, als könnten sie sich an mich oder die Laube erinnern. Doch Frau Klinge war sich sicher, dass immer dieselben Vogelfamilien in den Garten zurückkehrten. Manchmal lag ich auf der Wiese und beobachtete die Schwalben bei der Jagd, kleine Haken schlagende Punkte, die sich kaum vom Blau des Himmels unterschieden. Sie flogen so hoch über der Kolonie, dass sie selbst wie Insekten aussahen. Im Gegenlicht verzerrte sich ihr Flug, und alles verschwamm vor meinem Blick, weil ich versuchte, nicht im falschen Augenblick zu blinzeln.

»Schwalben sind gute Mütter, davon können wir Menschen uns eine Scheibe abschneiden«, sagte Frau Klinge und wuchtete den Schlauch in Bahnen von ihrem Handteller über die Spitze ihres Ellenbogens zu einer gleichmäßigen Rolle. »Die würden eher selbst verhungern, bevor nicht jedes Küken satt ist.«

Kurz dachte ich an die verunglückte Elster und an Frau Klinges Sohn. Ich fragte mich, warum es ihr nicht in den Sinn gekommen war, ihn aufzuhalten, bevor er irgendwo heruntergesprungen war, und ob sie das zu einer schlechten Mutter machte. War eine Mutter schlecht, die unsichtbarer wirkte als die in Sturzflügen gejagte Schwalbenbeute, aber keinen Geburtstag vergaß? Vielleicht stehen hinter unsichtbaren Müttern einfach nur schlechte Väter. Welche, die auf den Schienen ihrer Eisenbahnen einschliefen und sich nicht gerade halten konnten, sobald die Sonne nicht mehr im Zenit stand. Oder solche wie das Schwalbenmännchen, das im letzten Jahr zu spät im Garten eintraf und seinem Weibchen immer wieder ins Köpfchen hackte, weil sie in der Zwischenzeit die Eier eines anderen ausgebrütet hatte. Die Schwalbenmutter hatte die nackten Küken kurz darauf einfach auf die Gehwegplatten geworfen und ihr Nest zerstört, während das Männchen aus Grubenschlamm direkt daneben ein neues baute. Frau Klinge hatte die zwei blinden Jungvögel eingesammelt und sie in Drosselbarts Napf gelegt. Den ganzen Tag war ich mit dem Spindelmäher über die Wiese gelaufen und hatte mir gewünscht, die Vogelkinder würden nicht als Katermahlzeit enden, sondern dürften in der Vertiefung von Frau Klinges Haarnest wohnen, bis sie fliegen konnten. Obwohl das Piepen noch viel zu lange durch den Garten stach, kicherte ich über die

Vorstellung der weißen Frisur, aus der zwei winzige Schnäbel ragten.

In Australien gab es Spinnenmütter, die sich absichtlich von ihrem Nachwuchs auffressen ließen, und eine Krötenart, die ihren Laich in ihrem Magen ausbrütete. Frau Klinge war eine Enzyklopädie. Sie wusste mehr über die Natur als die Lexikonreihe in unserem Wohnzimmerregal, und ich liebte ihre langen Vorträge beim Mittagessen. Sie konnte mir erklären, warum Kirschen aufplatzten und sich Farnblätter so herzlich einrollten, wieso Trauerweiden am Wasser und Pfifferlinge unter Nadelbäumen wuchsen und aus welchem Grund Kater Drosselbart zweimal im Jahr sein Fell verlor.

»Ein frischgelegtes Ei muss drei Tage liegen, bevor man es essen kann«, sagte Frau Klinge und stellte mir ein *Vogelnest* vor die Nase.

Ich wusste nie, ob das Gericht wirklich so hieß oder ob sie sich den Namen nur ausgedacht hatte. Eine Kelle Kartoffelbrei auf einer Lage Dosenpilze mit knusprigem Setzei obendrauf. Als ich mit der Gabel den halbgaren Dotter zerstieß, empörte sich eins der Hühner im Verschlag, und ich hoffte, Frau Klinge servierte mir nicht das Ei, auf das die Henne unter dem Regenschirm neulich so gut aufgepasst hatte.

»Warum finden dich alle eigentlich so komisch?«

Ich hatte sie noch nie gefragt, warum keiner sie in der Laube besuchen kam und weshalb sogar die Leute, die das Gemüse vor dem Tor kauften, sich so benahmen, als wimmelte es im Garten vor bissigen Hunden. Sie warfen die Münzen mit spitzen Fingern ins Einmachglas und flüsterten, sobald Frau Klinge in Sichtweite auftauchte.

»Na ja, nun ...«, Frau Klinge zog zwei Nadeln aus ihrem Haar und sortierte die Strähnen an der Stelle, wo ich mir die Schnäbel der Schwalbenküken vorgestellt hatte. »Wie fändest du es, wenn jemand alles über dich wüsste? Jedes noch so kleine Geheimnis? Die Person wäre dir doch sicher unheimlich.«

Ich überlegte und schüttelte den Kopf, obwohl ich sofort an Frau Leopold denken musste, die mir unheimlich war, weil sie schon am Anfang einer Schulstunde wusste, wenn man seine Hausaufgaben abgeschrieben hatte.

»Und warum weißt du alles über die Leute?«

Frau Klinges Haar fiel zur Hälfte in langen weißen Strähnen über die Schulter, die Nadeln lagen in einer Reihe vor ihr auf der Tischplatte. Immer wieder rückte sie sie am Schaft mit dem Zeigefinger gerade und verschob ihre Abstände.

»Weil ich die Augen offen halte und meine Ohren überall habe.«

Ich hatte keine Geheimnisse. Jedes Mal, wenn ich versuchte eines zu hüten, kam ein Erwachsener dazwischen und lüftete es. Als ich im Papierlädchen einen Schokoriegel stahl, wusste mein Vater schon davon, bevor ich ihn heimlich unter der Bettdecke essen konnte. Auch Katjas Zigaretten fand er in meiner Nachttischschublade, einfach so. Seit unserem Tag am Teich bewahrte ich sie auf, damit sie nicht noch mehr Hausarrest bekam, doch sie schien in letzter Zeit sowieso lieber auf Marciks Schoß zu sitzen und seine Zigaretten zu rauchen. Ich war verwundert, dass mein Vater, anstatt mich zu bestrafen, nur sagte: »Wie praktisch. Ich wollte sowieso wieder anfangen.« Die Schachtel schloss er in den Küchenschrank, in dem er auch den Schnaps versteckte. Die Heimlichkeiten meiner Mutter zu durchschauen, hatte sich schwieriger gestaltet. Sie konnte die Dinge viel besser vor mir verbergen als mein Vater, weshalb ich Frau Klinge fragte: »Kennst du die Geheimnisse meiner Mutter?«

Ihr Blick wanderte über die Nadelreihe, die ihre Tischseite scharf von meiner trennte. Mit der flachen Hand wischte sie unsichtbare Krümel von der Kante und schüttelte ihr offenes Haar so energisch, dass ich nicht sagen konnte, ob sie nickte oder meine Frage verneinte. Ohne Haarnest wirkte Frau Klinge schlaff und um Jahre gealtert. Die Haut in ihrem Gesicht hatte jede Spannung verloren, die Schwerkraft ließ sie in ledrigen Lappen Richtung Kinn sinken, und mir waren vorher noch nie die vielen Flecken aufgefallen, die Wangen und Stirn wie schmutziges Tuschwasser überzogen. Ihr Wesen schien lediglich von Nadeln zusammengehalten zu werden. Es vergreiste, sobald die Klemmen und Kämme nicht mehr im Haarnest steckten. Etwas unter den gesprenkelten Hautbahnen schimmerte so grünstichig wie meine Oberschenkel im Wasser des Teichs. Frau Klinge saß plötzlich gekrümmt vor ihrem Vogelnest und machte einen so blutleeren Eindruck, dass ich jeden Augenblick damit rechnete, sie würde schräg von der Sitzfläche des Klappstuhls kippen.

»Ich habe heute einen fürchterlichen Sommerkopf«, stöhnte sie. »Ich muss mich hinlegen.«

Der Sommerkopf überkam sie immer dann, wenn die Temperaturen zu schnell anstiegen und schon mittags über dreißig Grad erreichten. Er kam aus dem Nichts und war ein wichtiger Vorhersagemechanismus der Wetteruhr. Er entschied darüber, wie viele Gießkannen jedes Beet brauchte: Ein *fürchterlicher* Sommerkopf bedeutete zwei Kannen mehr pro Anbaumeter, ein *fieser* eine bis zum Rand gefüllte Kanne, und bei einem Sommerkopf ohne alles reichte eine Füllung des Wassereimers, dessen Boden wie ein Sieb durchlöchert war.

Frau Klinge taumelte orientierungslos zur Laube und hielt sich am Türrahmen fest, um nicht vornüberzustürzen. In ihrem bunten Kleid wirkte sie auf einmal so unfreiwillig komisch wie Frau Wenzel, wenn sich bei ihr mal wieder die Jahre vermischten und sie im Morgenrock vor dem Supermarkt jeden nach der Zeit fragte. Ich spürte, wie sich meine Magenwände um das Vogelnest krampften, und fühlte mich so flau wie bei langen Autofahrten auf dem Rücksitz. In der Laube fiel die Tür des geheimnisvollen Marderzimmers zu, das nur Frau Klinge betreten durfte und das tagsüber verriegelt war. In ihm lagerte sie Gartengeräte, das wusste ich, weil sie häufig darin verschwand und mit einem Rechen, einer Sense oder dem Handmäher wiederkam, aber vermutlich gab es auch ein Bett, das sie sich mit den Mardern teilte. Die Tiere lebten unter dem Dach und versuchten jeden Sommer, die Räume der Laube einzunehmen. Ihnen ging es um die schmackhaften Schwalbenküken, doch ihre geduldig angelegten Gänge reichten bisher nur ins Marderzimmer. Sobald sich die Insekten bei Einbruch der Dunkelheit schlafen legten, fing es über der Decke an zu knirschen. Man konnte genau das Trippeln der Pfoten und den Widerstand hören, auf den ihre spitzen Zähne im Holz stießen.

So ein Sommerkopf ist mindestens so unpraktisch wie ein Geheimnis, dachte ich und machte die Blechgießkanne bei jedem Gang so voll, dass ich sie kaum zu den Beeten tragen konnte. Die Pflanzen schienen die Regentage längst vergessen zu haben und hörten erst nach der dritten Kanne auf, das Wasser gierig aufzusaugen. Auch die fast schon wieder trockene Schlammpfütze neben der Laube bekam eine Fuhre.

Ich fragte mich, warum der Sommerkopf ausgerechnet heute fürchterlich war, denn der Streifen im Thermometer des Wetterhäuschens am Terrassenbalken lag weit unter der Dreißig. Die kleine Figur mit Regenschirm versteckte sich in ihrem Eingang, während die Schönwetterfrau mit dem Obstkorb nur durch die Kraft einer Hopfendolde daran gehindert wurde, vom dünnen Sims des Häuschens zu springen. Schnellstraßenbrücke. Geheimnisse. Sommerkopf. Katja. Meine Gedanken rasten, als ich Frau Klinge in der Küche eins der umfunktionierten Senfgläser mit Holundersaft füllte und auf den kniehohen Zeitungstisch neben dem Marderzimmer stellte. Hinter der Tür ächzte das Bettgestell. »Lass die Teller einfach stehen.«

Ihre Stimme klang durchsichtig, als würde ihr Körper kurz dastehen, sich aufzulösen, und der Gedanke trieb mich mit wackeligen Beinen auf mein Fahrrad. In der Zwischenzeit war eine Elster auf dem Gartentisch gelandet, pickte in den Resten meines Vogelnests und brachte die Haarnadeln durcheinander.

Ich fuhr ziellos durch den Ort und vermied sowohl die Hauptstraße am Bandauer als auch den Kasernenhof. Erst radelte ich die Elbpromenade bis zu ihrem Ende am Schuttkontor ab. Ich umzirkelte die Dünen der Sandgrube, wie es die Fliegen bei den Klebfallen taten, die in Frau Klinges Laube in gelben Spiralen von der Decke hingen. Dann fuhr ich neben den Schienen der ehemaligen Werksbahn wieder hoch zu den Gärten und bog am Auenwald auf den Weg, den Katja und ich zum Tümpel genommen hatten. Kurz blieb ich an der Stelle stehen, die zum Wasser hinunterführte, und wurde traurig, weil sich unser Badetag so weit weg anfühlte. Er war nicht mal eine Woche her, doch es kam mir wie eine Ewigkeit vor, dass ich Katjas Haut berührt hatte und sie meine. Immer wieder dachte ich an das, was ich im Bus gesehen hatte. Ihr auf und ab hüpfender Körper auf Marciks Schoß, ihre zerwühlten Haare, aus denen sich die Hälfte der Silberteile gelöst hatte, ihre schlanken Arme, die Marciks Gesicht gegen ihre Brust pressten. Am schlimmsten war das Gefühl der Hilflosigkeit, das sich seit dem Regentag in mir breitgemacht hatte. Ich wollte, dass die Sommerferien aufhörten, aber ich wollte auch auf keinen Fall zurück in die Schule, wo ich Katja noch viel eher über den Weg laufen würde. Ich hatte keine Lust, den ganzen Tag Modellbahnhäuschen anzustreichen und Züge im Kreis fahren zu lassen, neben meinem schlafenden Vater bescheuerte Sendungen im Fernsehen zu schauen oder mich vor Frau Klinges Sommerkopf zu fürchten. Ich hatte Katja nur ein einziges Mal gesehen, als ich wie so oft am Fenster auf meinem Beobachtungsposten stand. Sie bewachte unsere Wohnung vom Dach der Röhre aus und verscheuchte die Sandkastenkinder, die darin spielen wollten. Vielleicht wartete sie dort auf mich, aber immer wenn sie ihr Gesicht in Richtung meines Balkons wandte, duckte ich mich rechtzeitig weg.

14

Ich nahm mir vor, Katja zur Rede zu stellen, und ging auf dem Weg zum Spielplatz die Sätze durch, die ich mir vor dem Einschlafen zurechtgelegt hatte. Sie wirkte erwachsener als sonst. Es fiel mir sogar aus einiger Entfernung auf, als sie durch den Sandkasten langsam auf mich zuschlenderte. Ein eigenartiges Glühen lag auf ihren Wangen, und ihre Lippen hatten den Farbton überreifer Beeren, als hätte sie den ganzen Vormittag hindurch gelogen. Sie trug ihr Stirnband um das Handgelenk geknotet und ihre Locken wickelten sich um den Kopfhörer. Sie sezierte mich mit diesem Blick, den sie sonst nur im Waschraum der Sporthalle aufsetzte und der mich an die glasigen Jagdaugen von Katzen bei Nacht erinnerte.

Sie lächelte erst, als sie vor mir stand, und fragte sofort: »Versteckst du dich vor mir?«

Ihr Geruch traf mich so heftig, dass meine Knie das Gewicht meines Körpers kaum halten konnten, und obwohl ich immer noch enttäuscht war, dass sie mit Marcik rumgemacht hatte, überkam mich in ihrer Umarmung diese unerschütterliche Zuneigung, die alle meine Vorwürfe und zurechtgelegten Sätze vertrieb.

»Ich habe dich vermisst«, wisperte sie, und ich legte mein Ohr von außen an die runde Muschel ihres Kopfhörers und hörte dumpf die Streicher von *Lullaby*.

Ich dich auch, dachte ich, sagte aber nur: »Das Lied liebe ich«, obwohl ich mit der Musik vom Oldie-Sender meines Vaters mehr anfangen konnte als mit Katjas Bands aus England. Die Sänger klangen immer so, als würden sie schrecklich leiden, und sahen alle aus wie Marcik. Katja zog mich an sich heran. Wir bewegten uns zusammen im Takt des Schlagzeugs, und ich spürte, wie die Stelle ganz warm wurde, an der sich der Walkman in Katjas Gürteltasche gegen mein Becken drückte. Dann dachte ich an die Beule in Marciks Hose und trat einen Schritt zurück.

»Was ist los?«

Sie wusste es tatsächlich nicht. Es musste einen Grund geben, warum sie ignorierte, dass ich in ihrer Gegenwart kaum Luft bekam. Am Teich hatte ihr Herz gepocht wie das der Hühner von Frau Klinge beim Beringen, und ich suchte hinter Katjas Rücken nach einem Punkt, der das Bild von Marcik aus meinem Kopf vertrieb. Es schien ihr egal zu sein, dass wir uns letzte Woche unter Wasser fast geküsst hätten und im Treppenhaus auch.

»Sag mal, heulst du?«

Ich schüttelte den Kopf.

»Komm mal mit!« Sie packte meine Hand und schleifte mich zur Röhre, vor deren Eingang schon ein Sandkastenmädchen wartete und nach Süßigkeiten fragte. Katja schubste es aus dem Weg.

»Geh spielen!«

In der Röhre hing noch die Feuchtigkeit des Regens, und ich konnte in den Abdrücken, die meine Schuhe an Katjas Füßen im

Sand hinterließen, jede Rille erkennen. Sie standen ihr ausgezeichnet.

»Hast du meine Kippen?« Katja blieb inmitten unserer verwüsteten Küche stehen und musterte den Zustand. Die Bierkästen lagen neben dutzenden Kuchenförmchen aus dem Sandkasten quer in der Röhre verstreut.

»Nein, mein Vater hat sie gefunden. Tut mir leid.«

Mit Anlauf schoss sie einen Kasten nach dem anderen gegen die Wand, und ich hoffte, sie war sauer auf die Kinder, die unerlaubt in der Röhre gespielt hatten, und nicht auf mich.

»So ist das, wenn man keine Tür hat. Ständig wird eingebrochen«, murmelte sie und ließ sich auf die sandige Matratze fallen, die jetzt an der Stelle lag, wo normalerweise unser Küchentisch stand. »Aber ich finde schon raus, wer das war.«

Ich legte mich neben Katja auf die Matratze. Die Oberfläche fühlte sich klamm an und die Feuchtigkeit kroch langsam durch meinen Hosenboden.

»Das ist doch alles scheiße hier.« Sie gähnte. »Ich glaube, ich bin zu alt für diese Vater-Mutter-Hund-Kacke. Es sei denn«, Katja richtete sich plötzlich auf und grinste breit, »du bist gerne mein Hund.«

Wieder spürte ich dieses Reißen über meiner Blase und schüttelte den Kopf. »Ich bin jetzt auch zu alt. Glaube ich.«

»Du bist sowieso ein ganz miserabler Hund.« Katja öffnete den Knoten des Stirnbands an ihrem Handgelenk mit den Zähnen. »Hunde passen auf und lassen sich nichts stehlen.«

»Das mit den Zigaretten tut mir leid. Ich besorge uns neue.«

»Die Zigaretten, mein dummes Schätzchen, sind nicht das Problem.«

Es schmeichelte mir, dass sie mich so nannte, obwohl die

Bemerkung nicht nett gemeint war. Katja schüttelte das Tuch aus und schlug es säuberlich zusammen, bis es den Umfang einer breiten Krawatte hatte. Genauso faltete mein Vater die Küchenhandtücher, bevor er sie auf die Größe von Oktavheftchen zusammenschrumpfen ließ.

»Gute Hunde vertrauen. Aber du vertraust mir überhaupt nicht.«

»Das stimmt nicht! Ich vertraue dir blind.«

»Du glaubst mir nichts und du traust mir nicht.«

Katja krabbelte hinter mich und zerrte an meinen Schultern, bis ich mit dem Rücken zu ihr saß. Sie hielt das Tuch mit beiden Händen wie einen Strick, und kurz dachte ich, sie wolle mich damit erdrosseln. Das Ziehen in meinem Unterleib wurde immer gewaltiger, je näher ihr Mund meinem Ohr kam, und ich konnte mir nicht erklären, woher diese Schmerzen rührten.

»Beweise es!«, zischte sie mir ins Ohr.

»Wie denn?« Meine Stimme zitterte.

»Indem du mir blind vertraust, wie du sagst.«

Mir war nicht zum Lachen zumute, aber ich kicherte, als Katja das Stirnband über meine Augen legte und am Hinterkopf fest zuknotete.

»So!« Katja stand auf und lief über die Matratze zum Eingang, zumindest kam ihre Stimme aus dieser Richtung. »Wenn du es schaffst, hier eine Stunde so sitzen zu bleiben, dann glaube ich dir.«

»Und was machst du so lange?«

»Ich hole uns Zigaretten und hoffe, dass du mich nicht enttäuschst.«

»Das ist ein blödes Spiel!«

»Vertraust du mir?«

Bevor ich darauf antworten konnte, entfernten sich ihre Schritte schon.

Hinter dem Tuch sammelte sich der Schweiß auf meinen Augenlidern, aber ich wagte nicht, den Stoff auch nur mit der Fingerspitze zu berühren. Vor der Röhre sangen die Sandkastenkinder irgendein Lied über Affen im Dschungel, und ich ärgerte mich über die schiefen Töne, aber vor allem darüber, dass ich die Zeit vermisste, in der es mir nicht peinlich gewesen war, mich auf dem Hof so danebenzubenehmen wie sie. Ich dachte an einen Schultag kurz vor den großen Ferien. Katja und Bine hatten sich zum Eisessen verabredet und ich durfte mit. Wir trafen uns nach der sechsten Stunde vor dem Klatschcafé Riesel, das in einer Seitenstraße hinter der St.-Nikolaus-Kirche lag und für uns Schüler alle Sorten zum halben Preis verkaufte. Katja nahm zweimal Waldmeister, Bine eine Waffel ohne alles, weil die Mädchen in Berlin alle schlank seien und sie mindestens drei Kilo abnehmen wollte, bevor ihr Vater sie abholte. Mir stellte Frau Riesel ein Motschekiebchen auf den Tisch, bevor ich überhaupt bestellen konnte. Es kam in einer Stielschale aus Glas und bestand aus zwei Kugeln Himbeereis, die mit Schokolinsen gespickt waren, und einer Kugel Mokka.

»Bei Pilly gibt es heute Kindereis«, ätzte Bine, doch zum Glück war Katja der Meinung, dass Himbeereis nur etwas für süße Mädchen sei, woraufhin Bine ihr gegen das Schienbein trat.

Wie immer redeten wir über die Schule, lästerten über Mitschüler oder legten fest, welcher Lehrer den schlimmsten Mundgeruch hatte. Das Rennen machte Herr Kaut, dessen Atem immer nach saurer Milch mit Kaffeesatz roch und der Frau Biermanns Gebissreiniger haushoch schlug. Bine machte sich über den neusten Rekord von Popel-Paule lustig. Sie führte eine Liste, auf der sie genau notierte, wie viele Popel er pro Tag in sich hineinstopfen konnte. An diesem Tag waren es vierzehn Stück gewesen, und Katja ergänzte, dass man die Oschis im Hinterkopf behalten müsse, die er sich nach der Schule in den Mund stopfte. Ich bekam einen Lachkrampf nach dem anderen, als Katja von der letzten Klassenfahrt in die Lausitz erzählte, auf der Bine und sie mit ein paar anderen Flaschendrehen gespielt hatten. Ein Mädchen musste Popel-Paule auf den Mund küssen und putzte sich danach den ganzen Abend die Zähne. Wen auch immer Paule später abbekam, meinte Bine, der bekäme zur Hochzeit einen fünfkarätigen Popelring und eine dreistöckige Popelcremetorte. Die Frau würde einen riesigen Popel zur Welt bringen und vermutlich kackte Paule sogar Popel. Wenn Katja und Bine in Fahrt kamen, ging es nur noch darum, wer die ekligeren Sachen erzählen konnte. Meine Aufgabe bestand darin, möglichst laut über alles zu lachen, aber ich versuchte, Katjas Witze besonders lustig zu finden. Bine knabberte an der Spitze ihrer Waffel und sprach von einem Gerücht, das sowieso jeder kannte. Eine der Pferdefreundinnen von Joseba hatte sich angeblich auf dem Schulklo den Hals einer Brauseflasche unten reingesteckt, und der Hausmeister musste das Glas mit einem Hammer zerschlagen. In anderen Versionen war es eine Ehemalige, eine Austauschschülerin oder Joseba selbst, aber Bine war sich sicher, dass das Missgeschick eigentlich einer Lehrerin passiert sei, die früher den Schulchor leitete und danach strafversetzt wurde. Nur aus diesem Grund gebe es im Schulkiosk diese Brausesorte nicht mehr und auch keine Gesangsstunden nach Schulschluss. Sie konnte nicht so unterhaltsam lügen wie Katja, die mich aus dem Augenwinkel genau beobachtete, während Bine erzählte. Ich wartete darauf, dass sie unterhalb der Tischplatte jeden Moment nach meiner Hand griff oder mit den Fingern mein linkes Knie streichelte, doch stattdessen hatte sie eine brandneue Geschichte auf Lager, von der weder Bine noch ich vorher gehört hatten. Im Sportunterricht habe ein Mädchen aus der Abschlussklasse drei Stunden auf der Klobrille gehockt, weil das Schnürchen ihres Tampons gerissen sei und das vollgesogene Ding in ihr festgesteckt habe. Und weil der Hausmeister da mit seinem Hammer natürlich nicht helfen konnte, musste sie in ein Krankenhaus gebracht werden. Die ganze Klasse stand um das Auto herum, mit dem ihre Mutter sie abholte.

»Wie peinlich«, schnaufte Bine, »ich würde die Schule wechseln.«

»Und deshalb nehmen schlaue Mädchen Binden!«, beendete Katja die Anekdote. »Stimmt's, Pilly?«

Ich nickte und sagte: »Ja, nur!«

»Binden sind für Dorfis. Die kleben und stinken«, warf Bine ein und meinte, dass jedes Kind wisse, wie man einen Tampon testen müsse, bevor man ihn verwendet.

»Alle sechsundzwanzig Tage auf einer Binde zu sitzen, finde ich nicht so schlimm«, sagte Katja.

Bine blutete alle zweiundzwanzig Tage und fand es unfair, dass sie ihre Tage öfter hatte als ihre beste Freundin. Über ein ganzes Leben verteilt bedeutete das auch viel mehr Krämpfe und Bauchschmerzen. Mich ärgerte, dass wir im Unterricht nur kurz über die Periode gesprochen hatten und ich fast nichts darüber wusste.

»Wie oft hast du sie?«, fragte mich Katja und löffelte grüne Eissuppe aus ihrem Pappbecher.

»Ich zähle nicht so richtig mit. Vielleicht alle fünfzig Tage?«

»Echt?«, fragte Bine und schaute Katja verdutzt an. »Entweder du lügst oder du solltest mal zum Arzt.«

Für mich hatte es so geklungen, als wäre es besonders gut, wenn viele Tage zwischen der Regel lagen, und ich verfluchte mich, dass ich nicht dreißig gesagt hatte.

»Ist bestimmt alles okay mit dir.« Katja tippte mit der Fußspitze gegen meine Sandalen. »Am Anfang sind die immer unregelmäßig.«

Vielleicht merkte sie, dass ich mich ertappt fühlte, schließlich kannte sie das Gefühl, wenn eine Lüge aufflog.

Katjas Poltern weckte mich, und ich riss mir vor Schreck beinahe das Halstuch von den Augen. Sie hopste zu mir auf die Matratze und befühlte den Zustand der Augenbinde.

»Kann ich die jetzt abnehmen?«

»Aber nur, wenn du sie wirklich die ganze Zeit aufbehalten hast.«

Ich hatte keine Ahnung, wie lange ich im Dunkeln gesessen hatte, aber das schräg in die Röhre fallende Licht kniff mir in den Augen, und auf Katjas Gesicht tanzten leuchtende Punkte.

»Hiermit sind Sie offiziell von Ihrem Dasein als Hund entbunden.« Katja band sich grinsend das Tuch um den Kopf und ließ mich eine zerdrückte Schachtel F6 aus ihrer Hosentasche fingern. Marcik rauchte F6. Mir war nicht nach Rauchen.

Als Katja mein Zögern bemerkte, sagte sie: »Mensch Pilly, du zerreißt mir wirklich das Herz«, und ließ den Rauch in dicken Ringen gegen die Röhrendecke schweben. Sie waberten am Beton entlang wie das Fragende, das sich in ihrem Blick breitmachte, so als wüsste sie nicht, wie es jetzt weitergehen sollte. »Du hast das liebste Seelchen, das ich mir vorstellen kann, glaubst du das?«

Sie drückte mir ihre Zigarette auf und erklärte, dass die wenigsten wüssten, dass auch Bine eine liebe Seele hätte, egal, wie garstig sie manchmal wirke. Ich versuchte mich an einen Moment zu erinnern, in dem Bine weder garstig noch boshaft war, aber mir fiel keiner ein.

Einen Moment lang saßen wir schweigend nebeneinander und ich starrte auf die qualmende Zigarette in meiner Hand. Vor der Röhre schrien die Sandkastenkinder durcheinander, in der Luft hing der Geruch von brennendem Holz, der Chor von vorhin krakeelte inzwischen ein Lied aus dem *Traumzauberbaum*, eine Mutter schimpfte, und auf dem Fußballfeld gab es irgendeine Rangelei. Nur zwischen uns lief die Zeit auf einmal langsam. Sie dehnte sich unerträglich über unseren Köpfen aus, und ich bekam kein Wort über die Lippen.

»Weißt du noch, als ich dir gesagt habe, dass Männer es gut finden, wenn Frauen bei der Liebe laut sind?« Katjas Stimme klang unsicher.

Ich war gespannt.

»Willst du wissen, was sie noch besser finden?«

»Schieß los.« Ich steckte mir die Zigarette so lässig wie möglich in den Mundwinkel und kämpfte gegen die Tränen in meinen Augenwinkeln an, die der aufsteigende Rauch verursachte.

»Sie finden es gut, wenn Frauen da unten ganz nass sind.«

Ich wurde schlagartig rot und Katja lachte.

»Also, eigentlich nass *werden*, denn normalerweise sind Frauen da ja nicht einfach so nass.«

»Wie, man wird da nass?«

»Wenn man jemanden sehr mag, dann passiert das automatisch.«

Mir war todespeinlich, dass ich scheinbar überhaupt nichts über die Liebe wusste, aber Katja dafür alles. Ich musste sofort an das Gefühl denken, das mich vor Marciks Bus fast auf den Boden gezogen hatte, und fragte mich, ob es das war, was Katja meinte, und ob sie irgendwann schon einmal nass gewesen war wegen mir. Ich nahm den Zigarettenfilter zwischen die Finger, und es dauerte eine Ewigkeit, bis er ihre Lippen erreichte. Das Zittern meiner Hand ging auf sie über, und im Lichtdreieck, das auf die Matratze fiel, dachte ich an die Küsse der Schauspieler im Fernsehen. Ich hatte sie mir genau angesehen und an meinem Stoffhasen ausprobiert. Seine Schnauze wurde jedes Mal feucht, doch je mehr ich probierte, desto weniger Flusen hatte ich im Mund. Knipste ich das Nachtlicht aus, leckte ich Rübe Langohrs mit Linsen ausgestopfte Löffel wie Katja Marciks mit Ringen durchstochene Ohrläppchen geleckt hatte, und ich bildete mir ein, genauso auszusehen wie sie im Griff seiner ölverschmierten Pfoten.

»Du bist so verklemmt, ey!«, lächelte sie und pustete mir den Qualm ins knallrote Gesicht, bevor ich den Gedanken zulassen konnte, dass vielleicht jetzt der richtige Moment für diesen Kuss war, den ich so oft im Kopf durchgespielt hatte. Ich hatte mir gemerkt, wohin sich die Köpfe der Schauspieler neigten und dass ein Kuss in Wellen abläuft. Die Münder verbissen sich, stießen sich ab und kamen wieder zusammen, so wie die dünnen Wellenspiegel der Brandung ihren Weg zurück in die Ostsee fanden. Meine Mundhöhle war so trocken, dass meine Zunge den Rachen verklebte. Ich hustete und schlug Katja den Stummel aus der Hand. »Quatsch! Ich bin nicht verklemmt! Wie du immer rumspinnst, Katja, echt, du nervst!«

»Ich spinne nicht immer rum!«, entgegnete sie verwirrt und schien sich vor meiner Stimme zu erschrecken, die sie in der Lautstärke noch nicht kannte.

»Frau Klinge hat gesagt, wir sind sowieso viel zu jung für so was!«, setzte ich nach.

»Wenn du wüsstest, wie sehr die Klinge spinnt, würdest du freiwillig nicht mehr zu der in den Garten gehen und der auch kein einziges Wort glauben.«

Sie hockte sich vor mich, ihre Hände lagen flach auf dem Stoff ihrer Cordhose. Ich suchte in ihrem Gesicht nach etwas, das ich einordnen konnte, einer Lüge, aber ihre Lippen blieben reglos und ganz weich. »Mein Vater hat mir Sachen über die gesagt. Die ist gefährlich, hörst du?«

Katja griff nach meinen Handgelenken, als draußen die Schreie vom Fußballplatz lauter wurden. Vor dem Eingang der Röhre schossen so viele Beinpaare vorbei, als würde der Thälmann-Lauf ohne uns stattfinden und die Route über den Spielplatz in Richtung Gartenkolonie verlaufen. Erst als der Brandgeruch in unseren Lungen kratzte und wir kaum noch atmen konnten, krochen wir nach draußen und sahen die dichten Rauchsäulen, die senkrecht aus den Gärten herauswuchsen und sich schon bis in den Kasernenhof ausgebreitet hatten. Katja und ich standen wie angenagelt im Sand und beobachteten die Ansammlung der Bewohner vor den Eingängen der Gartenkolonie, manche standen so reglos wie wir, andere bildeten Ketten und reichten sich der Reihe nach Wassereimer und Schläuche. Die Frauen der Vertragsarbeiterfamilien saßen mit Decken über den Schultern auf der Wiese, die Männer schleppten hustend Möbelstücke aus dem Rauch und schrien sich in ihrer Sprache irgendetwas zu. Katja schnappte sich zwei Eimer aus dem Sandkasten und rannte in Richtung Kanal. Von der Promenade näherten sich verzerrte Sirenen, deren Hall von den Mauern des Betonwerks doppelt so laut zurückgeworfen wurde. Wieder fühlte ich das Reißen und spürte, wie es in meine Unterhose tropfte, ohne dass ich was dagegen machen konnte. Ich rannte in die gleiche Richtung wie Katja, aber bog in Richtung meines Wohnhauses ab. Im Treppenhaus versteckte ich mich hinter der Tür, die runter in den Keller führte, und stieß in meinem Schlüpfer sofort auf etwas Feuchtes. Erschrocken blickte ich auf meine Finger. Sie waren so rot, als hätte ich in eine Rasierklinge gefasst.

TEIL 2

IM SOMMER LASSEN DIE VÖGEL NACH

15

Schrauben-Hitler. Zwei Hakenkreuze auf der Tür und drei weitere am Schaufenster. Zwei Tage nach dem Brand stand Alfred Hiller morgens vor seinem Geschäft und fragte sich, mit welchem Lösungsmittel er den weißen Lack vom Ladenschild und den Glasflächen entfernen sollte. Die Farbe war so unverwüstlich, wie er sie seinen Kunden anpries, doch bei einem Schrauben-Hitler würde so schnell niemand mehr einkaufen kommen. Den anderen vom Stammtisch ging es nicht anders. Keiner würde seine Gardinen in eine Wäscherei bringen, auf deren Frontseite *Schmutzwäscher* stand, oder seine Schuhe von einem *Springerstiefel* besohlen lassen. Am heftigsten hatte es die historische Fassade vom Bandauer getroffen. Man konnte die Kreuze schon vom alten Marktplatz aus sehen, sie reichten von der Traufe bis zu den Lichtgräben des Fasskellers.

Hiller schmunzelte über die spiegelverkehrt aufgesprühten Symbole an seinem Laden, denn schließlich verhielt es sich auch andersherum. Weder hatte er etwas mit dem Brand zu tun noch eine Abneigung gegen die Fidschis. Aber der Stammtisch stand aus Prinzip unter Generalverdacht. Am ehesten war die Kokelei Martin Jäckel zuzutrauen, dachte Hiller. Er schimpfte immer, dass einem die billigen Leute aus Asien das Wasser abgraben würden, und war mit dem Löschwagen der Freiwilligen Feuerwehr schon angeschlingert gekommen, bevor irgendjemand sonst auf den Rauch überhaupt aufmerksam geworden war. Nicht selten steckt hinter Brandstiftung derjenige, der sich am fleißigsten bei den Löscharbeiten einbringt. Das dachten auch Brunig und Küstrin, sogar das Ehepaar Bandau hatte genickt, als man auf Jäckel zu sprechen kam. Er war schon immer ein negatives Element gewesen, und genau so hatten sie es auch dem Brandkommissar Harnisch aus dem Westen zu Protokoll gegeben, der seit der Wende Berater im Präsidium war und die Abschnittsbevollmächtigten mundtot gemacht hatte.

Auch Brunig hatte sich über die Vietnamesenbrüder geärgert, die am Ende der Hauptstraße eine zweite Wäscherei eröffnen wollten, und immer wieder verschwanden Materialien, die auf Paletten vor deren Baustelle lagerten. Küstrin beklagte sich über das Geschäft gegenüber, in dem man seine Schuhe nicht nur günstiger als bei ihm reparieren, sondern auch Schlüssel nachmachen lassen konnte, und die Bandaus wollten seit Jahren das Gasthaus renovieren. Das Geld von der Sozietät käme jetzt genau richtig. Da war es sinnvoller, sich gemeinsam auf ein Stammtischmitglied einzuschießen, das ohnehin einen schlechten Ruf hatte. Drei Gärten hatte das Feuer verschont. Das Grundstück der alten Klinge und die beiden verwilderten Parzellen, die daran anschlossen. Obwohl Hiller die schrullige Parteihexe nicht ausstehen konnte, schloss er sie als Brandstifterin aus. Sie bemühte sich als Einzige, sich die Namen der vietnamesischen Arbeiter einzuprägen, tauschte mit ihnen Gemüse gegen Steckzwiebeln, feierte ihre Feste mit und trug sogar ihre Kleider.

Sollte der Verdacht am Ende auf ihn fallen, konnte es nur daran liegen, dass er sich etwas zu laut über die Leute geäußert hatte, die seit über einem Jahr den Garten seiner Großeltern besetzten. Als das Werk seine Tore endgültig dichtgemacht hatte und die Unterkünfte der Vertragsarbeiter den Abrissarbeiten zum Opfer gefallen waren, hatten nur wenige Arbeiter die vierstellige Abfindung angenommen und waren zurück nach Vietnam gereist. Das war anfangs keine große Sache gewesen, als sich die erste Familie in einer verlassenen Parzelle niedergelassen hatte. Doch als andere nachzogen und sich auf die bebauten Gärten stürzten, folgte auf die Duldung die große Wut der eigentlichen Besitzer. Sobald die Vietnamesen die baufälligen Lauben instandgesetzt hatten, wollte jeder seinen Garten lieber wieder zurück. Hiller ärgerte sich vor allem über die vernachlässigte Quitte, die das Herzstück seines Gartens war. Der bemooste Baum trug kaum noch, weil niemand ihn beschnitt, und die sich gegenseitig erstickenden Äste waren jedes Mal ein schlimmer Anblick, wenn er an der Parzelle vorbeimarschierte, um sich von dem Verfall zu überzeugen. Der Familie taten seine Kontrollgänge nicht so weh wie ihm. Die Besetzer trotteten ans Gartentor auf ihn zu und schnatterten Dinge, die er nicht verstand, hielten ihm frittierte Gemüserollen auf den Käseplatten seiner Großmutter über den Zaun. Man konnte doch eine Käseplatte nicht einfach zweckentfremden und darauf Dinge servieren, die den Sinn von so einem Geschirr verzerrten. Aber das war kein staatsbürgerschaftliches Problem, sondern ein kulturelles und vielleicht noch ein optisches.

Alles, was der Garten für Hiller seither abwarf, waren vietnamesische Grässlichkeiten auf enteigneten Käseplatten, von denen er Darmkrämpfe bekam. Auch die Erinnerungen, die diesen Frühling mit den Knospen der Fliederbüsche ausgetrieben waren, rumorten in ihm. Aus ihren Blütenständen hatte seine Großmutter immer kleine Tischgebinde gefertigt. Jeden Morgen standen frische Gestecke auf den gestreiften Tischtüchern und der ausziehbaren Anrichte des Küchenschranks. Am Busch zutschte Hiller als Kind den Nektar aus den winzigen Kelchen und streichelte mit dem Zeigefinger den Pelz der Hummeln. Zwischen den Kerzen des Rhododendrons hatte er heimlich Hanne aus dem Nachbargarten geküsst, die später dann doch lieber bei seinem Bruder Albert blieb, und hinter den Hortensiensträuchern gab es einen Zierteich, in dem wegen der Graureiher mehr Wasserläufer als Fische lebten. Die Vögel standen wie aus Stein gehauene Statuetten am Uferrand und stierten auf die Schleierschwänze. Hiller saß vor dem Mittagessen regungslos mit der Zwille im Dickicht, um die diebischen Tiere mit Kronkorken und Kieseln genau im richtigen Moment zu erwischen. Am Ende jedes Sommers stand sein Großvater mit einem Eimer zwischen dem Hechtkraut und fluchte über das viele Metall auf der Teichfolie und das Wasser, das ihm in die Gummistiefel lief.

Den morschen Geräteschuppen hatten die Besetzer in einen zusätzlichen Schlafraum umgebaut. Ein Doppelstockbett und eine Matratze auf den Holzbohlen daneben. Arme Leute sind gut im Improvisieren, dachte Hiller und lächelte bei dem Gedanken an das Windholzregal, das früher an der Wetterseite im Schuppen gelehnt hatte. Im Herbst bog es sich unter dem Gewicht der Kürbisse und Einmachgläser zur Seite. Als Kind schüttelte er die Gurken, bis die Senfkörner und Dillfäden wie die Flocken in einer Schneekugel vom Deckel langsam auf den Glasboden zurückrieselten. Auf den oberen Böden glühten die Marmeladengläser im Gegenlicht, vor allem das goldene Quittengelee loderte wie die Kassettenscheiben der St.-Nikolaus-Kirche.

Da half nur noch abschleifen oder austauschen. Einmal ganz weg und wieder neu. Hakenkreuze waren etwas Hartnäckiges. Sie ließen sich nicht mühelos übermalen und von zwei Farbschichten aus dem teuren Importsortiment vertreiben. Die englische Bootsfarbe konnte zwar Rostfraß abdecken, aber gegen den Umriss einer Anschuldigung war sie wehrlos. Hiller klingelte ein drittes Mal an der Tür seiner Nachbarin. Sie hatte am Küchenfenster gestanden und aufgelöst mit den Armen gewedelt, als sie ihn auf dem Parkplatz des Kasernenhofs aus dem Auto steigen sah.

»Da ist es mit mir durchgegangen.« Frau Wenzel lachte und brachte ihre Haare unter dem Kopftuch in Ordnung. »Das hat mich so erinnert, wissen Sie?«

Hiller öffnete den Traps des Spülbeckens und versuchte sich die Not vorzustellen, in der sie sich befunden haben musste, als der Brandgeruch von der Kolonie in ihre Küche gezogen war. Frau Wenzel hatte Mehl, Graupen, Blumenerde und halbe Brotscheiben in den Ausguss gestopft, damit das Russengas nicht durch die Rohre dringen konnte. Früher habe es ständig erst nach Feuer gerochen, und dann hätten die Augen gebrannt, bis man nichts mehr sehen konnte.

»Aber noch schlimmer roch das, als die Russen meinen Hahn gekocht haben. Ein prächtiges Tier, der Anton.«

»Das ist ja nicht so schön«, antwortete Hiller in der Dunkelheit des Spülschranks.

»Der hatte wun-der-bare Schwanzfedern und einen rie-si-gen Kamm. Und diesen Kamm sollte ich dann essen. Danach habe ich tagelang gebrochen.«

»In manchen Ländern ist das eine Delikatesse«, raunte Hiller und fand sich sofort selbst geschmacklos, denn Schauergeschichten über die Rote Armee gab es auch in seiner Familie.

Frau Wenzel stieg auf einen Klapptritt, nahm zwei Glastassen aus dem Schrank und sagte, dass man gut einen Grog trinken könne, jetzt, wo der Russe nicht mehr da war. Hiller räumte sein Werkzeug zusammen, testete den Ablauf des Wasserhahns und versuchte sich die Frage zu beantworten, ob es im fortgeschrittenen Alter hilfreicher war, wenn man nicht mehr alle Tassen im Schrank hatte oder es kaum auf einen Stehhocker schaffte. Ihm tat die Frau leid, über die er nichts wusste, außer dass sie mit neunzehn bereits Witwe gewesen und ihr einziges Kind nur ein paar Jahre später an Typhus gestorben war. Das Leben hatte ihr so zugesetzt, dass sie schon wirr im Kopf war, als er noch zur Schule ging. Ihre Wirklichkeit beschränkte sich auf die Flucht, ihre Zeit im Wohlfahrtskinderheim, die Ehrenparaden der Nationalen Volksarmee und die Werbesprüche aus dem Fernseher, der früher pausenlos lief, was die Nachbarschaft dank der dünnen Wände in einen Fluch verwandelte. Alles, was davor, dazwischen und danach passiert war, lagerte sie an unzugänglichen Stellen ihres Gedächtnisses. Hiller hatte in einer Illustrierten beim Arzt gelesen, dass das menschliche Gehirn selektiert und seelische Wunden einfach umprogrammiert, wenn der Kummer zu groß wird. Jemand vom Wohnungsamt hatte wohl Mitleid mit der Frau gehabt, die ihr Haus auf der anderen Seite des Kanals räumen musste, als die Schienentrasse der Werksbahn genau hindurch verlegt wurde. Sie durfte eine der ersten fertigen Wohnungen im Kasernenkomplex beziehen und konnte sich ihre Witwenrente mit dem wenigen Geld aufstocken, das man ihr für die Hausmeisterstelle zahlte. Obwohl Hiller häufig hörte, wie sich Frau Wenzel in irgendeinem ostpreußischen Dialekt mit ihrem Schrubber unterhielt, war das Treppenhaus immer makellos geputzt und der Rasen auf dem Hof frei von Schafgarbe.

»Trink nicht wahllos – greif zum Wein!« Frau Wenzel lachte und ließ heißes Wasser aus der Thermoskanne über den Kandiszucker laufen. Die braunen Brocken zischten und beruhigten sich erst, als der Rum dazukam. »Wir sind heute aber mal wahllos, was?«

Hiller strich sich über den Bart und studierte das Etikett der Flasche, das eine Frau mit Blumenkette zwischen Palmen am Strand zeigte, hinter ihr ein dreimastiges Piratenschiff.

»Ein guter Tropfen«, las Hiller und wusste nicht, worüber er mit seiner Nachbarin sonst reden sollte. »Ach ja, bessere Zeiten.«

»Die Zeiten waren noch nie gut, Herr Handwerker. Aber wissen Sie, nebenan«, Frau Wenzel flüsterte mit aufgerissenen Augen über ihren dampfenden Grog hinweg, »da ist ein A. Hiller eingezogen. A. Hiller. Da läuten einem die Glocken, was?«

»Stimmt etwas nicht mit dem?«

»Das haben doch viele gemacht, damals. Ein T weggenommen und ein anderer Buchstabe rein. Der hat keine Frau, keine Familie, man sieht den auch sonst nicht oft im Haus. Aber das A macht mir ja noch mehr Sorgen.«

Hiller trank einen möglichst großen Schluck. Das war ein alter Witz, den sich früher schon seine Mitschüler erlaubt hatten. Alfred Hiller, was für eine Nazimutter! Sein Bruder Albert hatte die vorlauten Gören dann immer verprügelt und ihnen den Mund mit Schlamm ausgewaschen. Frau Wenzel stieß ihr Glas so heftig gegen seins, dass ihm der Grog über den Handrücken lief.

»Wohne ich lieber neben einem Russen oder einem Hitler? Das ist eine Jahrhundertfrage, Herr Genosse!«

Hiller schoss vom Stuhl und konnte sich nicht entscheiden, ob er seine Nachbarin bemitleiden oder beneiden sollte. Ihre Welt blieb jeden Tag die alte, es gab noch Rumverschnitte mit hübschen Etiketten, und die Gegenwart wütete in ihrem Leben nicht so rücksichtslos wie in seinem.

Von ihrem Küchenfenster aus hatte man den Kasernenhof gut im Blick. Die ganze Nachbarschaft beteiligte sich an den Aufräumarbeiten nach dem Brand, und vermutlich war auch die Person darunter, die zu verantworten hatte, dass die Familien in der Turnhalle der alten POS untergebracht wurden. Vor dem Festzelt der Freiwilligen Feuerwehr auf dem Fußballplatz standen die Helfer mit Kaffee und Bier, fühlten sich endlich wieder nützlich.

»Draußen ist Parade, die dürfen wir nicht verpassen!«

Frau Wenzel scheuchte Hiller über die Türschwelle auf den Fußabtreter und schlug hinter seinem Rücken die Wohnungstür zu. Obwohl ihm der Grog einen Mittagsschlaf nahelegte, entschied er, sich der Hilfsbereitschaft seiner Nachbarn anzuschließen, um den Anschuldigungen an seiner Ladenfront keine weitere Nahrung zu bieten.

16

Nach dem Brand in der Gartenkolonie dauerte es eine Woche, bis ich Katja wiedersah. Immer wieder schlich ich zur Röhre, fand darin aber nur die Sandkastenkinder, die unsere Wohnung in einen Verkaufsstand verwandelt hatten und die Backwaren in ihren Förmchen mithilfe der Bierkästen vom Spielplatz in unsere Küche trugen. Die Eltern hatten die Matratze auf den Haufen vor der Gartenkolonie geworfen, auf dem sich der verrußte Hausrat der Vertragsarbeiter stapelte.

Den Kindern fielen die Kuchen aus den Händen, als ich in der Röhre das angekokelte Bügelbrett zur Seite trat und mich sofort schlecht deswegen fühlte. Es hatte als Kassentisch gedient, und das mit Pfennigstücken gefüllte Einmachglas zerschellte an der Röhrenwand. Die Münzen landeten im Sand. Eins der Kinder schnitt sich beim Aufsammeln an einer Glasscherbe, ein anderes versuchte, die Sandkuchen zu retten.

»Wir dürfen hier spielen«, sagte eins der Mädchen. »Die eine von euch hat es erlaubt.«

Eine von uns. Mir gefiel dieser Satz, doch ich schämte mich beim Anblick der zerquetschten Kieseltörtchen unter dem verkohlten Bügelbrettpolster und des nach einem Pflaster kreischenden

Kindes. Von seinem Zeigefinger tropfte es zwischen die verstreuten Münzen, und der Sand war schon nach einigen Sekunden schwarz gesprenkelt. Auch mein Blut war nur tröpfchenweise in die Tennissocken meines Vaters gesickert. Es war mir peinlich, die Binden aus dem Badezimmerschrank zu benutzen, die mein Vater in mir unerklärlicher Voraussicht besorgt hatte. Noch weniger wollte ich einen der Tampons benutzen, die wir im Unterricht geschenkt bekommen hatten. Die drei in Plastik gewickelten Stoffzapfen lagen seit Monaten in der Vordertasche meines Schulranzens und waren mittlerweile grau von den Bleistiftresten, die sich darin aus dem überfüllten Anspitzer verteilt hatten. Außerdem grauste mir davor, dass mir dasselbe Missgeschick passieren könnte wie dem Mädchen in Katjas Geschichte. Es war einfacher, ein Paar Socken aus dem Schrank meiner Eltern zu klauen, wenn mein Vater gegen Mittag zum Bandauer aufbrach. Ich warf sie auf dem Rückweg nach Hause entweder auf den Haufen vor der Gartenkolonie oder stopfte sie nachts heimlich in die leeren Joghurtbecher des Küchenmülls.

»Unsere Wohnung ist jetzt eine Bäckerei!«, war das Erste, was ich Katja an den Kopf knallte, als ich sie auf dem Parkplatz abpasste. Sie malte mit weißem Lack die Blüten eines Gänseblümchens auf dem Kotflügel von Marciks Bus aus.

»Hübsch, nicht? Mach mal weiter«, sagte Katja und drückte mir ihren Pinsel in die Hand. Mir fiel auf, dass eins der Lämpchen an meinen Schuhen nicht mehr blinkte und sich Katjas Geruch verändert hatte. Sie roch immer noch dunkelgrün, nach Harz und feuchtem Waldboden, aber etwas Braunes war dazugekommen. Ledersitze, der Muff von Wäsche, die zu langsam trocknet, und abgestandener Rauch, gemischt mit Motoröl.

»Wo ist Marcik?«

»Der holt Bier.«

Katja trank sonst nie.

Ich sagte: »Guter Plan«, obwohl ich nichts daran gut fand. »Seid ihr jetzt richtig zusammen?«

Sie schwang sich über die Heckleiter auf das Busdach, legte sich flach auf den Bauch und beobachtete mich von oben. »Würde dich das ärgern?«

Ich zuckte mit den Schultern und bekämpfte das Bedürfnis, den Inhalt des Lackeimers einfach auf die Windschutzscheibe zu kippen.

Katja atmete laut ein, als würde sie sich über etwas erschrecken. »Ha! Du bist eifersüchtig! Doch nicht auf Marcik!«

Sie befahl mir, zu ihr aufs Dach zu klettern, und erklärte mir, dass Bine ständig eifersüchtig sei, weshalb sie keine Lust mehr habe, sich mit ihr zu verabreden, aber bei mir sei Eifersucht irgendwie süß.

»Wir definieren unsere Beziehung nicht«, sagte sie schließlich. Ich wusste nicht, was ich dazu sagen sollte, bestimmt hatte sie den Satz aus irgendeiner Zeitschrift. Ich rollte mich auf den Rücken und legte meinen Kopf in ihren Schoß. Das Blätterdach raschelte, und Katjas Gesicht war so dicht über meinem, dass ihre Locken fast meine Wangen berührten.

»Was findest du an dem Typen?«, fragte ich sie und befestigte ein loses Silberteil an einer ihrer Haarsträhnen. »Er ist nicht mal schön!«

»Doch, besonders nackig.«

Katja lachte, und ich wollte mir nicht vorstellen, wie es unter Marciks Cordhose aussah, aber sie fing schon an zu erzählen, dass die meisten Männer zwischen ihren Beinen schlecht riechen würden. Sogar nach Kochkäse, wenn man Pech hatte, doch bei Marcik sei das anders. Mir wurde übel. Katja blickte verträumt in die Baumkrone. Bei Marcik würde es nach Kastanie riechen und sich auch so anfühlen, ganz weich und trotzdem fest.

»Ey, ich will das alles gar nicht wissen«, sagte ich und hielt mir die Ohren zu.

»Noch nicht«, erwiderte Katja und tippte mir auf die Nasenspitze, wie ich es ständig bei den Müttern auf dem Spielplatz sah.

Seit dem letzten Tag in der Röhre war alles anders zwischen uns. Früher hatte sie mich zur Begrüßung immer umarmt, und obwohl ich froh war, nicht mehr der Hund sein zu müssen, fehlten mir ihre Hände in meinem Rückenfell. Ich wollte, dass sich alles wieder so anfühlte wie der Nachmittag am Teich. Ich wollte ihr von dem Blut in meiner Unterhose erzählen und dass ich ständig von ihr träumte. Die Küsse fühlten sich jedes Mal so echt an, als hätten sie wirklich stattgefunden, und an einem Morgen war ich unten ganz nass gewesen, so wie sie es beschrieben hatte. Auch das wollte ich ihr erzählen, aber sobald sie vor mir stand, verlor ich den Mut, überhaupt daran zu denken. Als Marcik uns von unten etwas zurief, stieß sie mich von ihrem Schoß wie einen Köter von der Bettkante, fast wäre ich vom Autodach gekullert, direkt vor seine Füße. Er stellte eine Sechserpackung Granaten auf die Motorhaube. Katja nannte die kleinen Bierpullen so, weil sie in der Hand ihres Vaters aussahen wie Wurfgeschosse.

»Mach Pilly mal eine Granate auf!«, rief sie nach unten. Marcik öffnete eine der Flaschen am Seitenspiegel und reichte sie mir nach oben, die nächsten beiden ließ er mit dem Ring an seinem Mittelfinger aufspringen. Ich gab meine sofort an Katja weiter. Sie nahm einen großen Schluck und auf ihrer Unterlippe glänzte das Bier. Ich erschauerte, als Marcik sich mit einem Schnaufen zu ihr aufs Dach zog und die Flüssigkeit von ihrem Mund leckte. Zum Glück stapfte mein Vater in diesem Moment auf den Parkplatz und winkte mich hastig zu sich.

»Ich muss zum Bahnhof. Wir fahren heute nach Magdeburg«, sagte ich und kletterte die Leiter in zwei Sätzen nach unten. Katja machte zum Abschied eine Handbewegung, als würde sie ein Insekt verscheuchen, und sah nicht in meine Richtung, egal wie oft ich mich zu ihr umdrehte.

Nach dem Brand stellten die Ärzte im St. Marienstift nicht nur einen Schatten auf Frau Klinges Lunge fest. Ein zweiter breitete sich dort aus, wo der Sommerkopf sein Unwesen trieb, ein dritter in der unteren Hälfte ihres Rückens. Mein Vater hielt die Röntgenbilder gegen das Fenster und warf einen ernsten Blick auf Frau Klinge zwischen den zwitschernden Maschinen, an die sie angeschlossen war. Anstelle der bunten Kleider trug sie ein ausgewaschenes Patientenhemd, ihr Haarnest war ohne den Halt der Nadeln in den Nacken gerutscht und neben dem Nachttisch standen ihre roten Gummistiefel. Ich bezweifelte, dass sie schon bald wieder in sie hineinschlüpfen konnte.

»Das kommt wirklich ungelegen«, sagte sie in demselben Tonfall, mit dem sie ein Wespennest an der Laube oder den Blattlausbefall eines Beerenstrauchs kommentierte. »Pillchen, jetzt musst du ein Auge auf die Hühner haben. Und vergiss den Napf vom Kater nicht, sonst bleiben uns von den Hennen nur die Federn übrig.«

Ich fragte mich, was von ihr übrigbleiben würde, und stellte mir einen Haufen Haarnadeln im Bettzeug des Marderzimmers vor, worüber ich lachen musste, was mein Vater überhaupt nicht witzig fand. Frau Klinge beschwerte sich über den trüben Ausblick, der sich ihr vom Fenster bot, aber nicht über die Aussichten, die die Ärzte ihr gegeben hatten. Die Schatten in ihrem Körper schienen sie weniger zu stören als die Krähenschwärme über den Krankenhausdächern. Solche Vögel würden nicht zur Genesung beitragen, sagte sie, denn sie flögen den ganzen Tag das Fensterbrett an und starrten auf der Suche nach Aas mit schwarzen Perlaugen ins Zimmer. So fühle man sich schon abgeschrieben, bevor man überhaupt im Sterben liege. Ich dachte an die Fotoalben im Haus meiner Tanten, die nach Jahreszahlen sortiert im Stubenregal standen. Man konnte es den Familienmitgliedern ansehen, wenn sie »abgeschrieben« waren. Viele der rotstichigen Bilder zeigten meine Großeltern auf Ausflügen, und über jedem Foto klebten kleine Zettel, auf denen mein Großvater in kantigen Buchstaben den Anlass notiert hatte. Beim *Zwischenstopp auf der Sanddornplantage Ludwigslust* hielt seine kräftige Hand einen Korb mit orangen Beeren in die Kamera. Für die *Wilde Kirschernte* auf dem Seitenstreifen einer Landstraße ein Jahr später brauchte er schon beide Hände, um den Korb zu halten. War sein Gesicht beim *Thüringer Waldmuskelkater 1960* noch doppelt so breit wie das meiner Ostsee-Oma, konnte der Rotstich auf dem *Zingster Sommerfest 61* seine Blässe nicht mehr ausgleichen. Je breiter der Schatten in ihm wurde, desto schmaler wirkten die Buchstaben der Notizen und seine Hände auf den Fotografien. In der Mitte des Albums fehlte von ihm und den Zetteln jede Spur. Auch auf den Aufnahmen im Hexengarten kündigten sich Schatten an, die in meiner Gewitter-Oma zwar nicht heranwuchsen, sie aber von innen verstopften. Obwohl der Farbstich der Bilder mit jedem Albumjahr abnahm, wurden ihre Wangen erst orange, dann rot, bis sie am Ende den Farbton von Blaubeeren hatten. Wenn ich bei meinen Tanten zu Besuch war, ging ich die Alben genau durch und untersuchte das Gesicht meines Vaters auf den Fotos, doch zum Glück ließen sich bei ihm auch auf den fünften Blick keine farblichen Auffälligkeiten feststellen.

»Es ist wahrscheinlicher, von meinem Pflaumenbaum erschlagen zu werden, als hier gesund das Bett zu verlassen«, stöhnte Frau Klinge und zog die Decke hoch. Es reichte ihr fast bis ans Kinn. »Hier kommt alle paar Stunden eine runzelige Schwester vorbei und sieht nach, ob man noch warm ist, dabei stehen die alle selbst schon mit einem Bein im Grab.«

Mein Vater gab der »Wende« die Schuld am »Personalmangel«, und wie immer, wenn es in den Gesprächen der Erwachsenen um die Wende ging, verstand ich kein Wort. Ich wusste, sie hatte etwas mit Deutschland zu tun und dass man jetzt nicht mehr geteilt war, doch ich konnte nie abstellen, bei dem Wort an Wände zu denken. Ich konnte mir den Teil des Landes nicht vorstellen, der vorher nicht da gewesen sein sollte, und schon gar nicht meine Mutter, die angeblich darin lebte.

Eine Schwester betrat mit verschränkten Händen das Krankenzimmer und flüsterte: »Die Besuchszeit ist vorbei.«

Sie sah abgeschriebener aus als Frau Klinge, die meinem Vater Geld für die Zugfahrt in die Hand drückte und mir den Laubenschlüssel. Das Metall fühlte sich warm an.

»Pilly, die Blümchen brauchen dich noch nicht. Morgen regnet es noch mal kräftig.«

Am Bahnhofsvorplatz gab mir mein Vater einen Kuss auf die Stirn und bog auf die Hauptstraße in Richtung Bandauer ein. Ich beobachtete, wie er sich an den Schranken vorbeischlängelte und schwerfällig über das Gleis hüpfte, wie es die dicken Kröten im Frühling taten, wenn sie den gefährlichen Asphalt der Landstraße überquerten, um in einem der Tümpel im Auenwald zu laichen. Meine Beine fühlten sich auf dem Rückweg zu den Kasernen schwer an. An der Kanalbrücke am Ende der Elbpromenade kletterte ich die Schräge hoch und ließ mich neben die Bahnstrecke fallen. Lief man von hier nach rechts, erreichte man nach ein paar Schritten die sicheren Schienen der ehemaligen Werksbahn und nach fünf Minuten die Kasernen und die Gartenkolonie. Bog man nach links und überquerte den Kanal zur Fabrik, nahm das Verteilernetz die Durchfahrtszüge nach einigen Metern in der Mitte der Brücke auf. Genau an dieser Weiche erfasste es die meisten Tiere. Nicht einmal die mutigsten Kinder betraten freiwillig diesen Schienenabschnitt. Nur Vito und seine Jungs wagten es, sich so weit von unserer Uferseite zu entfernen und die Sicherheitsmünzen auszulegen.

Nach der Schule hatte Bine einmal behauptet, ich würde mich nicht trauen, den Schienenweg zu den Kasernen zu nehmen, und dass sie und Katja ständig diese Abkürzung benutzten. Wenn ein Zug angerast kam, musste man sich mit dem Rücken flach gegen die Planke drücken und durfte auf keinen Fall den Ranzen aufhaben oder den Arm ausstrecken. Sie erzählte von den freiliegenden Stromkabeln und dass sich einer von Vitos Bande beim Verteilen der Münzen an ihnen verbrannt hätte. Sein Puls sei wochenlang gestolpert, und wegen der ekeligen Narbe auf seiner Wade würde er auch im Hochsommer nur lange Hosen tragen.

»Wenn ich es mache, dann schuldet ihr mir was«, überraschte ich mich selbst. Ich versuchte mich an den Anfang des Gewitterspruchs meiner Großmutter zu erinnern, der bestimmt auch bei

Stromleitungen funktionierte, aber mir fiel nicht ein, ob er mit Eichen oder Buchen anfing.

»Dann musst du eine Woche lang nicht mehr der Hund sein«, bot Bine an.

»Nein. Ich will Katjas Hemd.«

»Du meinst mein durchlöchertes Batik-Shirt?« Katja blickte an sich herab und grinste. »Abgemacht!«

Ich warf meinen Ranzen über die Planken und kletterte. Katja tuschelte unten an der Schräge mit Bine, und genau in dem Moment, als meine Füße den Gleisschotter berührten, preschte der Zug so dicht an mir vorbei, dass mich die Stoßwelle gegen den Plankenholm drückte. Mein Herz raste, und ich konnte nicht sagen, ob mir die Tränen vor Schreck oder wegen des Luftzugs kamen. Buchen suchen. Ich stand auf und lief nach rechts, hinter meinem Rücken kreischten noch immer die Räder des Zugs, und ich hielt bei jedem Schritt nach den Kabeln Ausschau. Eichen weichen. Die letzten Meter nahm ich im Sprint und wurde erst langsamer, als die Kasernen in Sichtweite kamen. Die anderen warteten schon zwischen den Mirabellensträuchern, die den Hof vom Gleis trennten. Bine biss von einer unreifen Frucht ab, Katja sah blass aus. Eiben und Weiden meiden.

»Scheiße, der Zug war vier Minuten zu früh!«, rief Katja, zog sich ihr Hemd über den Kopf und legte es über meine Schulter.

»Glück gehabt.« Bine kaute und lief voraus zur Röhre.

»Mann, das war echt gefährlich! Fühl mal mein Herz.« Katja nahm meine Hand und legte sie auf ihre Brust.

Noch am Abend im Bett schüttelte es mich, als ich an den Zug und das Klopfen unter Katjas Trägerhemd dachte. Ich zog das Hemd über mein Kissen und vergrub mein Gesicht beim Einschlafen darin wie in die Blusen meiner Mutter.

Die Schottersteine zwischen den Bahnschwellen warfen die Augusthitze zurück und funkelten im Nachmittagslicht. Ich schlenderte so langsam wie möglich zu den Kasernen und achtete nicht auf die Kabel. Hinter dem Fußballplatz lag Marcik auf dem Busdach in der Sonne, und obwohl Katja nirgendwo zu sehen war, fühlte ich mich erleichtert, dass sich die Mirabellensträucher mit jedem Schritt mehr vor seinen Wagen schoben.

17

Der Hexengarten hatte noch nie so herausgeputzt ausgesehen. Katharina war kurz zum Stammtischmontag geradelt, um die letzte Reihe Räucherfisch vorbeizubringen, bevor er ungenießbar wurde, und als sie wiederkam, hatte Eli die Forsythien vor der Haustür auf Hüfthöhe gekürzt und die Holunderbüsche gekappt. Die reifen Dolden hingen noch an den Ästen, die in drei riesigen Schnitthaufen eine Mauer durch den Garten bis zum Bootssteg zogen.

»Jetzt kann hier alles wieder mehr atmen!«, rief Eli und breitete die Arme aus, als Katharina mit dem Rad in die Einfahrt bog. Sie hockte mit einem Brecheisen vor den Gehwegplatten aus der Fabrik und hebelte die Betonquadrate aus dem Rasen. Normalerweise lief Eli um diese Jahreszeit mit der alten Apfelkiepe von Katharinas Vater durch den Holunder, zählte die zurückgelassenen Vogelnester und nahm die Dolden ab, die sie im Frühjahr nach der Blütenernte extra stehengelassen hatte, damit genügend Beeren zum Einkochen übrigblieben. Der Saft hinterließ einen schwarzroten Film auf dem Flaschenglas und ein pelziges Gefühl auf der Zunge. Die älteren Imbissgäste mischten ihn mit Selter, die jüngeren tranken ihn pur, bis sich ihre Zähne blau färbten.

»Heute kommen drei Interessenten. Morgen zwei«, sagte Eli und berichtete, dass der Holz-Giesecke aus der Nachbarbucht für sein Häuschen einen fünfstelligen Verkaufspreis erzielt hatte, nachdem der gesamte Garten überholt worden war. Auch die Mertens von nebenan hätten inzwischen so gut wie verkauft und würden schon im Herbst wegziehen. Allein die Anzahlung sei so hoch gewesen, dass sie einen Makler aus Stendal beauftragt hätten, sich für sie in Spanien nach einer Finca umzusehen. Das Fischerhaus besaß eine Etage mehr, eine richtige Terrasse und war unterkellert. Wenn jetzt noch anstelle der Wegplatten aus dem Werk Natursteine aus dem Warenprospekt des neueröffneten Baumarkts dazukämen, könne man mit einer sechsstelligen Summe rechnen. Katharinas Hand wanderte Richtung Magen, und auf dem Weg zum Räucherhaus stolperte sie über die tiefen Rillen, die Eli zwischen Steg und Terrasse gehebelt hatte.

Der Imbiss brauche einen Anstrich, hatte Eli gestern Abend gemeint und mit Blick auf den Prospekt festgestellt, dass die Wetterschutzfarben beim Schrauben-Hiller im Vergleich zum Baumarkt unverschämt teuer waren. Ein modernes Hellblau oder dieses Zitronengelb, in dem die Verwaltung das Gemeindezentrum hatte streichen lassen. Je mehr man jetzt investiere, desto profitabler, schwärmte Eli über einem Glas Rotwein aus dem Sortiment der neuen Kaufhalle und Katharina zuckte zusammen, weil sie sich an den Geschmack von eingelegten Oliven nicht gewöhnen konnte und Hiller ihr vor seinem Laden sechs Eimer Farbe aufgeschwatzt hatte. Am Ende zähle das Gesamtpaket, hatte ein anderer Schiefhals Eli erklärt, der sich auf dem Grundstück der Mertens um den Dachausbau kümmerte. Vor einer Woche war er mit seinem Telefon am Ohr den Hexengarten abgelaufen und hatte ihr die gleichen Flöhe in den Kopf gesetzt wie den Nachbarn. Den Imbiss brauche kein Mensch, aber er mache sich gut als Schuppen für Gartengeräte und Freizeitmöbel. Es sei denn, man behalte die beiden Räucheröfen und setze das Motorboot samt Reusen und Angelvorrichtungen mit in den Kaufvertrag.

»Abenteuer verkaufen sich gerade besser als Häuser«, hatte der Schiefhals gemeint.

Die Leute, die jetzt in den Ort kamen, suchten nach Angeboten, hatte Eli den Schiefhals weiterzitiert. Immer wieder erklärte sie, dass man es mit einer Win-win-Situation zu tun hätte, weil der Hexengarten nichts mehr abwarf, und Katharina fragte sich, seit wann dieser dafür bestraft werden sollte.

Sie nahm die Kiepe vom Haken und glättete die breiten Gurte auf ihren Schultern. Das Gewicht des Weidenkorbs gab ihr Halt, das Geflecht knisterte etwas uneinsichtiger als früher. Ihr Vater hatte immer gesagt, dass in jeder Kiepe eine Bauernseele wohnte, und je zufriedener diese war, desto fetter fiel die Ernte aus. Er hatte schon am Knistern hören können, wie oft sich der Korb an einem Tag füllen würde, und meistens hatte er richtig gelegen. Wenn Nebel zu erwarten war, stellte der Vater zu Waltrauts Ärger den Bimmelwecker besonders früh, damit die Körbe die Feuchtigkeit aus der Luft aufnehmen konnten. Nach der letzten Ernte im November hatte sich Katharina immer größte Mühe gegeben, die Bauernseelen bei Laune zu halten. Sie hatte die Kiepen nacheinander in Brunnenwasser getaucht und war mit der Wurzelbürste behutsam die Flechtreihen von oben bis unten abgegangen. War ein Apfeljahr schlecht, schob Katharina es auf die beleidigten Seelen der Kiepen und gab sich im nächsten Winter noch mehr Mühe bei der Behandlung mit der Bürste. Gespannt wartete sie auf die Klaräpfel, die schon Ende Juli gepflückt werden konnten, obwohl sie wegen ihrer grünlich gelben Schale immer etwas unreif aussahen. Trugen die Bäume so gut, dass sich selbst die kurzen Äste zum Boden neigten, hatte sie alles richtig gemacht. Die Sorte stammte aus Lettland und war beim Vater nicht so beliebt, weil sie nicht länger als drei Wochen liegen konnte. Anstatt in die Presse wanderte sie in den Heißstampfer und dann als Apfelmus in Gläser für den Markt. Nur als dem Stampfer in einem Jahr Reparaturteile fehlten, gab es Saft aus den unförmigen Früchten, und Katharina erinnerte sich bis heute an die schlechte Stimmung in der Hofküche, weil jeder Baum trotz der zufriedenen Bauernseelen nur zehn statt der üblichen vierzig Flaschen hergab.

Kurz bevor Katharina zu Eli in den Hexengarten zog, suchte sie im Keller nach der Kiepe, die ihr Vater den Genossen aus Sentimentalität vorenthalten hatte. Damit er sie nicht jedes Mal sehen musste, wenn er nach unten zu den Getränkekisten stieg, hatte er sie in der hintersten Ecke zwischen Hausrat und Aussteuerkisten versteckt. Das in der Luft hängende Ostseesalz hatte die Farbe ausgeblichen und die Weidenäste spröde werden lassen. Die Bauernseele ließ den Korb nicht knistern, sondern brechen, und es brauchte drei altmärkische Nebeltage, bis sie zu Schuster Küstrin gebracht werden konnte, ohne dabei zwischen den Fingern zu zerbröseln. In dem Herbst, der auf ihren Einzug folgte, feierte Katharina mit Eli nicht nur die Aufnahme der Altmark in die Vereinten Nationen, sondern auch hochzufriedene Bauernseelen. Jeder Apfelbaum im Hexengarten kam auf mehr als sieben Kisten Saft und besonders gut trugen die *Gelben Köstlichen*.

»Dich hätte ich fast vergessen«, stöhnte Eli über einer Wegplatte, die sich dem Brecheisen widersetzte, und Katharina wusste nicht, ob der Betonquader, die Apfelkiepe oder sie selbst gemeint war. »Kannst du die Spinnen aus dem Boot werfen?«

»Willst du heute doch noch mal in die Buhnen?«

»Das Boot muss gut aussehen. Einer der Interessenten hat einen Angelschein für die Gegend, und wir können ihm ein Gesamtpaket bieten.«

Katharinas angeborene Sanftmut verbat es ihr, Eli den Erntekorb vor die Füße zu schleudern, aber sie warf mehr als eine Frage in den Raum.

»Seit wann braucht man einen Angelschein? Was ist mit den Beeren?«

Eli wuchtete die Wegplatte um und beugte sich über das Brecheisen zu ihr. »Hat dir der Saft wirklich jemals geschmeckt?«

Katharina wollte zurückfragen, seit wann er ihrer Freundin nicht mehr schmeckte, aber heftete stattdessen ihren Blick auf die Asseln, die sich unter dem plötzlichen Sonneneinfall krümmten und fluchtartig ihr Zuhause in Richtung der Schnitthaufen verließen.

Die ersten Bewerber parkten ihren Wagen an der Einbiegung, von der aus der Weg Richtung Auffahrt abzweigte. Katharina sah vom Dachbodenfenster, wie sich das ältere Paar langsam dem Grundstück näherte und immer wieder auf dem Weg stehenblieb, um über etwas zu beratschlagen, das sich zwischen dem Schotter und dem verbliebenen Baumbestand versteckte. Der Mann hielt die Hände auf dem Rücken verschränkt und nickte, wenn seine Frau etwas sagte und mit breiten Gesten untermalte. Ihre Nägel hatten die Farbe des Löschwagens der Freiwilligen Feuerwehr, man hätte sie nicht mal an einem altmärkischen Nebeltag übersehen können.

Als Katharina die Treppe langsam nach unten stieg, hatte die Führung durch das Fischerhaus noch nicht begonnen, und das Paar unterhielt sich mit Eli in der Stube an einem der runden Stehtische, die zum Imbiss gehörten. Ihre Freundin hatte die italienischen Häppchen in kleinen Schälchen angerichtet und Sekt in einem Zylinder kaltgestellt. Der Mann nickte Katharina zu und lobte den Wasserblick, den es wegen der fehlenden Holunderbüsche jetzt auch im unteren Stockwerk gab. Seine Frau spuckte einen Olivenkern in ein Taschentuch, das die türkise Farbe ihres Lidstrichs besaß. Sie schien eine Krankheit zu haben, bei der sich der Kopf unkontrolliert nach allen Seiten bewegte, sodass man nicht sagen konnte, ob sie ihrem Gatten recht gab oder nicht. Bei den Menschen von drüben konnte man sich ohnehin nie sicher sein, ob sie Ja oder Nein meinten. Was Katharina verwunderte, war der Aufwand, den das Ehepaar betrieb. Vielleicht hatten sie noch fünfzehn Jahre, bevor ihnen der Hexengarten über den Wackelkopf wachsen würde und sie das Grundstück wieder verkaufen oder vererben müssten.

»Das Haus ist seit über hundert Jahren in Familienbesitz und Zeugnis der alten Hanse. Das kann man gut an den Stufengiebeln erkennen«, erklärte Eli und klang dabei wie eine Museumsführerin.

»Auch an den Backsteinen«, ergänzte der Mann, »das sieht man ja rund um Tangermünde überall.«

»Und Sie sind Schwestern, ja?«, wandte sich die Frau an Katharina, die Eli einen hilfesuchenden Blick zuwarf und sich wie vereinbart ins Ohrläppchen kniff. Sie hatten das Zeichen abgesprochen, um unangenehmen Bewerberfragen mit einer Flasche Rotkäppchen zuvorzukommen.

Eli schoss den Plastikkorken knapp an der Frau vorbei und kicherte. »Huch, entschuldigen Sie! Frau Fuchs kommt ursprünglich nicht von hier.« Der Mann winkte ab, weil er noch fahren müsse, und seine Frau verzog beim ersten Schluck den Mund, aber vielleicht lag das auch an ihrer Krankheit.

Das zweite Paar war jünger und im Besitz des Angelscheins, von dem Eli erzählt hatte, aber interessierte sich nicht für die Gotik der Hanse oder das eingewebte Boot, sondern ausschließlich für die große Rasenfläche im Garten. Die junge Frau war auch blond und lief mit einem ausgeklappten Zollstock auf und ab, während der Mann versuchte, den Kaufpreis zu drücken, und Eli immer wieder Sekt nachschenkte.

»Der Pool passt genau, wenn wir hier die Beete wegnehmen!«, rief die Frau und zeigte mit dem Zollstock auf das Spalier, das Katharina selbst geplant und zugesägt hatte.

»Das würde ich mir überlegen!«, rief Katharina zurück. »Das ist das Beste, wenn man ordentlich einmachen will!«

Die Blonde überlegte nicht und schlenderte zurück zu ihrem Mann, der Eli immer noch die Gründe nannte, warum der Grundstückspreis zu hoch angesetzt war. Die Hanglage sei nicht optimal und die Sonne würde aus der falschen Richtung scheinen. Hinzu kämen die Kosten für die Renovierungsarbeiten im Haus, Abriss und Entsorgung der Fischbude, die Befestigung des Uferbodens und den Ausbau des Stegs, damit die gerade noch in Hamburg liegende Jolle genug Platz habe.

»Aber wenn Sie sowieso angeln, dann können Sie doch die Öfen und alles behalten?«, warf Katharina ein und spürte, wie sich ihr Magen meldete.

»Um Himmels willen«, antwortete die Frau. »Das ist nur ein Hobby. Will man doch nicht essen, was einem hier an den Haken geht.«

Am Abend stand Katharina in der Küche und kochte aus den letzten Holunderbeeren Saft, den sie nach dem Abseihen mit Vanillezucker und Rum zu einem Likör ansetzte. Zwei Gläser versuchte sie den Magenschmerzen entgegenzuhalten, einen dritten Schluck aus der Flasche den Schiefhälsen und Wackelköpfen.

Eli hatte gelacht, als das junge Paar in seinem Cabrio weiter südlich Richtung Barby zu einer anderen Besichtigung aufgebrochen war, und hatte gesagt: »Na, hoffentlich scheint dort die Sonne richtiger.«

Aber in Eli hatte sich der Plan, den Hexengarten zu verkaufen, unwiderruflich festgesetzt. Dem dritten Interessenten erläuterte sie sogar ungefragt, wie man den abfallenden Teil des Gartens mit Bauschutt vom Kontor und Muttererde mühelos begradigen könnte, obwohl der Hang beim letzten Hochwasser verhindert hatte, dass die Elbe bis zur Veranda stieg.

»Ich brauche jetzt auch was davon«, stöhnte Eli und griff nach der noch lauwarmen Flasche. »So kann man's trinken.«

Katharina füllte die Oliven, Perlzwiebeln und Kapernbeeren zurück in ihre Gläser und wusch die öligen Schälchen aus.

»Hast du es dir einfacher vorgestellt?«

»Außer Italien habe ich mir gar nichts vorgestellt.«

»Ich meine, wollen wir wirklich wegziehen?«

Eli stellte ihr Glas hart auf die Tischplatte. »Was willst du denn noch hier? Das Werk ist dicht, die Kleine ist groß und du – wirst allmählich alt.«

Ein Taxi fuhr langsam die Auffahrt zum Fischerhaus hinauf und blieb mit laufendem Motor hinter Elis Lada stehen.

»Nicht noch so eine«, murmelte Katharina und beobachtete, wie Eli draußen mit den Händen wedelte, damit die blonde Frau zurück in den Wagen stieg. Auch sie trug ihr Haar wie die englische Prinzessin und einen Faltenrock, der ihre von hochhackigen Schuhen getragenen Beine endlos wirken ließ. Sonnenbrille und Hut wie die Hochnäsigen in Monaco.

Als Katharina auf die Einfahrt trat, reagierte ihr Kümmerfuß schneller als sie selbst, und sie bekam gerade so den Seitenspiegel des Ladas zu fassen.

»Hallo, Katinka. Bist ja immer noch so«, sagte Waltraut und warf die Wagentür zu.

18

Am nächsten Tag regnete es, wie Frau Klinge vorausgesagt hatte, aber statt der Blumen brauchten mich die Hühner, die mir gackernd an der Eingangspforte entgegenstaksten. Von zwei Hennen fehlte jede Spur, und als mir Kater Drosselbart hungrig um die Beine strich, befürchtete ich, irgendwo auf der Wiese auf ihre Überreste zu stoßen. Über der Gartenkolonie lag seit dem Brand eine unheimliche Stille, und die Windböen verbreiteten mit jedem Stoß den Geruch von Kompostrotte, verkohltem Sperrholz und geschmolzenem Plastik. Die Hügellage hatte verhindert, dass sich das Feuer bis zur Laube ausbreiten konnte, doch die Asche überzog selbst hier die höchsten Äste der Obstbäume mit einem grauen Film. Ich stand vor dem Pflaumenbaum, den die Elstern bewohnten, und beobachtete, wie der Regen die Krone sauber wusch. Auf den Blättern perlte der Schmutz und tropfte gleichmäßig auf die Mooskissen vor dem Stamm. Die Mehlschwalben lugten im Schutz des Vordachs aus ihren Nestern und legten ihre Köpfe schief, als ich vor der Laube nach dem Futtermais suchte. Wenn ich zu Besuch war, hatte mir Frau Klinge immer zwei Handvoll Körner aus ihrer Trageschürze gegeben und mich damit zum Verschlag geschickt. Mein Verdacht fiel auf den Jutesack neben der Eingangstür, in dem Katja das alte Geflügel vermutete, und ich hoffte, die zwei fehlenden Hennen nicht darin vorzufinden. Als ich auf eine der losen Bohlen trat, kippte der Sack vornüber. Nichts flatterte, nur der Mais rieselte aus einem Riss im Stoff wie gelbe Milchzähne. Die Hühner kreischten auf, stürmten mit wehenden Federn an mir vorbei und stürzten sich auf die Körner wie die Erpel zur Balz auf die Enten in der Bucht des Hexengartens. Einer jagte dem Weibchen im Flug nach, bis es vor Angst schrie und sich in der Luft ganz lang machte. Immer aber gab es einen zweiten, der mit etwas Abstand hinterherflog. Diese Nachhut schien die Ente beschützen zu wollen, aber das gelang nicht immer. Im ersten Vorfrühling ohne meine Mutter hatte ich bei meinen Tanten frierend am Ufer gesessen und eine Gruppe Erpel beobachtet, die sich auf ein Weibchen stürzte, das von der Mitte des Kanals angeschwommen kam. Sie kreisten die Ente ein und bestiegen sie so heftig, dass man nur noch einen Haufen grüner Köpfe erkennen konnte, die ihren Körper unter Wasser drückten. Am nächsten Tag hatte die Elbe das tote Tier unter den Steg gespült, und ich versuchte es zwischen den Bohlen mit Stöcken Richtung Badewiese zu treiben. Dort grub ich, so tief ich konnte, und legte die Ente neben die getrockneten Dolden der Stauden, die Tante Fuchs über den Winter stehengelassen hatte. Doch sobald es statt Schnee Regen gab, spuckte der Boden den Körper wieder aus, und ich musste von vorne anfangen. Meine Mutter hatte immer gesagt, dass sich die Toten im Sarg umdrehen, wählte man auf ihrer Beerdigung die falschen Blumen, weshalb ich beim ersten und zweiten Auftauchen der Ente die Blüten sorgfältiger aussuchte. Die Ente drehte sich trotzdem um, und mit dem nächsten Schneeregen kam mir eine ausgemergelte

Fähe zuvor und trabte mit gefiederter Schnauze an mir vorbei, bevor ich meine Hände ein viertes Mal im Modder versenken konnte.

»Die Schwachen holt sich Meister Reinecke«, flüsterte Frau Klinge immer, wenn wir vor dem Hühnerhaus Rillen entdeckten, die die Krallen eines Fuchses hinterlassen hatten, und ich war mir sicher, dass die Überreste der fehlenden Hennen irgendwo im Dickicht des Auenwalds zu finden waren. Ich versuchte dem Hacken der Hühner im Mais zu lauschen, deren Schnäbel gegen die Bodenlatten schlugen wie der Regen auf die Wellplatten des Vordachs. Mir war nicht danach, an die verschwundenen Hühner zu denken und auch nicht an die ertränkte Ente. Ich wollte mich nicht an die schmutzigen Halbmonde erinnern, die das Graben unter meinen Fingernägeln hinterließ, an das Blumenwissen meiner Mutter oder die Schatten in Frau Klinges Sommerkopf. Schon gar nicht an Katja in der Zange von Marciks Oberarmen. Das letzte Mal hatte sie unter ihm begraben auf dem Busdach gelegen und so laut geschnattert, dass die Kasernen ihre Stimme zurückwarfen. Ich hatte mich zwischen dem Stamm einer Linde und dem Wagen von Schrauben-Hiller versteckt und zugesehen, wie Marciks Kopf immer wieder über den Dachträgern auftauchte. Sein Gewicht hielt Katja flach gegen das Blech gedrückt und die Gänseblümchen auf den Vorhängen zitterten, als würden Sturmböen durch sie hindurchwehen. Ich wusste nicht, worauf ich wartete, aber ich schlich erst rückwärts zum Spielplatz, als es auf dem Busdach still wurde.

»Hier bist du!«

Ich zuckte zusammen. Bine stand völlig durchnässt am Gartenzaun und winkte mir mit einer aufgeweichten Zigarettenschachtel in der Hand zu. Sie schlenderte in meine Richtung, und ohne Katja fürchtete ich mich mehr als sonst vor ihr.

»Kann man hier irgendwo sitzen?«

Ich schloss die Tür zur Laube auf und blieb auf der Schwelle stehen, während Bine sich im Inneren umsah.

»Na, die hat es ja toll hier«, sagte sie und griff nach einer Flasche mit braunem Likör, der neben gelben und durchsichtigen Schnäpsen im Wandregal stand und in dem die grünen Scheiben unreifer Walnüsse schwammen. Sie nahm zwei Schlucke auf einmal und schüttelte sich. Eine der Hennen rannte in die Stube, und ich ärgerte mich über die matschigen Fußspuren, die ich beim Versuch, sie nach draußen zu jagen, auf dem Teppich hinterließ. Bine breitete sich auf dem Sofa aus und steckte sich eine Zigarette nach der anderen zwischen die Lippen. Die erste bog sich nach unten und zerbrach, die zweite hatte einen Riss wie der Jutesack auf der Veranda. Der Tabak bröselte auf ihren Schoß und hinterließ Flecken auf dem durchnässten Stoff des Blusenkleids, das sie sich in Berlin gekauft haben musste. Es sah schöner aus als die Kleider aus dem neuen Modegeschäft gegenüber vom Klatschcafé Riesel und viel moderner als die Anziehsachen aus dem JuMo-Abverkauf, in den mein Vater ging, wenn ich aus einer Hose herausgewachsen war. Das Kleid war fast durchsichtig, und als ich mich gegenüber von Bine auf Frau Klinges Lesesessel setzte, blieb mein Blick an ihrem BH hängen, der sich darunter abzeichnete. Die Körbchen waren nicht aus Baumwolle mit Streifen oder Punkten wie die von Katja, sondern vollständig aus Spitze und verbargen ihre Brüste unter harten Schalen. Bines waren kleiner und fester als Katjas, aber größer als meine. Sogar in der winzigsten Größe konnte man bei mir die Körbchen noch eindrücken, weshalb ich unter meinen Nickis nur Tops trug, die als Vorstufe des Büstenhalters galten. Man war automatisch wichtiger als die Klassenkameradinnen, die von ihren Müttern noch Unterhemden angezogen bekamen, ordnete sich aber den BH-tragenden Mädchen unter. Bines Daumen drehte am Rädchen eines Feuerzeugs, und erst jetzt fiel mir der schwarze Nagellack auf, in dem sich die Glühbirne spiegelte.

»Hab gehört, die alte Stasi liegt in Magdeburg?«

»Sie hat einen Tumor. Im Kopf. Und irgendwo am Rücken.«

Bine machte ein angewidertes Gesicht und blies den Qualm der einzig trocken gebliebenen Zigarette Richtung Decke.

»Dann kommt sie sowieso nicht wieder. Bei meiner Oma wucherte erst was in der Lunge und dann bis ins Becken. Ging total schnell.«

»Meinst du, jeder kriegt Krebs?«, fragte ich und riss die Fenster auf. Der Zigarettenrauch waberte in dichten Schwaden an mir vorbei.

Bine hustete und zuckte mit den Schultern. »Am besten, man stirbt unerwartet. Dann sind die Leute wenigstens wirklich traurig über einen. Einer der Fidschis liegt auf der Intensivstation, und jetzt kriegt sich die Familie von dem überhaupt nicht mehr ein. Den ganzen Tag sitzen irgendwelche Frauen auf dem Fußballplatz und heulen.«

Bine erzählte, der Brand sei in einem Garten in der Mitte der Kolonie ausgebrochen und hätte sich wegen der wochenlangen Hitze in Sekunden von dort in die Nachbarparzellen ausgebreitet. Das Feuer sei dann auf einen Schuppen übergegangen, in dem Propangasflaschen lagerten, und ihre Mutter habe den Knall noch bis in die Küche gehört. Der verunglückte Mann hatte im Schuppen gestanden, als ihm die Explosion die Hand abriss. Bine zog in weitem Bogen die Flugbahn der Hand nach.

»Frau Karauschek hat meiner Mutter erzählt, dass der Fidschi wie eine vergessene Bratwurst aussah, als man ihn in den Krankenwagen trug.«

Ich nahm einen Schluck vom Likör. Der Alkohol hinterließ ein Brennen in meiner Speiseröhre und schmeckte nach vergorenen Nüssen und Gartenkräutern wie umgekippter Hustensaft. Frau Klinge setzte ihre Schnäpse jedes Jahr am Johannistag an, um die Zeit, wenn der Rhabarber giftig wird. Wir wanderten mit Scheren die Beete oder den Auenwald ab, und sie erklärte mir, welche Kräuter hineingehörten und welche Wirkung sie hatten. Liebstöckel roch nach der Wurzelsuppe aus den Rezeptbüchern meiner Gewitter-Oma und spülte den Körper durch, Salbei half gegen Entzündungen, Nessel war für die Niere und junger Löwenzahn für die Gallenblase. In der Nähe des Tümpels wuchs Sauerampfer, der in bestimmter Dosierung Müdigkeit vertrieb, aber auf keinen Fall nach nassem Hund riechen durfte. Frau Klinge ließ mich an jedem einzelnen Blatt riechen, um auszuschließen, dass ein Fuchs sein Geschäft darauf verrichtet hatte. Sie erzählte mir von ihrem Großonkel, der aus dem Krieg mit einem Bandwurm im Bauch zurückgekommen war, weil er sich an der Ostfront von besudelten Blaubeeren ernähren musste. Das Bild eines einbeinigen Soldaten, der auf einem Wannenrand hockte und unter Krämpfen einen meterlangen Wurm aus sich herauspresste, ließ mich den Ampfer so sorgfältig wie möglich auslesen, und ich hoffte, dass die Eier der Parasiten nicht durch die Nase in meine Lunge wandern würden. Unbedenklicher war die Schafgarbe aus den Lochsteinen. Außer den Hund von Frau Karauschek hatte ich noch nie ein vierbeiniges Tier zwischen den Brachen gesehen. Die Schafgarbe sei besonders gut für die Männer am Stammtisch, weil sie die Leber reinige, sagte Frau Klinge und gab meinem Vater häufiger eine der Bügelflaschen mit, in die die weißen Blüten gewandert waren. Es gab keine zwecklosen Pflanzen im Garten. Manche Flaschen halfen bei Grippe, andere wurden geöffnet, um den Magen aufzuräumen oder Appetit anzuregen. Ein Schnaps enthielt angetrockneten Waldmeister und war ihrem Sommerkopf vorbehalten. Früher sei er verboten gewesen und in zu hohen Dosen sogar giftig, aber er sei genau das Richtige bei zu dickem Blut.

Bine redete noch immer von dem Feuer. Die vietnamesischen Familien würden sich jetzt auf dem Kasernenhof ausbreiten wie Unkraut, und Katja hatte nichts dazu zu sagen. Das ließ mich nicht an die Röhre denken, sondern an den Giersch, der überall mit seinen langen Wurzeln wucherte und selbst die Schlammgrube der Mehlschwalben einnahm, wenn man zu nachlässig war. Er durchzog die Erdschichten wie ein unterirdisches Netz, und sobald man einen der Hauptknoten zu packen bekam, ließ sich das Kraut in endlosen Strippen aus dem Boden ziehen. Manchmal knipste sich Frau Klinge beim Jäten die jüngsten Austriebe ab und streute sie über den Salat, war aber ansonsten der Meinung, dass Giersch der Krebs des Gartens sei. Man müsse ihn schnell entfernen, weil das Wuchern sonst überhandnehme und den Pflanzen die Nährstoffe entzog, bis sie letztendlich verkümmerten.

Als der Regen nachließ, schwärmten die Mücken aus und Bine war betrunken. Wir stolperten über die rutschigen Bahnschwellen und halfen einander, die Insekten an den Waden totzuklatschen und dabei nicht umzuknicken. Bine roch nicht nach Nadelwald wie Katja. Auf ihrer Haut haftete der Duft dieses Blumendeos, mit dem sich die Mädchen der Klassen über uns einsprühten.

Auf der Metalldose flogen violette Schmetterlinge mit langen Saugrüsseln zwischen tropischen Blüten. Seit Berlin trug sie ihre blonden Haare zu einem losen Knoten im Nacken geschlungen und war eigentlich viel hübscher als Katja mit ihrem Filz. Die vorderen Strähnen waren in die hinteren eingeflochten, sodass sie ihr Gesicht wie bei den Frauen auf Kirchenbildern einrahmten. Ihre schwarzen Nägel krallten sich in meine Schulter, und sie erzählte mir von der Dachgeschosswohnung ihres Vaters, die keine Wohnungstür besaß, weil man mit einem Fahrstuhl direkt hineinfahren konnte. Es gab einen Nintendo, zwei Hantelbänke, ein Solarium und eine Dusche mit Seitenstrahlern, aber kein Zimmer für sie. Sie musste sich das Sofa mit dem Malteser der neuen Freundin ihres Vaters teilen und tagsüber ständig mit ihm Gassi gehen, wenn beide auf Arbeit waren. Zur Belohnung durfte sie sich in einem riesigen Einkaufszentrum aussuchen, was sie wollte, aber ihre Mutter hatte die meisten der in ihren Augen viel zu teuren Klamotten sofort in den Keller geräumt.

»Im Badezimmer sind die Wasserhähne nicht rund, sondern eckig! Der Strahl kommt breit aus dem Hahn, wie bei einem Wasserfall. Und alle Lichtschalter sind flach. Man muss seine Handfläche dagegenhalten und dann geht das Licht in Zeitlupe an. Wie bei einem Sonnenaufgang.«

Bine legte beim Gehen ihren Kopf auf meine Schulter, und mich überraschte, dass sich ihre Nähe nicht bedrohlich anfühlte. Ich hatte sie noch nie so bedrückt erlebt und fragte mich, ob es an ihrem Vater lag, der in Berlin mehr Zeit mit der neuen Freundin als mit ihr verbracht hatte, oder ob sie eigentlich wegen Katja traurig war. An den Mirabellen zog Bine mich vom Gleis und torkelte an die Stelle, von der aus man genau auf den Parkplatz blicken konnte. Wir setzten uns zwischen die Äste und beobachteten den Bus, vor dem Katja mit Marcik und seinen Freunden im Kreis stand. Sie erzählte etwas, über das die Jungs laut lachen mussten, und Marcik gab ihr einen Kuss. Wahrscheinlich hatte sie sich wieder etwas ausgedacht. Irgendeine Geschichte, die sie gut dastehen ließ, und ich spürte, wie sich trotzdem das flaue Gefühl in mir ausbreitete, das mich am Teich ganz steif hatte werden lassen.

»Diese verdammte Kuh«, lallte Bine. »Weißt du eigentlich, wie falsch unsere liebe Katja ist?«

Ich nickte, versuchte aber gleichzeitig ein Gegenargument zu finden.

»Die Polizei sucht hier alles nach dem Brandstifter ab, dabei müssten sie nur mal die Richtige fragen«, sagte Bine.

Als sie mit dem Zug aus Berlin zurückkam, hatte Katja am Bahnhof schon auf sie gewartet und ihr auf dem Weg nach Hause alles erzählt. Sie habe sich an dem Tag mit Marcik in der leerstehenden Parzelle getroffen, die die Vietnamesen als Müllkippe benutzten und in der überall Autoteile herumlagen. Eigentlich hätten sie nur nachsehen wollen, ob Brauchbares für den Bus dabei war, und als sie nicht fündig geworden seien, hätten sie auf einem Baumstamm geraucht und die Stummel auf den Schrotthaufen geschnipst.

»Sie weiß nicht, ob es Marciks oder ihre Kippe war. Aber die Bullen sind immer wieder in der Parzelle herumgeschlichen und haben dort nach dem Brandstifter gesucht.«

Ich wollte mir nicht vorstellen, wie Katja und Marcik in der Müllparzelle rummachten. Wie die weggeschnipsten Zigaretten hinter ihren Rücken den Schrotthaufen in Brand steckten und dass die Vietnamesen deshalb auf der Wiese vor dem Festzelt der Freiwilligen Feuerwehr wie Legehennen nebeneinanderhockten.

»Mein Vater hat gesagt, das waren Nazis.«

»Hier gibt es doch keine Nazis!«

»Außerdem war Katja mit mir zusammen in der Röhre, als das Feuer ausgebrochen ist!«

Katja klemmte in Marciks Achselhöhle, und ich bildete mir ein, dass sie in unsere Richtung sah.

»Du musst sie nicht beschützen«, zischte Bine. »Sie beschützt dich auch nicht.«

»Doch! Sie will, dass ich nicht mehr euer Hund bin.«

»Sie will dich einfach loswerden! Du bist ihr zu anstrengend.« Bine ließ sich nach hinten fallen und blieb flach auf dem Rücken liegen. Ich musste daran denken, was Katja mir auf dem Busdach anvertraut hatte, dass Bine ihr zu eifersüchtig war und sie nicht mich, sondern eigentlich sie loswerden wollte.

Ich spürte, wie sich ein Gefühl über meinem Kehlkopf ausbreitete, das ich von früher kannte. Damals hatte mich mein Vater manchmal ans Telefon geholt, wenn meine Mutter ein paar Tage weggeblieben war, und am anderen Ende hatte die Stimme meiner Mutter gerauscht. Sie klang fremd und verzerrt, nicht wie die Mutter, auf die ich tagelang gewartet hatte. Große Mädchen brauchen nicht zu weinen, sagte mein Vater dann immer, und sobald alles vor mir verschwamm, beförderte ich das Gefühl dorthin zurück, wo es hergekommen war. Das gelang durch Schlucken oder Husten, auf keinen Fall durfte ich sprechen. Wenn meine Mutter wie immer sagte, dass ich noch zweimal schlafen müsse, bis die Tränen getrocknet seien, und zwei Nächte mehr, bis sie wieder ganz da wäre, blieb ich still und schluckte. Sobald sie aufgelegt hatte, rannte ich ins Schlafzimmer vor den Spiegelschrank. Ich tastete meinen Hals ab und überprüfte, ob sich an der Größe meines Kehlkopfes etwas verändert hatte. Manchmal dachte ich an Kessel-Klaras Kugel und fragte mich, wie häufig sie ihre Gefühle heruntergeschluckt haben musste.

»Sie hat dich eine Klette genannt. Und verklemmt.«

»Ich bin nicht verklemmt!« Hustend zog ich Katjas Hemd hoch. Es legte sich über mein Gesicht und roch noch immer nach ihrem Öl. Ich atmete tief ein und spürte Bines Blick auf meinem Top. Die Blätter der Mirabellen tanzten im Gegenlicht als schwarze Punkte hinter dem Stoff, und Bines Handflächen über meinen Fäusten waren klamm, als sie das Hemd wieder hinunterzog.

»Nicht«, flüsterte sie, und ihr Atem roch wie der meines Vaters, wenn er vom Bandauer kam. Ich schluckte gegen das Gefühl in meinem Hals an. Mein Kehlkopf brannte vom Schnaps.

Katja suchte aus der Ferne noch immer die Büsche ab und scharrte mit dem Fuß im Sand. Frau Klinge hatte mal gesagt, dass im Sommer sogar die Vögel nachlassen. Wenn sie nach der Brutzeit ihre Federn verlieren, wird es still.

Bine bestand darauf, mich nach Hause zu bringen. Vor meiner Haustür stellte sie sich ausgerechnet auf die schrägen Wurzeln der Platane, an die ich an unserem ersten Spieltag mein Geschäft verrichten musste, und überragte mich um einen Kopf. Sie beugte sich zu mir und küsste mich ganz langsam, dann energisch, es fühlte sich an wie ein zahnloses Beißen. Es hatte nichts von der Brandung eines Meers, die sich ans Ufer herantastete und wieder zurückzog. Ich hielt mein Gesicht in dem Winkel, den ich im Fernsehen bei den Schauspielern gesehen hatte, und kniff die Augen zu. Mein Haar war feucht von den Tropfen, die aus dem Blätterdach auf meine Kopfhaut trafen, sie liefen über meine Stirn zwischen unseren Kuss. Ich wischte mir mit dem Handrücken über die klebrigen Lippen und taumelte nach einer Schrecksekunde mit Bines Grinsen im Rücken in den Hausflur.

19

»Halt dich fest!«, sagte Katharina am Telefon, und Martin musste erst mal stillstehen. So ging es jedem, wenn die Zeit die Schockstarre endgültig löste, in der man sich seit zweieinhalb Jahren befand. Für einen von Martins Brigade war es schon kurz nach der Wende so weit gewesen. Ein Freund, der wegen diesem Brigadegenossen in Neustadt hatte einsitzen müssen, hatte plötzlich betrunken vor dessen Wohnung gestanden und ihm den Wagen demoliert. Totalschaden. Doch anstatt sich auszusprechen, habe der Genosse nur bewegungslos hinter der Gardine gestanden, bis der Freund irgendwann abzog und dabei die Straße zusammenbrüllte. Der Frau von Schuster Küstrin ging es mit ihrer Tochter genauso. Die hatte sich über die Tschechoslowakei verabschiedet und nichts von sich hören lassen. Häufig schlich die Küstrin zum Nachbarn vor den Fernseher und regte sich über die Leute auf, die selbstzufrieden vor der deutschen Botschaft in Prag saßen und so taten, als würde man sie wie Hunde behandeln. Doch insgeheim hoffte sie, ihr verlorenes Mädchen in einer der Bildschirmecken auszumachen. Als die Tochter dann im letzten Jahr kurz vor Silvester mit zwei Kindern an der Tür klingelte, schloss die Küstrin sich in der Stiefelkammer ein, in der neben Knoblauch- und Zwiebelzöpfen die ausrangierten Zangen, Ahlen und Kneipmesser hingen, von denen sich ihr Mann nicht trennen konnte. Sie blieb still in der Dunkelheit stehen und trat erst heraus, als im Esszimmer der Klump auf den Tellern kalt und das harte Werkzeug im Nacken nicht mehr auszuhalten war. Martin erinnerte sich, wie Schuster Küstrin am Stammtisch noch Tage später blass ausgesehen und immer wieder betont hatte, dass er Genschers Balkonrede damals ein Unding fand und wirklich nur wegen der Enkel aufgemacht hätte. Die Zeit zwang das Ehepaar, in der Gegenwart stehenzubleiben und sich zu akklimatisieren. Küstrin verwendete das Wort Akklimatisieren gerne, um das Gefühl sich lösender Starren zu beschreiben. Schon als die Schuhe von drüben mit ihren Gummi- und Plastiksohlen die Tachsheber und Spitzknochen überflüssig werden ließen, stand er in seiner Werkstatt vor dem Schuheisen und akklimatisierte sich. Zum Glück dauerte es nie lange, bis sich die innere Temperatur der äußeren anpasste, und das Verhältnis zur Tochter besserte sich schnell, weil man sich entschied, nicht mehr von früher zu sprechen.

Martin hielt der Stillstand bis zu dem Moment fest, als das Telefon klingelte und die Stimme seiner Schwägerin am anderen Ende hysterisch klang.

»Halt dich fest! Oder setz dich besser hin!«

Waltraut. Gestern angekommen. Im Taxi. Blond. Katharinas Worte zerrten an Martins Müdigkeit, die die neue Zeit in ihm ausgelöst hatte. Der düstere Novembertag, der damals den halben Ort aus dem Schlaf gerissen hatte, zwang ihn die Augen vor dem zu verschließen, was sich drüben in Bewegung gesetzt hatte und eines Tages auch die Kasernen erreichen musste. Martin hielt den Telefonhörer in den Händen und dachte an den alten

Kläffer des Nachbargrundstücks, den er als Junge ständig zum Spaß mit Eicheln beschossen hatte. Die Wut ließ das Tier immer höher springen, bis sich seine Pfoten in den Maschen des Drahtzauns verkeilten. Der gesamte Liguster war vom schaumigen Speichel des Hundes bedeckt, weil er sich in Rage in den Heckenkanten verbiss. An einem Wintertag nach der Schule hatte die Einfahrt jedoch offen gestanden, und der Kläffer hätte nur drei Sprünge gebraucht, um Martin an die Kehle zu gehen. Er konnte hören, wie sich das Tier an seinem Zorn fast verschluckte, als Martin mit Herzrasen zur Haustür schlitterte. Seit diesem Tag gab er sich jedes Mal die Schuld, wenn draußen die Töle wegen irgendetwas anschlug und dann vom Nachbarn eins übergezogen bekam. Auch als sie ein paar Monate später leblos im Garten lag, wurde er das Gefühl nicht los, dass zwischen den Eicheln und ihrem Tod ein Zusammenhang bestand.

Während Katharina auf ihren Schwager einredete, man müsse jetzt gemeinsam »dem Löwen ins Auge sehen« und »kameradschaftlich in den sauren Apfel« beißen, stand Martin vor seinem inneren Gartentor und hätte gerne aufgelegt. Aber er konnte sich nicht dazu bringen, den Hörer aus der Hand zu legen, und ließ den Redeschwall über sich ergehen. Auf dem Weg zum Schnapsschrank umklammerte er das Plastik, als könnte er das in Bewegung Geratene kurzfristig aufhalten und verschont werden, wie vor Jahrzehnten der Hund des Nachbarn ihn verschont hatte.

Durch das Küchenfenster fiel der Tag wolkenlos auf die Tischplatte und wollte nicht zum Anruf seiner Schwägerin passen, schließlich war Waltraut eine Schlechtwetterfrau. Da war sich Martins Mutter von Anfang an sicher gewesen, und er hatte nicht viel dagegenzuhalten. Schon das Fest der Freiwilligen Feuerwehr damals hatte mit einem Sommergewitter geendet. Der Regen war von Westen in einer pechschwarzen Wolkenwalze angerollt gekommen und hatte Waltrauts Blumengestecke von den Klapptischen gespült. Martin war zum Feuerwehrwagen gehastet, hatte sich eine Löschdecke geschnappt und sie über Waltraut gehalten. Er lotste sie zum Schlauchturm und musste sich mehrmals räuspern, weil nicht nur seinem Vater die Schönheit einer Frau auf die Stimmbänder schlug, sondern auch ihm. Die Tropfen hämmerten nur so auf die Dachpappe. Der Sturm zerrte so heftig an den Balken, dass die zum Trocknen aufgehängten Schläuche hin- und herschwangen und ihm auf die Schulter tippten. Waltraut flüsterte ihm ins Ohr, wie unerwartet das Unwetter gewesen sei.

Als sich der Regen legte, sammelten sie gemeinsam die Gestecke auf und fuhren sie auf den Friedhof. Es dauerte zwei Stunden und brauchte drei Schubkarren, bis die verbliebenen Margeriten-Kerbel-Gestecke ihren Platz auf den Gräbern gefunden hatten. Waltraut ließ alle Toten aus, die es vor 1939 unter die Erde geschafft hatten. Diese Leute bräuchten keinen Trost, schließlich hätten sie sich rechtzeitig aus dem Staub gemacht. Martin wählte die Gräber von Eheleuten, bei denen man vom Sterbedatum ableiten konnte, dass einer von beiden viel zu früh gegangen war.

Das schlechte Wetter zog sich durch alle wichtigen Stationen ihrer Beziehung. Nach dem Feuerwehrfest kam Waltraut zweimal im Monat ins Werk, um auf der Wandzeitung neben der Kantine über Konzerte und Veranstaltungen der St.-Nikolaus-Kirche zu informieren. Egal wie häufig sich Martin vornahm, sie abzupassen und zu einem Spaziergang an der Elbe zu überreden, seine Pläne lösten sich immer in Regen, Graupel oder handfeste Stürme auf. Zu ihrer ersten richtigen Verabredung schenkte sie ihm sechs zu einem Strauß gebundene Amaryllen, weil sie für

Durchhaltevermögen standen. Eine Blume für jede Woche, die er auf das Treffen gewartet hatte, und er kaufte ihr einen besonders modischen Regenschirm von Juwel. Dass auch der erste gemeinsam verbrachte Winter einer der denkwürdigsten des Jahrhunderts war, machte Waltraut ohne jeden Zweifel zu einer Schlechtwetterfrau. Sogar am Tag von Pillys Geburt zog ein Tiefdruckgebiet über den Kasernen seine Kreise.

Natürlich ging es seiner Mutter nicht um meteorologische Ereignisse. Selbst wenn am Tag der Trauung die Sonne geschienen hätte, wäre Waltraut ihren Ruf als Schlechtwetterfrau nicht losgeworden. Seine Mutter war davon überzeugt, dass diese Frau ihrem Sohn das Leben unnötig verhageln würde, und als die Fichte an ihrem Grab im ersten Frühling nach Waltrauts Verschwinden aus unerfindlichen Gründen von roten Blüten übersät war, konnte Martin ihre Stimme hören: »Wie ich gesagt, so ist's gekommen.« Und er erwiderte leise: »Wo ich versagte, ist's geblieben«, und dann noch leiser: »Fichten richten.«

Waltraut war also gestern einfach so im Taxi angefahren gekommen und wollte das Kind zu sich holen. Seine Schwägerin fand das nicht fürsorglich, sondern frech, und erst als die Schnapsflasche halbleer war, sah Martin die Dinge wieder klarer. Er knallte den Hörer auf den Apparat und warf Katharina mitten im Satz aus der Leitung. Niemand konnte sich einfach so in ein Taxi setzen und ein Kind zurückfordern, das man jemandem zurückgelassen hatte. Nicht einmal Waltraut. Er konnte sie sich nicht blond vorstellen und wusste auch nicht, wie die Kronprinzessin aus England aussah, von der seine Schwägerin geredet hatte. Martin überlegte, was Küstrin tat, wenn es notwendig war, sich zu akklimatisieren. Der sortierte Werkzeug nach Art und Größe und schaffte vorübergehend Ordnung. Martin fiel bloß ein, auf wie viele verschiedene Arten Waltraut ihre Sachen gepackt hatte und wie schnell er gelernt hatte, daran die Länge ihrer Abwesenheit abzulesen. Manchmal konnte sie es kaum erwarten, hinter sich die Haustür zuzuschlagen. Sie riss die Kleidung aus den Schrankfächern, und er konnte von der Küche aus hören, wie sie in der Reisetasche landete. An anderen Tagen verließ sie ihn sanft und die Tür hauchte sich ins Schloss. Zumindest klang es für Martin wie ein Hauchen. Sie packte die Tasche so unauffällig wie möglich und lief auf Zehenspitzen durch den Flur. Er lauschte in diese Stille, in der man nur hin und wieder das Knacken ihrer Fußgelenke hörte, die über den Boden schwebenden Sohlen ihrer Hausschuhe und die sich überstreckenden Scharniere des Schranks, was auch wie ein Hauchen klang, nur angestrengter. Nach lauten Abschieden dauerte es nie länger als ein paar Tage, bis Waltraut wiederkam. Dann stand sie mit einer vollen Einkaufstüte auf dem Fußabtreter, als wäre sie nur kurz im Konsum gewesen, und kochte etwas Aufwendiges, damit sie nicht reden musste. Sie spielten alle zusammen Karten, und Martin holte erst die Reisetasche aus dem Auto, wenn Waltraut Pilly ins Bett gebracht hatte. Die lauten Abschiede waren die einfacheren, denn nach den stillen blieb Waltraut für gewöhnlich länger als eine Woche weg. Je heimlicher sie packte, desto ungewisser war der Zeitpunkt ihrer Rückkehr, und er erinnerte sich, dass die letzten Abschiede besonders leise gewesen waren. Er hatte sich ohne Bedenken auf die Schlechtwetterlagen eingelassen, auf die Tage, an denen ihr das Kind zu schwer war, und später auf die, an denen ihr das Lügen leichtfiel. Was er heute nicht mehr hätte hinnehmen können, war diese Erleichterung, die sich nur noch einstellen wollte, wenn er seine Wut auf sie loslassen konnte. Schrauben-Hiller rutschte in solchen Fällen öfters die Hand aus, Martin der Stift.

Er legte die Berichte über seine Frau nach Möglichkeit auf einen Samstag. Die Leute beerdigten ihre Angehörigen am liebsten an den Wochenenden, und die Gärtnerei war bis abends geöffnet. Vielen komme erst dann wieder in den Sinn, dass es jemanden in der Familie gebe, dem man statt Sonntagsbraten nur noch Blumen auftischen könne, hatte Waltraut immer gescherzt.

Martins anfängliche Befangenheit hatte der Genosse als »vorbildlichen Einsatz« und »außerordentliche Unauffälligkeit« gewertet. Martin gab sich Mühe, dass man die von ihm geforderte Sorgfalt bei der Herstellung klarer Verhältnisse zumindest einem vorbildlichen Schriftbild ansehen konnte. Jedem Buchstaben waren nichts als gerade Linien vorzuwerfen. Nichts verriet das Schwanken, das ihn ständig beim Anlegen der Berichte überkam. Die Seiten landeten abgeheftet im Aktenkoffer, kurz bevor sich der Schlüssel seiner Frau im Schloss der Wohnungstür verhakte. Nur einmal war der Koffer außerordentlich auffällig im Schrank gelandet, als Waltraut und Pilly ihn mit Broilern von einem Kirchenfest überraschten. Waltraut stand am Esstisch, zerlegte das Geflügel und stellte keine Fragen zu dem Koffer, weil er auch nie welche stellte. Wenn Waltraut so aussah, als hätte sie in ein überwältigendes Stück Kuchen gebissen, dann wusste Martin sofort, dass sie aus der Kirche kam. Dieser Kuchenblick machte ihre Lider schwer und strahlte bis in ihre Mundwinkel. Er verriet, dass es keinen Streit geben und die Blusen im Schrank bleiben würden. Nur Pilly gab nicht nach und versuchte noch Wochen später das Zahlenschloss des Aktenkoffers zu knacken. Zum Glück war Martin ein Meister, wenn es darum ging, Zusammenhänge herzustellen. Der Kuchenblick hing mit der Kirche zusammen wie der Aktenkoffer mit den parallel anspringenden Straßenlaternen vor dem Haus. Der Koffer mit den Berichten über Waltraut wurde zu einer staatsgeheimen Maschine, mit der Martin vor den Augen seiner Tochter die Glühbirnen anstellte, und irgendwann hörte Pilly auf, sich heimlich am Schloss zu versuchen. Sie war stolz auf ihren Vater, den Laternenanzünder, und wartete jeden Tag gespannt auf den Moment, in dem er die Lampen vom Sessel aus anknipsen würde. Als seine Frau nicht mehr zurückkam und ihr Verschwinden am Stammtisch für viel Redestoff sorgte, schloss Martin sich der Version der Männer an, in der Waltraut treulose Bürgerin und Mutter, rübergemacht hatte. Doch sobald es zu wenig Schnaps im Haus gab, befürchtete er, der Inhalt des Aktenkoffers sei die eigentliche Ursache gewesen, und er schämte sich immer so lange, bis die Tür vom Bandauer hinter ihm zuschlug.

Als sich die Schockstarre endgültig löste, ließ Martin den Schnapsvorrat ins Waschbecken plätschern und kippte den Inhalt eines Kasten Biers direkt hinterher. Er sortierte die Flaschen nach Art und Größe in Müllbeutel und griff anschließend im Badezimmer nach dem Rasierer. Der Gedanke, dass Waltraut im Fischerhaus nach Gründen suchte, warum es Pilly in ihrer Obhut besser ging als in seiner, machten nicht nur den geordneten, auf einen sortierten Mittwoch folgenden Donnerstag notwendig. Martin beschloss, sich ganz und gar aufzuräumen und nicht mehr an früher zu denken, so wie es Schuster Küstrin schon längst machte.

20

Meine Mutter schwamm in der Bucht vor dem Hexengarten, ihre Arme tauchten aus der Tiefe und schaufelten das dunkle Wasser der Elbe an ihrem Körper vorbei. Unter der Sonne schmolz sie zu einem monströsen Fisch, der keine Luft zum Atmen brauchte und mit einem letzten Flossenschlag wie ein Pfeil auf den Steg zuglitt. Ich lag mit dem Bauch auf den Endplanken, sah von oben mein Spiegelbild und wartete auf den Augenblick, in dem sie es durchstoßen würde, doch der Fluss blieb glatt und schwarz wie die vom Meer polierten Feuersteine, die meine Großmutter in ihrem Setzkasten sammelte.

Dieser Traum wiederholte sich ständig, nur manchmal änderte sich ein Detail, und ich wartete nicht auf dem Steg auf sie, sondern am Ufer oder am Beckenrand des Waldfreibads. Hin und wieder schoss Katja auf den Steg zu, und ich versuchte ihre Umrisse im Schwarz unter der Wasseroberfläche auszumachen. In anderen Nächten verschwand meine Mutter zwischen den Stoßwellen oder blieb im Hintergrund. Dass sie kein Gesicht besaß, war etwas, das alle Träume gemeinsam hatten. Manchmal trug sie eine der zurückgelassenen Blusen oder ich konnte ganz deutlich den Nektar der Grabblumen riechen, ihre Stimme klang so, wie ich sie in Erinnerung hatte, doch sie blieb dieses gesichtslose Wesen.

An diesem Morgen war es Katja, die kurz vor dem Aufwachen auf mich zugeschwommen kam, und ihr gelang es immer, mein Spiegelbild zu durchdringen. Die kratzige Stimme von Tante Eli holte mich aus dem Schlaf. Mein Vater öffnete die Tür zu meinem Zimmer und sagte durch den Spalt: »Aufstehen, du Schlafnase«, und meine Tante krächzte hinter seinem Rücken etwas von Frühstück im Klatschcafé. Sie gab mir keine fünf Minuten, mir die Zähne zu putzen und mich anzuziehen.

»Was ist denn los?«, fragte ich und versuchte, mich auf ihrem Rücksitz zwischen die Bohrmaschinen, Farbeimer und Spaten zu klemmen. Meine Tante ignorierte die Frage und umschiffte auf dem Weg zu Riesels mit ernster Miene immer wieder die Pfützen auf dem Asphalt. Auch mein Vater schwieg auf dem Beifahrersitz während der gesamten Fahrt. Er reagierte auch nicht, als Frau Riesel die Hörnchen in unserem Brotkorb nachfüllte und ihm ein drittes Mal Kaffee aufs Haus nachschenkte. Tante Eli erzählte, dass Tante Fuchs wegen der süßen Plörre aus Holunderbeeren heute Kopfschmerzen und gestern sogar den Porzellangott angebetet hatte. Sie ließ sich nicht nur deswegen die guten Hörnchen durch die Lappen gehen, sondern vor allem wegen des Überraschungsgasts, der im Fischerhaus letzte Nacht auf dem Wohnzimmersofa übernachtet hatte. Sie erzählte von den fürchterlichen Bewerbern, die sich wie Fliegen auf den Hexengarten schmissen, und dass es die Mertens und der Holz-Giesecke mit ihren Grundstücken nicht so schwer gehabt hatten. Mein Vater nickte nur und führte die Tasse mit zittriger Hand an seine Lippen. Ich studierte seinen Gesichtsausdruck wie die Fotografien in den Fotoalben und konnte ihn zunächst nicht einordnen. Es war nicht das nachgiebige Gesicht, das er auf meinen Kinderfotos hatte, und auch nicht das lebendige von Familienfesten. Nicht das trübe nach den Nachtschichten oder das neutrale, das er in seiner Uniform der Freiwilligen Feuerwehr aufsetzte. Woher ich es kannte, fiel mir erst ein, als Tante Eli bei Frau Riesel bezahlte und ihn fragte, ob er mit in den Hexengarten fahren oder doch lieber zurück nach Hause gehen wollte. Es war nicht das Gesicht, das er immer zog, wenn meine Mutter länger als zwei Tage weggeblieben war, sondern das, wenn sie wiederkam und alles beim Alten blieb.

Als wir auf den Weg zum Fischerhaus bogen und die Einfahrt in Sichtweite kam, wurde mein Vater lebhaft. Er suchte den Eingang zum Fischerhaus ab, als würde er nach einem entlaufenen Tier Ausschau halten, und Tante Eli legte ihre Hand auf seinen Schenkel.

»Das geht schon gut«, knarzte sie und kämpfte sich einhändig einen Weg durch die Schlaglöcher. Die Spaten flogen durcheinander, und die Farbbüchsen rollten mir zwischen die Füße, der Lada schaukelte wie ihr Angelboot durch eine Schlechtwetterlage. Auf den letzten Metern schaltete sie in den ersten Gang und stieg von der Kupplung, sodass der Wagen wie von einer unsichtbaren Strömung auf das Grundstück gezogen wurde. Tante Eli ließ mich Werkzeuge und Farben in eine Schubkarre räumen, während sie meinem Vater an der Haustür etwas ins Ohr flüsterte und ihn dann in den dunklen Flur schob. Sie zögerte einen Augenblick, bevor sie zu mir kam und mein Gesicht gegen ihre Arbeitsweste drückte.

»Deine Mutti bespricht noch was mit deinem Vater und kommt dann zu dir runter.« Die Worte rasselten an mir vorbei wie das Geräusch in den Lungenflügeln meiner Tante, verursacht von dem sich über die Jahre festsetzenden Qualm der Räucheröfen.

Ich trieb die vollbeladene Schubkarre über die unwegsam gewordenen Pfade des Hexengartens. Immer wieder blieb das Rad in aufgewühlter Erde stecken, und die Karre drohte zur Seite zu kippen. Hinter mir stand das Fischerhaus still und unverrückt. Nichts wies darauf hin, dass hinter seinen Mauern Dinge vor sich gingen, die nicht in diesen Garten gehörten und über unsere Köpfe hinweg entschieden wurden. Mein Vater hatte nie den Anschein erweckt, als würde ihm meine Mutter in der Umlaufbahn von Bandauer, Fernsehsessel und den Schienen seiner Reichsbahn fehlen, doch er hatte sich schon den Gurt von der Brust gerissen, bevor Tante Eli den Motor des Ladas ausgehen ließ.

Wenn meine Mutter früher ihre Reisetasche gepackt hatte, war mir klar gewesen, dass mein Vater schon nach dem Frühstück auf dem Kunstrasen neben der Zugverbindung Cottbus-Dresden einschlafen würde. Als ich noch klein genug war, kroch ich manchmal in das Gepäckstück und versteckte mich zwischen ihren Kleidern, in der Hoffnung, sie würde mich mitnehmen. Ich zog den Reißverschluss von innen zur Hälfte zu, aber sie öffnete ihn mit einem Ruck, hob mich aus den Sachen und begann wortlos, von vorne zu packen. Sie hatte die Tasche so oft ein- und ausgeräumt, dass ich nicht sagen konnte, wie häufig sie tatsächlich weggefahren war und welcher Packtag der allerletzte gewesen sein musste. Ich wusste nur, dass zu Weihnachten nach Olympia ein Stuhl endgültig leer blieb.

Manchmal schichtete sie meine Anziehsachen über ihre eigenen, und ich musste mich nicht verstecken. Im Auto stand die Tasche neben mir auf dem Rücksitz und reichte mir bis an die Schulter. Wenn die mecklenburgischen Wälder vor meinen Augen verschwammen, legte ich den Kopf auf der Tasche ab, ließ mich von den Frostbrüchen im Asphalt in den Halbschlaf schaukeln und von den Fahrrinnen auf der Sandstrecke zum Haus meiner Großmutter wieder aufwecken. Meine Ostsee-Oma fiel meiner Mutter um den Hals, und ich war jedes Mal verblüfft, dass die eine zwar mehr Falten besaß, sie aber sonst fast identisch aussahen.

Am ersten Abend gab es immer eine Hafenmeisterplatte mit Schwarzbrot, heißen Kakao für mich und für die Erwachsenen Eisbrecher aus Steinpötten. Der Name des Getränks war einleuchtend, denn meine Mutter konnte erst nach dem zweiten Krug ein normales Gespräch mit meiner Großmutter führen, ohne sich mit ihr über irgendetwas zu streiten. Wir schliefen unter dem Dach in dem Zimmer, das sie sich als Kind mit Tante Fuchs geteilt hatte, und an den Wänden hingen all die Dinge, die nicht in die Wohnstube passten. Fischernetze mit eingeknüpften Herzmuscheln, das Steuerrad eines Boots, sonnenblasse Döpper und eine leuchtturmförmige Sanduhr. Die Betten waren von salzmorschem Treibholz und Rudern eingefasst, und mich überkam immer das Gefühl, dass der Raum die Geheimnisse meiner Mutter beherbergte, die sich von den Kasernen aus nicht lüften ließen.

»Ach, wie hässlich«, flüsterte sie häufig und fand während unserer Aufenthalte ständig etwas, das nicht für meine Augen bestimmt war und deshalb in Schubladen und Truhen gestopft werden musste. Zuallererst hängte sie das Schiffsmobile von der Decke ab, das ihr vor Urzeiten irgendein Karl gebastelt hatte. Der Grund, warum es im Wohnzimmer an Platz mangelte, war der Setzkasten, der sich neben dem Bild eines öden Kiefernwaldes über zwei ganze Wände zog, und meine Oma erzählte mir oft, dass mein Großvater ihn gezimmert hatte, als er schon sehr krank gewesen war. In jedem Kästchen fand sich ein Schatz, zu dem es oft zwei Versionen einer Geschichte gab. Die meiner Mutter und die ihrer Mutter. Einer dieser Schätze war ein Fingerring aus Kupfer, der schon immer im Besitz der Familie meines Opas gewesen war und zuletzt den Ringfinger von Tante Fuchs grün gefärbt hatte. Meine Oma erzählte mir, dass auf ihm ein Fluch lag. Jede, die ihn während der Schwangerschaft getragen hatte, brachte ein Kind mit schiefen Füßen zur Welt. Deswegen würde meine Tante humpeln und meine Mutter nicht. Die behauptete allerdings, dass der Ring nichts mit dem Kümmerfuß ihrer Schwester zu tun hatte und nicht mehr war als ein äußerst unpraktisches Schmuckstück. Einmal habe sie ihn auf einem Lipsi-Abend getragen, und ihre Hand habe nach einer Stunde so unheimlich ausgesehen, dass keiner sie zum Tanz aufforderte.

Ich stand oft vor dem Setzkasten und bewunderte den schlohweißen Rückenpanzer eines Taschenkrebses, die Noppen auf dem Gehäuse eines Seeigels, in dem seine Stacheln gesteckt hatten, die glatten Bäuche der Feuersteine, die Spiralen der Ammoniten und die von Bernstein umschlossenen Insekten. Andere Kammern enthielten getrocknete Seesterne, noch mehr Muscheln und den Körper eines Seepferds in einer verkorkten Riechsalzflasche. In winzigen Dosen sammelte meine Oma den Sand von allen Stränden, die sie nach dem Tod meines Großvaters bereist hatte. In einem Fach lag die Fruchtmumie. So wurde der verschrumpelte Apfel genannt, den mein Opa im Winter aus einem der Bäume seiner Plantage gepflückt hatte, als die Familie hoch nach Krummin ziehen musste. Meine Großmutter erklärte mir, das verdorrte Stück Obst sei der größte Schatz des Setzkastens, denn es gebe nichts Wertvolleres als eine glückliche Erinnerung, doch vor allem sei der Apfel das Einzige, was vom Hof übriggeblieben war. Der Großvater habe jedes Mal Tränen in den Augen gehabt und gleichzeitig in sich hineingelacht, wenn er am Setzkasten an der Fruchtmumie vorbeigegangen sei. Aber meine Mutter verriet mir, dass mit dem Apfel noch nie glückliche Erinnerungen verbunden gewesen seien und dass er mehrmals hatte ausgetauscht werden müssen, weil er immer wieder einer Horde Speisemotten zum Opfer gefallen sei. Auch auf dem Sand in den Döschen sei meine Großmutter nie spaziert. Stattdessen habe sie ihren Bekannten die Tiegel mitgegeben, wenn sie hörte, dass einer in den Urlaub fuhr. Ich stellte mir oft vor, wie meine Mutter und ich vor dem Setzkasten standen, doch wie in meinen Träumen fehlte ihr ein Gesicht. Die Erinnerung hörte an ihren Schultern auf, so als wollte sie sich nicht festlegen, ob sie eine glückliche oder schwere war.

Die Tage im Achterland waren hell und vertrieben die Farblosigkeit der Kasernenwände, die wir hinter uns gelassen hatten. Unsere Straßenbäume wirkten immer etwas matter und lebloser als die in den umliegenden Dörfern und verblassten neben den Eschen vor dem Haus meiner Großmutter ganz. Ich spielte tagsüber am Ufer der Krumminer Wiek, doch anders als zwischen den Brachen vor dem Spielplatz wurde mir dort nie langweilig. Manchmal lud meine Großmutter die *Schaluppe* auf den Bootswagen und ruderte mit mir bis hinunter zu der Stelle, wo das Achterwasser in den Peenestrom überging. Wir warfen die Stippangeln ins Wasser, aßen Fischbrötchen und ließen uns von der Strömung zurück in die Wiek schaukeln. Meine Mutter kam nie mit, weil ihr im Ruderboot schlecht wurde. Sie fuhr mit mir lieber Fahrrad, entweder an den Zempiner Strand oder, wenn das Wetter unbeständig war, zum Kiessee nach Sauzin. Wir rasten bei

Rückenwind zwischen den Feldern von Ortsschild zu Ortsschild, und ich war fasziniert, wie man auf den ebenen Radwegen ganz ohne Anstrengung durch die Landschaft flog.

Selbst wenn der Himmel die Farbe von Blei hatte und es nicht aufhören wollte zu regnen, gab es an der Ostsee keine düsteren Tage. Außer den einen, der auch mein letzter im Haus meiner Oma war. Zwei Männer kamen zu Besuch, der eine zum Frühstück, der andere am Nachmittag. Der Erste stellte sich mir als Peter vor, wollte sein Ei weichgekocht und den Kaffee lauwarm, aber sprach nicht viel. Meine Mutter redete dafür mehr als sonst und meine Großmutter weniger. Sie rührte in ihrer Tasse, dass es nur so schepperte, und verließ nach zwei Brötchen wortlos den Tisch. Peter schenkte mir ein Buch, in dem es um eine Mädchenbande ging, deren Anführerin so rote Haare hatte wie ich. Ich verstand nicht, warum ein Fremder mir ein Buch schenkte, und schon gar nicht, warum meine Mutter sich darüber so freute. Mir fiel nur auf, dass er mich beim Abschied lange ansah und dass meine Mutter sich nach seinem Besuch laut mit meiner Oma stritt. An diesem Tag hätte es für den Haussegen mehr als zwei Eisbrecher gebraucht. Der andere Mann stand am Abend genauso unangekündigt vor der Tür. Er behielt die Schuhe an, ließ sich von meiner Großmutter Tee aus dem Samowar servieren und stellte meiner Mutter Fragen, die sie mit beiden Händen abwehrte. Sie hatte nicht so viel zu sagen wie am Morgen zu Peter, und meine Oma zog diesmal besonders leise Kreise durch ihren Tee. Wenn dem Mann die Fragen ausgingen und er in seinem Notizbuch blätterte, als stünden sie auf einer der Seiten, wurde es noch stiller im Zimmer.

»Uns ist zu Ohren gekommen, dass …«, sagte der Mann in Richtung meiner Mutter, biss in eine Makrone und wandte sich an mich, »deine Großmutter die köstlichsten Kekse der Gegend backt. Kannst du mir noch welche bringen?«

Meine Großmutter flüsterte: »In der Kammer«, und drückte mir den Teller in die Hand, obwohl sich die Makronen auf ihm stapelten. Ich balancierte die Kekse in die Küche und öffnete die Speisekammer wie immer nur einen dünnen Spalt. Ich hatte Angst, von einem Schwarm Motten angeflogen zu werden, der es auf die Fruchtmumie im Setzkasten abgesehen hatte. Wir haben Anlass zur Vermutung – Wir haben den Hinweis erhalten – Wir können das Problem aus der Welt räumen, wenn Sie ... Ich fragte mich, wen der Mann mit »wir« meinte, schließlich war er allein zu Besuch gekommen.

Die Speisekammer funktionierte wie der Setzkasten. Die Wände waren von oben bis unten mit Apfelkisten verkleidet, in die mein Großvater Böden gezogen hatte und die sich unter dem Gewicht der Konserven und Weckgläser wie der Oberkörper meiner Oma jedes Jahr mehr dem Boden näherten. Ich tastete mich durch das Halbdunkel zu der Wand, die an das Wohnzimmer grenzte, doch ich konnte nicht hören, was geredet wurde. Die Stimme meiner Mutter klang energischer und die des Mannes stechender, als es plötzlich einen lauten Rumms gab und die Gläser in den Apfelkisten aneinanderschlugen. Im Flur rollte mir das Seepferdchen im Riechsalzfläschchen entgegen, der Teppich im Wohnzimmer war übersät mit Muscheln, den Handschmeichlern aus Feuerstein und den Scherben der Standvase, in der normalerweise ein angestaubtes Bündel aus Dünengras und Strandroggen steckte. Die übrigen Schätze lagen unter dem Setzkasten begraben, und ich hoffte, der Taschenkrebspanzer könnte noch in einem Stück geborgen werden. Der Mann rieb sich die Schulter und starrte so wortlos wie meine Großmutter auf das kollabierte

Familienstück. Er steckte sich sein Notizheft in die Brusttasche und sagte: »Frau Jäckel, wenn Sie sich nicht entscheiden können, wie das für alle ausgehen soll, tun wir das für Sie.« Zum zweiten Mal an diesem Tag sah mich ein fremder Mann ganz genau an, aber sein Blick war nicht so sanft wie der von Peter am Morgen.

Am Abend hing der Setzkasten wieder an seinem vorgesehenen Platz, der Taschenkrebs hatte den Sturz überstanden, lediglich die Fruchtmumie blieb unauffindbar. Meine Großmutter sah darin ein Zeichen. Sie meinte, der Geist meines Opas hätte den Kasten eigenhändig aus der Wand gehebelt, um den unwillkommenen Gast zu verjagen, und legte einen Boskop zum Trocknen in den Luftzug zwischen Scheibenglas und Fensterladen.

Niemand konnte in dieser Nacht gut schlafen. Meine Oma suchte das Wohnzimmer nach der Mumie ab, meine Mutter räumte unsere Sachen ins Auto, und ich zog mir die Decke bis an die Stirn, weil ich mir nicht sicher war, ob sich das Gespenst in Gestalt meines Großvaters nur auf das Wohnzimmer beschränken würde. Ich verstand den Abschied am nächsten Morgen nicht, auch nicht die lange Umarmung meiner Großmutter vor dem Haus. Sie drückte mich so fest an sich, dass mein Kopf eine Mulde in ihrem Leinenkleid hinterließ. Es war tröstlich zu wissen, dass sich Stoffe Gesichter besser einprägen konnten als Menschen, denn die Frau, die sich mir auf dem Steg im Hexengarten als meine Mutter vorstellte, sah weder aus wie Katarina Witt noch trug sie weiße Schlittschuhe.

Ich sah sie schon von Weitem aus dem Fischerhaus kommen und auf hochhackigen, mit Strass beklebten Schuhen durch Tante Fuchs' Bauerngarten auf mich zustolpern. Sie winkte in meine Richtung und verhedderte sich beim Gehen immer wieder zwischen Gurkenranken und zur Seite geschossenen Kürbissen.

Die Frau war nicht so elegant wie Katarina Witt und schon gar nicht so schön wie meine Mutter. Die hätte weder Ohrringe in der Größe von Armreifen getragen noch sich tonnenweise Modeschmuck aus Plastik umgehängt.

»Wie groß du geworden bist.« Die Frau blieb außer Atem vor mir stehen und zögerte, bevor sie sich dazu entschied, mir um den Hals zu fallen. Ich machte mich so steif wie möglich, damit ihre Umarmung von mir abglitt. »Spätzchen, ich bin's doch, deine Mami.«

Die Frau redete auf mich ein, als wäre ich auf den Kopf gefallen und jetzt fehlten meinem Gedächtnis wie dem von Frau Wenzel ein paar Jahre. Am liebsten wäre ich ins Wasser gesprungen, zurück in den Traum, aus dem mich mein Vater und Tante Eli heute früh gerissen hatten, aber ich stieß sie beim zweiten Versuch mich zu umarmen zur Seite und versuchte, sie auf den Irrwegen des Gewölbes abzuhängen. Ich zischte durch das Gebüsch an den ewigen Brombeeren vorbei und hörte, wie sich die Frau auf Höhe der Elfenstadt in der Korkenzieherweide verhakte. Die Äste schlugen ihr ins Gesicht, und ihre Schritte hinter meinem Rücken wurden endlich langsamer. Ich zielte auf die Stelle ab, wo der Holunder so dicht wuchs, dass man kaum an seine Beeren kam, doch stattdessen rannte ich Tante Eli in die Arme. Sie stand neben einem Stapel Gehwegplatten und warf ihren Gummihammer ins Gras. Ich wusste nicht, ob ich die fehlenden Büsche oder das Auftauchen der Frau erschütternder fand, die aufgerissenen Gehwege oder das Lächeln meines Vaters, das nicht zu seinen verquollenen Augen passte. Er stand mit verschränkten Armen auf der Einfahrt vor dem Lada und winkte mich wie an dem Tag zu sich, als wir fast den Zug nach Magdeburg ins Krankenhaus zu Frau Klinge verpasst hätten. Die Wagentür stand offen, und ich sprang auf den Rücksitz, Tante Eli kam hinterhergerannt und ließ den Gang kommen, bevor ich die Tür zuwerfen konnte. Wir schaukelten den Weg zurück in den Ort, und meine Tante machte sich nicht die Mühe, den Pfützen und Löchern im Asphalt auszuweichen. Wieder sagte sie: »Das geht schon gut«, und mein Vater lachte und schnaubte gleichzeitig in sein Stofftaschentuch.

TEIL 3

DIE FLUGHÖHE DER MEHLSCHWALBEN

21

Zwei Wochen vor dem Ende der großen Ferien brach Marcik endlich mit dem Bus nach Portugal auf, und Bine wünschte sich, dass ihm auf einer der Bergstraßen alle vier Räder auf einmal abfallen würden. Katja stand auf dem Parkplatz und winkte ins Gegenlicht. An ihrem Ohrläppchen schaukelte ein Papagei aus buntem Glas, der sie wie eine Piratin aussehen ließ. Ihre Augen glühten, und ich steckte meine Hände so tief es ging in die Hosentaschen, damit ich sie nicht in den Arm nehmen konnte.

»Vorbei ist der Liebessommer«, stichelte Bine und Katja zuckte mit den Schultern.

»Du hast nichts verpasst.« Sie schlug vor, auf dem Fabrikgelände in den Schuttkippen nach Schätzen zu suchen. Marcik hatte ihr gezeigt, an welchen Plätzen man gute Sachen finden konnte. An der Stelle, wo der Flachbau gestanden hatte, fand man Steinquader und Lochsteine, manchmal sogar Schraubenzieher und anderes Werkzeug, das einem die Vietnamesen abkauften. Katja erzählte, dass sie sich aus ein paar Brettern und den Quadern ein Regal gebaut hätte, auf das Bine und ich neidisch wären. Ein anderer Haufen läge etwas abseits des Hofs. Er bestand aus Gebäudetrümmern, die neben die Gleise der stillgelegten Werksbahn geschüttet worden waren. Dort hatte sie alte Münzen, mehrere Porzellanteller und den Glasohrring im Dreck geborgen. Sie war sich sicher, dass sich unter den Mauerresten irgendwo die alten Keller befinden mussten, man müsse zwischen dem Geröll nur die Eingänge freilegen.

Auf dem Weg zu den Schienen kamen wir an der Röhre vorbei. Eins der Kuchenmädchen hielt einen versengten Kochlöffel in der Hand und schlug einem Jungen immer wieder auf den Kopf, weil er schon wieder den Teig versalzen hatte. Die anderen feuerten es an.

Alles fühlte sich an wie immer, nur dass ich vor dem Schlafengehen mehr an Bine als an Katja dachte. Ich wusste nicht, ob unser Kuss unter der Platane an Frau Klinges Schnaps gelegen hatte, denn mein Vater tat nach dem Bandauer auch viele Dinge, die er hinterher nicht so gemeint hatte, doch Bine hatte mich schon am nächsten Tag zu sich heruntergeklingelt und mir in der Kosmetikabteilung des Supermarkts gezeigt, wie man sich die Nägel richtig lackiert. Wir tranken so viel Walnussschnaps, bis wir mit Drosselbart kichernd auf den Werkschienen vor dem Jägerzaun lagen, die aufgeheizten Gleise unter unseren Köpfen. Fuhr ein Güterzug in der Ferne vorbei, kitzelte uns das Metall im Nacken, und hinter unseren Lidern geriet der Boden ins Schleudern. Bine konnte nicht aufhören zu lachen, auch nicht, als sie den Schnaps auf ihren Rock und den Gleisschotter spuckte. Ich brauste sie in der Schlammkuhle mit dem Schlauch ab und zum ersten Mal fehlte Katja nicht.

Eine Nacht schliefen wir heimlich in Frau Klinges Garten und erzählten uns Gruselgeschichten über den Russenfriedhof, der am Rand des Auenwäldchens lag, aber vor allem lästerten wir über Katja. Sie verriet mir, dass Marcik eigentlich auf sie gestanden und Katja nur genommen hätte, weil Bine nicht mit ihm schlafen wollte. Ich glaubte ihr kein Wort, aber wir hatten uns tatsächlich nur noch selten zu dritt gesehen, seit Katja sich mit ihm traf.

»Marcik stand doch immer vor der Schule, wenn wir große Pause hatten, und hat auf den Stufen auf mich gewartet.« Bine breitete eine Wolldecke aus der Laube unter dem Pflaumenbaum aus und zog mich zu sich. Ich konnte mich nicht daran erinnern, Marcik jemals vor dem Schultor gesehen zu haben, aber Bine war oft erst kurz vor Ende der großen Pause zu uns in den Fliederbusch gekommen.

»Katja meinte, du hast wegen mir nicht mit uns geraucht.«

Bine lachte und zündete mir eine Zigarette an. »Oh, Mann. Wir haben da halt immer geknutscht, aber ich wollte das irgendwann nicht mehr, weil er ständig an meinen Titten rumgefummelt hat.«

Ich versuchte, so wenig wie möglich an Katjas Brüste in Marciks Händen zu denken, als Bine und ich Arm in Arm in der lauwarmen Nacht lagen, und es war mir auch egal, dass mein Atem kaum schneller wurde, wenn sie mich streichelte.

Bine nahm meine Hand und zog mich hinter sich den Hang hinauf, der unter unseren Füßen wegrutschte und zu den stillgelegten Schienen führte. Sie bewunderte meine grünen Fingernägel, die ich am Abend zuvor mit einem Lack bemalt hatte, den mein Vater für die Gebäude seiner Modelleisenbahn verwendete.

»Habe ich was verpasst bei euch?« Katja grinste und schob sich als Erste durch die Mirabellen auf das Gleis.

In den Hammerschlägen und im Geräusch der Pressluftbohrer auf der anderen Seite des Kanals lag etwas Schmerzhaftes. Das

Zertrümmern von Stein klang wie das Geschrei eines urzeitlichen Tiers, das sich gegen sein Sterben wehrte, bevor es mit einem schweren Seufzen umkippte und den Boden zum Beben brachte. Seine Wehlaute waren bis auf den Hof zu hören. Mein Vater hatte mir am Schienennetz seiner Modellbahn erklärt, aus welcher Himmelsrichtung der Westen die Reichsbahn verschluckte, und auf die Erfurter Krämerbrücke gezeigt, die über einem aufgepinselten Arm der Gera platziert war und an deren Fachwerkhäusern er fast einen Monat gebastelt hatte. Im Auftrag der Bundesbahn würde man bald auch bei uns die Böden aufreißen, um Adern aus Kabeln und Trassen zu verlegen, und er sprach von den Umbauarbeiten immer so, als würde damit ein garstiges Geschöpf herangezogen. Garstig war für meinen Vater alles, was er als störend empfand. Der bröckelnde Putz der Kasernen, die aufgesprühten Kreuze in der Innenstadt, die Sechsuhrnachrichten und sogar eine Milchtüte konnte zu etwas Garstigem werden, wurde der Inhalt im falschen Augenblick sauer.

Auf der Kanalbrücke tasteten wir uns vorsichtig hintereinander bis zur Mitte und suchten nach den Markierungen auf den Schienen.

»Wo sind die Münzen?«, rief Katja über die Hammerschläge hinweg und konnte nicht sehen, wie Bine mit den Schultern zuckte, weil sie ganz vorne lief.

»Können wir woanders hingehen?«, erwiderte ich.

Ich hatte Angst vor den Durchfahrtszügen, die an dieser Stelle siebzig Kilometer pro Stunde erreichen konnten. Sie kündigten sich mit einem hohen Surren an, das man bei dem Gehämmer leicht überhören konnte. Das Surren wurde ein Schnarren, und je näher ein Zug kam, desto wütender schnarrten die Schienen. Hörte man das Aufschlagen der Räder, blieben einem nur ein paar

Sekunden, um abzuschätzen, über welche Weiche eine Bahn die Brücke überquerte. Manchmal schlug sie Haken und wechselte ohne Vorwarnung die Spur.

»Ich bin mir sicher, dass die Münzen irgendwo hier lagen!« Katja hüpfte über die Schwellen und lief in der Mitte der Brücke die Gleise ab.

Ich horchte angestrengt in den Baulärm und ertappte mich beim Anblick von Katja dabei, wie ich mir einen Zug wie den Karlex mit Schnelltriebwagen herbeiwünschte, der es auf hundertsechzig Sachen brachte und die Tschechoslowakei innerhalb weniger Stunden erreichen konnte. Natürlich gab es solche Schienenfahrzeuge bei uns in der Gegend nicht, aber ich versuchte mir auszurechnen, wie wenig Zeit Katja bleiben würde, wäre die Zeitspanne von Surren zu Schnarren weniger als halb so lang. Ich stellte mir vor, wie die weiß-rote Schnauze des Zugs angepoltert kam, wie sie mehrere Haken schlug und jedes Mal genau dort landete, wohin Katja auswich. Ich konnte hören, wie die Bremsklötze das Metall kreischen ließen, erschrak bei dem röhrenden Warnhorn und sah zwischen den Rädern die Funken fliegen. Ich stellte mir sprühende Funken vor, die wie glühende Schneeflocken auf den Schotter herabrieselten, wenn der Zug mit einem Zischen zum Stehen kommen würde. Zum Schluss hielt sich Katja die Augen zu.

»Wir können nicht zur Fabrik, die Münzen sind alle weg!«, rief Katja und trabte zu uns zurück.

Bine schob es auf die Vietnamesen, die seit dem Feuer sogar die Kaugummiautomaten am Bahnhof aufknacken würden.

»Ich weiß, was wir machen können. Schiffe versenken!« Katja griff zwischen den Schienen nach dem erstbesten Stein.

Wir lehnten uns über die Brüstung, und unter unseren Schuhen glitzerte die Elbe. Von hier aus wirkte das Werk nicht so klein, wie von der Elbpromenade aus, sondern wie das urzeitliche Tier, dessen Wimmern mit jedem Brückenmeter zunahm. Die von den laufenden Bauarbeiten angegriffenen Wände des Hauptgebäudes wurden nur noch von wenigen Stahlträgern gehalten, und ein kräftiger Windstoß schien auszureichen, den Betonkoloss zusammenzufalten. Zwischen den Rissen wippten die Grannen der Mäusegerste. Auf der linken Uferseite stieg die Wetterfahne der St.-Nikolaus-Kirche aus der Krone der Rotbuche, unter der Tante Fuchs' Dackel begraben war, und die Promenade zog eine schnurgerade Linie am Kontor vorbei. Der steile Anstieg der Hauptstraße, den man mit dem Fahrrad nur stehend bewältigen konnte, war von hier aus nicht mehr als ein sanfter Hügel. Der Wachturm reckte sich steil in den Himmel, und Katja meinte, das Fenster ihres Zimmers ausmachen zu können, aber ich war mir sicher, dass man von dort aus den Elbkanal nicht sehen konnte.

»Treffer, Schiff versenkt!«

Katja duckte sich und zog Bine und mich zu sich auf den Boden. Sie hatte mit einem Stein die Scheibe eines heranfahrenden Motorbootes getroffen. Der Fahrer stellte schimpfend den Motor ab und schrie etwas zu uns hoch, das ich wegen der lauten Maschinen nicht verstand. Ich lugte über den Brückensims und sah, wie er das Loch begutachtete und den Stein in den Kanal warf. Eine Welle schwappte am Fuß des Werks gegen die rechte Uferwand. Als das Boot die Brücke hinter sich gelassen hatte und weiter zu der Stelle fuhr, wo der Kanal in einer Kurve am Hexengarten vorbeifloss, forderte Katja mich auf: »Du bist dran.«

Sie wählte einen Stein, der noch viel größer war als ihrer. Ich konnte ihn kaum umfassen und hoffte, dass sich so schnell kein weiteres Boot der Brücke nähern würde. Die Sonne brannte auf meiner Kopfhaut, und alle zwanzig Minuten fuhr in sicherem Abstand ein Zug vorbei.

»Meine Mutter ist wieder da«, sagte ich und ließ den Stein ins Wasser fallen. Er traf die Wasseroberfläche mit so hoher Geschwindigkeit, dass noch Minuten später Blasen aus der Tiefe tauchten.

Katja machte ein ernstes Gesicht. »Du klingst nicht so, als würdest du dich darüber freuen«, sagte Bine.

»Ich weiß nicht, ob sie es wirklich ist. Die Frau sieht nicht aus wie sie.«

Bine erzählte, dass ihre Mutter früher mit ihren Freundinnen immer schlecht über meine Familie gesprochen hatte. Dass meine Mutter mich und meinen Vater wegen eines anderen sitzengelassen hätte, um mit ihm in den Westen zu gehen, und dass sie zu den Leuten gehöre, die unser Land kaputtgemacht hatten.

»Das ist Quatsch«, unterbrach Katja sie. »Mein Vater hat gesagt, die alte Klinge hat die verpetzt, und dann hat man die weggesperrt.«

»Wie, verpetzt?«

»Die war doch früher Lehrerin an unserer Schule. Die hatten alle mit der Stasi zu tun, sagt mein Vater.«

Ich konnte mir nicht vorstellen, dass Frau Klinge etwas mit den gepackten Reisetaschen meiner Mutter zu tun hatte, und das Einzige, was ich über die Stasi gelernt hatte, war, dass nur die Besten dabei gewesen waren.

»Wenn man was zu petzen hatte, ging man zur Stasi. Wie beim Arzt, wenn man Halsschmerzen hat«, sagte Bine.

»Genau!« Katjas Gesicht wurde noch ernster. »Die Klinge hat immer irgendwen verpetzt. Deswegen mag die auch keiner.«

Ich dachte an die Leute, die sich am Obststand neben ihrem Gartentor wegduckten, sobald sie auftauchte, und daran, dass manche den Weg ans Ende der Kolonie auf sich nahmen, um mit ihr über die Wetteraussichten zu sprechen, und trotzdem immer auf der anderen Seite der Thujahecke stehenblieben.

»Und weshalb hat sie gepetzt?«

»Es heißt, deine Mutter hat Leuten nach drüben geholfen. Weißt du das nicht?« Katja ließ den Papagei an ihrem Ohrläppchen schaukeln, und ich wartete vergeblich, dass sie sich nach diesem Satz auf die Unterlippe biss.

Im Waldfreibad bewunderte ich die Riemchen an Bines Bikini, die man am Nacken zu einer Schleife binden musste, und in dem sie fraulicher als alle anderen Mädchen aussah. Der Bikini war wahrscheinlich auch der Grund, warum die Jungs aus Vitos Bande sich der Reihe nach vom Zehnmeterturm stürzten und beim Auftauchen sofort zu uns guckten. Wenn Bine ein Sprung gefiel, nahm sie die Sonnenbrille ab und den Bügel zwischen die Zähne, nur einmal applaudierte sie, als Vito sich einen Köpper traute. Mein Vater hatte mir verboten, vom Zehner zu springen, weil vor Jahren mal ein Kind tödlich verunglückt war. Es sei auf dem nassen Brett ausgerutscht und von ganz oben auf den Beckenrand geknallt. In einer anderen Version war ihm nach einem Klatscher der Bauch aufgeplatzt und das Freibad die ganzen Ferien geschlossen gewesen, weil das Wasser ausgetauscht werden musste.

»Was war eigentlich wirklich zwischen dir und Katja?«, fragte ich Bine und kaute so beiläufig wie möglich auf den Pommes, die sie von einem der Jungs spendiert bekommen hatte. Sie setzte sich auf und starrte mich durch ihre dunklen Brillengläser an.

»Erinnerst du dich an den Tag, als wir gegen Dänemark verloren haben?«

Ich erinnerte mich gut an die Deutschlandfahnen und Schwarz-Rot-Gold-Wimpel, die die Balkons der Kasernen gepflastert hatten. Mein Vater beschwerte sich den ganzen Morgen über die falschen Flaggen, die die Leute aus den Fenstern hängen ließen, und dass die richtigen immer weniger wurden. »Wir sind aus Prinzip für Dänemark«, raunte er über seine Tasse hinweg, und das Gleiche sagte ich Katja, als sie mich in der Röhre vor ihrem Taschenradio fragte, für welche Mannschaft ich war. Bine fieberte für Deutschland und zischte immer wieder »Psst!«, wenn wir auf der Matratze zu laut wurden und sie die Übertragung des Spiels nicht verstehen konnte. Katja blätterte in ihrem Euro-92-Album von Panini und ließ mich die restlichen Sticker einkleben. Sie hatte aus dem Papierlädchen eine ganze Kiste Aufklebertütchen gestohlen und am Ende fehlten uns nur noch Jean-Pierre Papin und Darko Milanič.

»Immer fehlen welche. Vielleicht gibt es die Aufkleber gar nicht«, sagte Katja und ging Seite für Seite die Spieler durch.

Die erste Halbzeit war fast vorbei, und im Radio pfiffen die Zuschauer über die gelbe Karte von Thomas Häßler. Es stand 1:0 für die Dänen.

»Der hier sieht doch total aus wie Marcik.« Katja lachte und tippte auf einen Typen der italienischen Mannschaft. »Und guck mal, der hier hat irgendwie Ähnlichkeit mit dir, Pilly!«

Sie blätterte zurück zu den Schotten und zeigte auf einen Fußballer, der Tante Fuchs' Bruder hätte sein können.

»Was? Ich sehe doch nicht aus wie Stuart … MäcKall!«

»Jedenfalls habt ihr den gleichen Frisör.«

»Und du hast die Haare von dem hier.«

»Stimmt, wie ein aufgeplatzter Strohsack! Und der hier sieht aus, als würde er im Gebüsch auf kleine Kinder warten.«

»Scheiße, die Batterien!« Bine schlug gegen das Taschenradio. Die Stimme des Kommentators schlingerte, zog sich in die Länge wie Kaugummi und verstummte.

»Wen interessiert denn Deutschland?«, sagte Katja und zog Bine auf die Matratze. »Kommt, wir machen ein eigenes Turnier.«

Jeder bekam zwei Mannschaften aus dem Panini-Heft. Ich wählte Schweden und Frankreich, Katja nahm Jugoslawien und England und teilte Bine Deutschland und Dänemark zu. Das Ziel lautete, so gemeine Dinge wie möglich über einen Spieler zu erfinden. Erfand man etwas, das in Katjas Augen gemein genug war, bekam man einen Punkt, für einen Lachkrampf sogar zwei. Bine hielt die Punktzahl mit Kreide auf der Röhrenwand fest. Am Ende gewann sie mit insgesamt 41 Punkten und fünf Lachkrämpfen knapp vor Katja, weil ihre Peniswitze besser waren.

»Und ich hatte vier Spieler weniger als ihr!«, triumphierte Bine und streckte sich vor der Röhre im Abendlicht.

Die meisten Fahnen waren eingeholt und der Spielplatz war leer. Auf dem Parkplatz saß Marcik mit seinen Jungs vor dem Bus, die von der Niederlage der deutschen Mannschaft weniger beeindruckt waren als Bine. Sie war der Meinung, dass die Dänen den Sieg nicht verdient hatten, weil sie überhaupt nur wegen Jugoslawiens Disqualifikation im Finale gestanden hätten.

Ich zählte die Schläge der Kirchturmuhr und erschrak, weil der Kuckuck in unserem Wohnzimmer zum zweiundzwanzigsten Flug aufgebrochen war und mein Vater mir vom Balkon aus zurief, dass mein Bett mich vermissen würde.

Bine äffte die Stimme von Pittiplatsch nach: »Heute kann Pillyplatsch bestimmt nicht einschlafen. Das kommt davon, weil sie nicht weiß, ob ihr der Weihnachtsmann nun einen Traktor oder einen Kran bringt.«

»Das gibt einen Extrapunkt«, grölte Katja, hakte sich auf dem Weg zum Parkplatz bei ihr unter und sang: »Sieh dir nur die Spatzen an, sie schlafen schon im Baum. Winke, winke, winke ...«

Es hatte sich nichts Ungewöhnliches an diesem Junitag zum EM-Finale ereignet, aber Bine war sich sicher, dass Katja ihr genau an diesem Abend Marcik ausgespannt hatte. Sie beobachtete den Zehnmeterturm, zündete sich eine Zigarette an, und ich glaubte ihr noch immer nicht. Eigentlich standen die älteren Typen immer mehr auf Katja, und Bine riss jedes Mal einen Spruch, wenn einer seinen Kumpel vorschickte, um sich auf dem Pausenhof oder vor der Röhre mit ihr zu verabreden. Dass sich die Jungs im Schwimmbad jetzt um Bine rissen, lag nicht nur an ihrem Bikini. Alle wussten, dass Katja zu Marcik gehörte, und der hätte jeden verhauen lassen, der sich an seine Freundin ranmachte. Katja hatte angeblich schon kurz nach dem Finale angefangen, bei ihm im Bus zu übernachten, und jedes Mal Hausarrest bekommen, wenn ihr Vater sie dabei erwischte. Den einen Abend sei Herr Bergmann in voller Montur aus dem Bandauer gestiefelt und hätte Marcik mit seinem Pioniermesser die Reifen zerstochen.

»Tja, und jetzt sind wohl ihre Tage ausgeblieben, aber vielleicht fallen ihr gerade auch einfach keine besseren Geschichten ein.«

Bine erzählte, wie Katja vor ein paar Tagen ein ganzes Glas eingelegte Gurken in sich hineingestopft und hinterher neben die Röhre gekotzt hatte.

»Vielleicht ist sie ja wirklich schwanger!«, flüsterte ich, aber Bine winkte ab und blies Rauch durch ihre Nasenlöcher.

»Sie verträgt keinen Dill.«

Ich wusste nicht, was ich denken sollte. Bine schien wie Katja gut darin zu sein, ihre eigenen Lügen zu glauben. Einmal war Katja mit einer Walnuss in der Backentasche durch die Schule geschlurft, bis ein Lehrer Mitleid mit ihr hatte und sie nach der dritten Stunde zum Zahnarzt schickte. Als Reckturnen auf dem Stundenplan stand, täuschte sie einen Sturz vor und ließ sich zwei Tage lang auf dem Pausenhof von mir stützen. Sie humpelte so erbärmlich, dass ich jedes Mal erschrak, wenn sie wie ein Pfeil aus meinem Arm schoss, sobald die Schule außer Sichtweite war.

Bine drückte die Zigarette in der Mayonnaise aus und rollte sich auf den Bauch. Ich legte meinen Kopf auf ihren Rücken und war noch immer davon irritiert, dass sich nichts daran falsch anfühlte. Selbst ihre Lügen nicht. Katja log, um sich wichtigzumachen, Bine erfand ihre Geschichten, um Katja schlecht dastehen zu lassen. Und das tat sie nur, davon war ich felsenfest überzeugt, wegen mir. Ihre Haut fühlte sich kühl an. Sie roch nach endlosen Sommerferien, nach Chlor und Sonnenschutz, nach dem Blumendeo des Abschlussjahrgangs und nicht wie ein undurchschaubarer Wald, auf dessen schattigen Wegen man sich verirrt. Ich dachte an meinen Geburtstag, den Katja verpasst hatte, weil ihr Vater sie nicht rausgehen ließ, und an den Teich. Daran, wie sie unter Wasser meine Hand festgehalten hatte, an ihre Gänsehaut unter meinen Fingerkuppen und an meine Turnschuhe, die ich plötzlich wiederhaben wollte. Ich sah die zermatschten Köpfe von Siebert seniors Goldfischen auf dem Backstein, dann Katjas Gesicht zwischen den Blütensicheln der

Busgardine und das der Frau, die sich als meine Mutter ausgab. Dachte an Frau Klinge in einem Geäst aus Schläuchen und an die aufgeplatzte Bauchdecke des verunglückten Kindes. Einer von Vitos Bande stieg mit roter Brust aus dem Becken. Sein Sprung hatte wie ein Peitschenknall geklungen.

22

Der Kümmerfuß ging schlecht mit der Sache um. So, als könnte er die Einschnitte wittern, die den Hexengarten und die Schwedter Tapeten im Fischerhaus in den nächsten Wochen erwarteten. Er wollte sich nicht geradebiegen lassen und stellte sich steif. Sobald Katharina versuchte, auf ihren täglichen Ernterunden über die Ankunft ihrer Schwester erleichtert zu sein, stellte er sich sofort quer. Sie zählte sich die Vorteile auf, die der Verkauf des Gartens mit sich bringen würde, doch der Fuß krümmte und verhakte sich in den Schlingen der Kürbisse und Schmorgurken. Er scheute und bockte wie die Springpferde auf einem der neuen Fernsehkanäle vor einem unüberwindbaren Hindernis. Er wollte sie daran erinnern, dass schlechte Beetnachbarn nur hier miteinander auskamen und dass ausschließlich im Hexengarten Beerensträucher zu finden waren, die bis in den Winter Früchte trugen. Katharina glaubte nicht, dass eine hochzufriedene Bauernseele im Flechtwerk der Kiepe für die ewigen Brombeeren verantwortlich war, sondern die magische Rezeptur im Schlamm des Flusses. Bei Hochwasser setzte er sich am Ufer ab. Vermischte man ihn mit den zerstoßenen Resten der Wollhandkrabbe und gab das Gemenge unter die karge Pflanzerde, schoss selbst das schwierigste Gemüse in die Höhe. Die Erntejahre, in denen die Tiere flussaufwärts wanderten und ihre Reise in Elis Fangnetzen beendeten, waren die ertragreichsten. Nur den Imbissgästen blieben die aus China eingeschleppten Krabben mit ihren elbgrauen Pelzscheren unheimlich, und niemand traute sich, die Panzer abzuknabbern. Abnehmer fand Eli meistens in den fettesten Aalen vor der Bucht, die mit Krabbe am Haken besonders gut anbissen, und den Vertragsarbeitern aus Vietnam. Katharina hatte im letzten Krabbenjahr mit Elis Hilfe kistenweise den Lada beladen und war die Parzellen der Kolonie abgefahren. Die Biester zwickten ihnen in die Hände und spreizten sich wie Spinnen zwischen den Fingern der Frauen, die aus den Lauben geschossen kamen und mit unverständlichen Lauten einen viel zu niedrigen Kilopreis festlegten. Die Hälfte der Krabben landete wieder in Elis Köderkästen und in den Beeten zickiger Gemüsesorten. Insgeheim fürchtete sich Katharina vor den Vietnamesen wie die Imbissgäste vor dem schleimigen Fleisch der Schalentiere. Die knochenweißen Zangenspitzen ragten hässlich aus den Kochtöpfen, und Katharina musste jedes Mal an Gebisse voller Reißzähne denken.

Die Wollhandkrebse waren nicht das Einzige, das sich von Asien über die Grenzen der Altmark ausgebreitet hatte und auf Unverständnis gestoßen war. Im Bandauer sprach Brunig von nichts anderem als der neuen Garderobe seiner Frau, die fürchterlich roch, egal, wie oft er sie in der Wäscherei durch seine Maschinen jagte. Asien wird die neue Plage, hatte er gemotzt und mit dem Finger immer wieder auf die Tresenplatte getippt, als wäre die Bedrohung längst ein festes Stammtischmitglied.

»Die riecht wie 'ne Jiftpulle. Hat keen Zaster, wa, aber Hauptsache schön uffjetakelt wie Gräfin Koks.«

»Die Plage fängt schon hinter dem Mittelgebirge an«, fügte Küstrin hinzu und tippte gegen Katharinas Flasche. »Was glaubt ihr denn, wem jetzt die Diamant-Brauerei gehört? Magdeburg jedenfalls nicht.«

»Dass uns aber damals keiner zugehört hat, oder?«, sagte Katharina und verstand den Zusammenhang zwischen ihrem Kirsch-Porter und der Brauerei nicht.

»Dass uns keiner gefragt hat!«, ergänzte Bergmann und erkundigte sich bei Katharina, ob die Gerüchte zutrafen, die man sich erzählte.

Er konnte nicht begreifen, wie sich alle von der Raffgier mitreißen ließen, die sich von drüben wie eine Grippewelle im Ort ausbreitete. Wer jetzt verkaufte, wurde abgezockt. Eli sollte sich das gut überlegen. Im Wachturm würden ständig irgendwelche Fernsehfuzzis die Fahrstühle blockieren, weil sie jedes Stockwerk nach Idioten abklapperten, die sich eine ihrer Satellitenschüsseln aufschwatzen ließen.

»Mir fehlt der DFF. Sind jetzt viel zu viele Sender«, maulte Martin, und Katharina dachte, dass er doch zu den ersten Idioten gehört hatte, die sich eine der Schüsseln vor dem Balkon hatten anbringen lassen.

»Lasst die Zeiten noch schlechter werden, dann drehen alle die Uhr wieder zurück«, sagte Bergmann, und Schrauben-Hiller wiederholte, was Frau Wenzel ihm in ihrer Küche gesagt hatte: »Die Zeiten waren noch nie gut.«

Früher war der Stammtisch ein Ort gewesen, der bei Sorgen jeder Größenordnung zusammenrückte. Wenn Hiller eine Frau weggelaufen war, durfte er im Bandauer anschreiben, und die anderen ließen ihn die nächsten zwei Kegelpartien gewinnen. Als Küstrin mit hängenden Schultern zum Stammtisch kam, weil er säckeweise die Kleidung seiner Tochter zur SERO-Annahmestelle gebracht hatte, spielte man so lange Pasch, bis über der Hauptstraße die Sonne wieder aufging. Im ersten Dezember ohne Waltraut verlegte man wegen Martin das Fest ins Bandauer. Das Ehepaar Brunig brachte Würstchen und Kartoffelsalat, Genosse Bergmann besorgte eine Kiste Kristall und Küstrins backten altmärkischen Napfkuchen. Katharina dachte gerne an diesen Abend, an dem Herr Bandau seinen Ziphona in der Küche aufgebaut hatte und man sich die Zubereitung von Elis Karpfen mit der Amiga-Plattensammlung versüßte. Von den Deckenbalken hingen gebundene Tannenzweige aus dem Auenwald, und im Fenster leuchtete Frau Bandaus Schwibbogen. Niemand dachte an den Lieferwagen der Friedhofsgärtnerei, der im Sperrgebiet westlich vom Ort aufgefunden worden war. Selbst Pilly stellte an diesem Abend keine Fragen, sondern war ausschließlich mit ihrer Puppenstube beschäftigt, für die alle zusammengelegt hatten.

An diesem Nachmittag redeten alle durcheinander, und im Radio dudelten nur Lieder aus dem Ausland, die Katharina nicht mitsingen konnte und zu denen sich der Kümmerfuß schlecht bewegte. Martin beschwerte sich noch immer über die Sendungen, die nach und nach aus dem Programm gestrichen wurden, und Brunig prophezeite Bandau mit dem endgültigen Einzug der überteuerten Billigmode in naher Zukunft Atemwegserkrankungen.

»Machste bei uns die Schranktür uff, brenn' dir de Oogen.«

»Mir geht's auf die Augen, wenn ich den Quittenbaum sehe«, sagte Hiller, dessen Parzelle vom Brand besonders in Mitleidenschaft gezogen worden war. »Jetzt kriegen wir die Gärten wieder, aber zu welchem Preis. So was Zerlebtes habt ihr noch nicht gesehen!«

»Kannst du doch nicht auf die Fidschis schieben, wenn dein Garten hässlich ist!«, alberte Küstrin, und Katharina fragte, ob man öffentliche Gelder beantragen könnte, um den Altpächtern die Instandsetzung zu erleichtern.

»Dit is doch Jesetz, wenn alle die Hand uffhalten, kriegen nur die, die am wenigsten deutsch quatschen.«

»Jetzt haltet mal kurz die Klappe!«, fuhr Bandau dazwischen und stellte das Radio am Tresen lauter. »Rostock geht in die dritte Runde.«

Vor dem Lichtenhagener Sonnenblumenhaus hatte sich die Stimmung beruhigt. Die Aufnahmestelle für Asylbewerber sei evakuiert worden, sodass mit weiteren Ausschreitungen nicht mehr zu rechnen sei. Aus den Lautsprechern dröhnten Aufnahmen vom Vorabend, und Katharina dachte, dass nur die Sirenen im Hintergrund verrieten, dass es sich nicht um die Übertragung eines Fußballspiels handelte.

»Ab wann prasselt bei euch das Begrüßungsfeuer?«, übertönte Hiller die Deutschlandrufe, und Katharina versicherte, dass der Imbiss zum Hexengarten ab fünf Uhr nachmittags für alle öffnete, aber auf dem Menü den Umständen entsprechend mehr Schwein als Fisch stünde.

»Ich weiß nicht, wie du das all die Jahre ausgehalten hast«, hatte Waltraut am Morgen gestöhnt und sich die Schuppen von ihrer Bluse geschnipst, als die letzte Kiste des Nachtfangs über einer Schicht Buche und den Ästen des Holunders im Räucherofen aufgehängt war.

Eli lachte und erwiderte, dass die Jahre sie aushalten mussten und nicht andersherum. Der Holunder schäumte und summte zwischen den Flammen. Katharina überkam das Gefühl zu ersticken. Sie regulierte die Luftzufuhr am Abzug und riss die eingewebten Fenster auf. Die Netze bewegten sich wie durchsichtige Vorhänge im Wind.

»Ist das Holz nicht zu harzig und viel zu nass?«

»Was im alten Rom bei Schinken funktioniert hat, klappt bestimmt auch mit den Fischen«, sagte Eli und bezog sich mal wieder auf etwas, das sie in einem Reiseführer gelesen hatte.

Ihre Schwester lehnte am Türrahmen und ging mit einem Stift die Liste durch, auf der sie notiert hatte, welche Dinge für ihr Grillfest fehlten. Sie hakte die Punkte so schroff ab wie damals ihre Mutter die Kisten vor dem Umzug nach Krummin und teilte die letzten Aufgaben Eli und Katharina zu. Waltraut war immer gut darin gewesen, an andere zu delegieren und es so aussehen zu lassen, als sei das ein Privileg. Katharina konnte nicht verstehen, warum es allen wichtig war, für Waltraut unentbehrlich zu sein. Je mehr sie einem aufhalste, desto mehr Hingabe schlug ihr entgegen. Eli sagte nur: »Sicher, das Holz hackt sich ja von selbst« und meinte das vollkommen ernst, obwohl sie schon zum Sonnenaufgang mit dem Boot die Buhnen abgefahren war, weil Waltraut am Vorabend erwähnt hatte, dass sie sich für die Feier Flussbarsch wünschte. Sie hielt nach Weißfischen Ausschau, die frühmorgens zur Fresszeit an die Oberfläche gedrängt wurden, und platzierte ihre Silberköder in der Nähe der Schwärme. Je panischer ein Schwarm, desto schneller bissen die Barsche weiter unten an. Als Eli übermüdet mit drei vollen Kisten am Steg anlegte und von Waltraut mit einem Kuss auf die Wange empfangen wurde, zog es Katharina wie so oft in letzter Zeit im Magen. Sie war tagelang die Höfe im Umkreis abgefahren, um rechtzeitig zum Grillfest ein Spanferkel aufzutreiben, weil Eli am Tag der Ankunft ihrer Schwester angekündigt hatte, dass es auf deren

Willkommensfeier keinen Fisch geben werde. Schon gar nicht welchen aus der Bucht. Ihre Schwester hatte nur einen Nachmittag gebraucht, um den Hexengarten auf ihre Seite zu ziehen. Sie trug die Außenmöbel aus dem Keller, bestückte den Garten mit Feuerkörben und strich die Imbissbude in dem Gelb des Gemeindezentrums, von dem Eli ihr vorgeschwärmt hatte. Wie früher, als sie noch zu dritt im Fischerhaus gewohnt hatten, schwelte in Eli diese Faszination für Waltraut, die selbst Martin unverständlich fand.

Katharina war daran gewöhnt, dass ihre Schwester ihr Leben durcheinanderbrachte. Das war im Havelland so gewesen und an der Ostsee schlimmer geworden. Schuld daran war der Fluch, der auf jedem Schwesternpaar lag, bei dem die eine unscheinbarer war. So hatte es ihre Mutter prophezeit, die selbst eine ältere und immer etwas uninteressant gebliebene Schwester besaß.

»Eine steht bei Vätern immer höher im Kurs«, beendete die Mutter nach Feierabend Katharinas Beschwerden, die vorher vom Vater abgewunken worden waren, als schwirre ihm eine Wespe vor der Nase. Auch sein Begräbnis änderte nichts daran. Katharina blieb in den Augen der Mutter immer die Tochter mit den kostspieligen Schuheinlagen, deren Haut selbst im Hochsommer wie Buttermilch aussah und die bei den Männern nie in der Gunst stand. Jahre später belächelte sie den Wirbel, den Katharina um Eli veranstaltete, und machte sich bei deren erstem Besuch nicht die Mühe, die Blutflecken an der Wand hinter dem Kiefernwald zu verstecken.

»Immerhin trägt die Dame einen stattlichen Bart«, witzelte sie nach Elis Abreise und setzte noch am Tag von Katharinas Umzug nach: »Mit dem Angeln hast du es jedenfalls nicht so.«

Das Fischerhaus und die Fabrikarbeiter, die im Hexengarten auf ein Fischbrötchen vorbeikamen, besänftigten Katharinas Wut auf die Ostsee und auf alle Familienmitglieder, die deren unausstehliches Wesen verinnerlicht hatten. Doch vor allem verblassten die Erinnerungen an die vor dem Hoftor wartenden Nachbarkinder, die auf der Apfelplantage mit Waltraut spielen wollten, aber auf keinen Fall mit ihr, der Klumpfuß-Katinka.

Am Nachmittag trafen die Gäste ein und der Hexengarten füllte sich wie früher mit Stimmen. Der Stammtisch verteilte sich an den runden Stehtischen unter dem Sonnensegel, und Katharina beobachtete die Rauchschatten, die wie Regenwolken vorbeizogen. Sie stand an der Ausgabe, zupfte Salatblätter und behielt das Spanferkel im Auge, das Martin wie hypnotisiert am Drehrost rotieren ließ. Eli nahm die fertigen Barsche von den Räucherhaken und lüftete im dritten Ofen die restlichen Fische aus dem Lakeneimer ab. Der Holunder lag mittlerweile ruhig zwischen den Flammen, und Waltraut schritt die Tische ab, um den Likör einzuschenken. Nur der Geruch von frischer Farbe erinnerte daran, dass es diesen Ort in Wirklichkeit nicht mehr gab.

»Fühlt sich fast an wie früher, oder?«, murmelte Katharina, was Eli mit einem gehetzten »Ja« beantwortete.

An den Tischen ging es noch immer um Lichtenhagen, und Hiller sprach von dem großen Elend, das spätestens am Ende des Jahres auch in die Freiflächen neben dem Wachturm einwandern würde, sobald der Grundstein für die geplante Flüchtlingsunterkunft gesetzt war.

»Keine gute Entscheidung, so was mitten ins Wohngebiet zu bauen.«

»Du, dann knallt dit eben wieder und dit jeht dann nich so aus wie bei den Järten«, entgegnete Brunig.

»Mich stören die Vietnamesen nicht. Mich kotzen die Leute an, die jetzt aus dem Osten hier rüberfluten. Rumänen und Jugos, solche eben ... Extra für die wird das doch da hingestellt.«

»Genauso denken die Wessis, wenn die Leute von hier nach drüben gehen. Manche hätten gerne den Vorhang wieder, das glaub mal«, fuhr Genosse Bergmann dazwischen.

»Dich kratzen die Fidschis nich? Die lungern jetze in der Turnhalle rum und für die Kleenen fällt der Sport aus. Ausjerechnet Sport!«

»Und wer hat jetzt Hunger?« Eli beeilte sich, die Fischbrötchen in die Münder zu bekommen. »Heißgeräuchertes für alle!«

Die Männer griffen zu und stießen auf Waltrauts Rückkehr an.

»Willkommen zurück, Zuckerpocke!«, grölte Hiller und blieb sich als Einziger in der Runde treu, denn in den letzten Jahren war er von allen am Stammtisch immer derjenige gewesen, der für Waltraut die unschmeichelhaftesten Worte übrig gehabt hatte.

Am Tag von Waltrauts Rückkehr hatte Katharina versucht, sich so unauffällig wie möglich durch das Fischerhaus zu bewegen und den Blicken ihrer Schwester aus dem Weg zu stolpern. Sie hielt sich in der Küche an den schweren Eisentöpfen fest und setzte so lange Holunderlikör an, bis ihr die Flaschen ausgingen. Immer wieder steckte Eli ihren Kopf durch die Tür und fragte, wer den ganzen Schnaps denn trinken solle, doch Katharina warf erst die Topflappen hin, als Waltrauts Gesicht im Türspalt erschien. »Komm! Zeit für einen Eisbrecher!«

Waltraut tänzelte auf Zehenspitzen zum Küchentisch und trank den Schnaps aus der angebrochenen Flasche.

»Nimm dir ein Glas und setz' dich hin! Du machst mich nervös!« Katharina erschrak vor ihrem eigenen Tonfall, der viel zu sehr nach ihrer Mutter klang, und ließ sich auf den gegenüberstehenden Stuhl fallen. »Entschuldige. Schenk mir auch einen ein.«

Die ersten zwei Eisbrecher stachen direkt hintereinander in See, und es brauchte einen dritten und vierten, bevor Waltraut den Mut hatte, sich freizuschwimmen. »Ich habe alles falsch gemacht, aber für mich war es das Richtige.«

»Du hast alles weggeworfen und ich musste aufräumen, wie immer!«

Die Fußspitze ihrer Schwester zitterte wie die Schwanzflossen der Barben nach einem kräftigen Schlag auf den Kopf. Katharina musste unwillkürlich an die Klinge ihres Fischmessers denken. Die Tiere gaben bei einem Rundschnitt über die Kiemen innerhalb von Sekunden auf der Handfläche nach und bluteten genauso schnell aus.

»Hast du keine Fragen? Du fragst doch sonst immer!« Waltraut schenkte nach.

»Ich frage mich, was du für eine grottenschlechte Mutter bist. Aber die Antwort kenne ich schon.«

Die Stolpergefahr war das Einzige, was Katharina auf dem Stuhl hielt.

Waltraut bekam diesen glasigen Blick, den sie schon früher aufgelegt hatte, wenn sie sich in die Ecke gedrängt fühlte, und der nur bei Verehrern oder dem Vater funktionierte. In der Regel folgten mittelschwere Wutanfälle, die, wenn sie ohne Ergebnis blieben, nahtlos erst in Tränen und dann in tagelanges Schweigen übergingen.

Katharinas Magen überschlug sich, als Waltraut aufstand und gleich beim Schweigen landete, Wut und Tränen übersprang.

Sie hörte, wie Eli mit ihrer Schwester im Flur über die Zeit tuschelte, die man Katharina zugestehen müsse, und der Ärger über die Schiefhälse, Wackelköpfe, Glasblicke und Glitzerschuhe brach aus ihr heraus. Die Eisbrecher tröpfelten einer nach dem anderen sauer in den Ausguss. Kurz erschrak Katharina vor der schwarzen Farbe, weil es beim Vater ganz zum Schluss genauso ausgesehen hatte.

In dieser Nacht schlief sie schlecht und blieb bis mittags im Bett. Sie hoffte, dass Waltraut von selbst darauf kommen würde, dass es für alle Beteiligten von Vorteil war, wenn sie ihre Taschen gar nicht erst auspackte. Ihre Schläfen pochten und ihre Körpermitte brannte, als hätte sich in ihr einer von Elis Zwillingshaken verkeilt. Vom Garten her drang die Stimme ihrer Nichte ins Schlafzimmer.

»Fass mich nicht an. Hau ab!«

Katharina schlurfte zum Fenster und beobachtete, wie Pilly sich aus Waltraut Umarmung löste und sie dabei fast vom Steg schubste. Sie rannte in Serpentinen durch die Sträucher, gefolgt von ihrer Mutter, die in ihren Absatzschuhen auf dem unebenen Gelände schlimmer humpelte als ihre Schwester.

Eli warf Gummihammer und Wasserwaage ins Gras und fing die Nichte am halbfertigen Gehweg ab, Martin stand teilnahmslos daneben und beobachtete die Szene wie jemand, der ein besonders schlechtes Vorabendprogramm auf den neuen Fernsehkanälen schaute. Als in der Einfahrt der Motor des Ladas ansprang und der Wagen in Richtung Kasernen zurückrollte, warf sich Katharina den Morgenrock über und lief ihrer Schwester auf der Wiese entgegen. Waltraut sah nicht mehr wie die englische Kronprinzessin aus, sondern wirkte so verräumt wie an jenem Abend, als sie mit Brüsche im Gesicht an die Tür des Fischerhauses geklopft hatte. Sie fiel ihr um den Hals und schluchzte: »Katinka, ich kann das nicht! Hast du gesehen, wie die gerannt ist? Wie kann man denn vor seiner Mutti weglaufen?«

»Das ist jetzt viel für sie. Alles. Das wird schon noch. Gib ihr Zeit. Wie ein Schock ist das«, flüsterte Katharina und war sich nicht sicher, ob sie von ihrer Nichte oder von sich selbst sprach.

»Ah, ist das unser hoher Besuch?«, rief Katharina über die Köpfe der Gäste hinweg, als Pilly mit stöhnenden Bremsen bergab gefahren kam und ihr Fahrrad gegen die Holzwand der Imbissbude lehnte.

»Ey, ich mache das nur für dich und Papa!«

»Kommt es nicht immer darauf an, was man tut, und nicht, für wen man es tut?«

»Du hast ja einen Zacken drauf.« Waltraut lachte und blinzelte gegen den Glasblick an, als Pilly allen außer ihr die Hand schüttelte und sich neben Martin an den Drehrost stellte. Sie schürte mit dem Schieber die Kohle und starrte auf das Feuer, das sich mit gelben Zungen in die Schwarte des Spanferkels bohrte.

»Das Ferkel müsste gleich durch sein«, sagte Martin und setzte sich vorsichtig auf den Stuhl neben Waltraut, der eigentlich für Pilly gedacht war. Hinter Katharina beruhigten sich die Öfen. Sie lehnte sich über die Ausreiche und hörte wie früher jedem Gespräch der Gäste gleichzeitig zu. Bandaus deckten mit Eli die Tische neu ein und schnitten die Blechkuchen an, Genosse Bergmann stritt mit Schrauben-Hiller und Schuster Küstrin über die Luftbrücke für Sarajevo, und die Frauen redeten mit Brunig über die Geschäfte, die auf der Hauptstraße gerade renoviert wurden. Er fand die Eröffnung eines jugoslawischen Restaurants neben seinem Betrieb bedenklich, weil die Küchenräume direkt an die

Belüftungsgitter seines Abhollagers grenzen würden, in dem die Frischwäsche abhing. Nur Martin schwieg und saß hellwach vor seinem Wasserglas, als hätte es die vergangenen vier Jahre nicht gegeben.

23

Im verbotenen Marderzimmer stand die Luft, als wäre darin noch nie das Fenster geöffnet worden. Ich wollte das, was Frau Klinge in dem Raum verbarg, ruhen lassen, doch Katja sagte, dass sich hinter Verboten und Geheimnissen genau die Wahrheit versteckte, die man vor allen anderen kennen sollte. Sie schloss die Tür vorsichtig auf, als lauerte in dem Zimmer etwas Bösartiges, das um keinen Preis geweckt werden durfte. Bine griff nach meiner Hand und kniff die Augen zu. Das von den Obstbaumkronen abgefangene Licht brach sich an den Regenflecken der Fensterscheibe. Es streute sich zwischen die Frau Klinges Bett umzingelnden Gartengeräte und wurde von den Glasdeckeln der leeren Einmachgläser zurückgeworfen. Sie reihten sich auf einem Gerüst aus Brettern, das an Seilen von der Decke über dem Bettkasten schwebte wie ein Sargdeckel. Katja hastete zum Schreibpult unterhalb des Fensters und versuchte, mit dem Zinken eines Sauzahns die Schublade aufzubrechen. Ich wanderte die Etiketten auf den Gläsern ab. Manche waren vom vielen Auskochen durchsichtig geworden, auf anderen sah ich die sorgfältigen Bögen im Wort *Bauernpflaume*, die aus der Feder meines Schönschreibfüllers stammten. Je vergilbter ein Etikett aussah, desto runder waren die Buchstaben in Frau Klinges Handschrift. Sie schien mit den Jahren kantiger zu werden und auszudünnen wie die Schrift meines Großvaters in den Fotoalben meiner Tanten. Ich erschrak, als ich die Gläser aus dem Vorjahr sah, auf denen die Beschriftungen jemanden vermuten ließen, der abgeschrieben war.

Beim letzten Krankenhausbesuch hatte Frau Klinges Kinn wie die Mine eines angespitzten Bleistifts ausgesehen. Der Sommerkopf war zu einem Sommerkörper geworden, der sich auf dem steifen Laken aufzulösen drohte. Innerhalb einer Woche war der Umfang ihrer Waden so sehr geschrumpft, dass die Gummistiefel neben dem Bett riesig wirkten. Ihr Körper hätte in die Kleidung, die wir im Schlafzimmer ihrer Wohnung im Nachbardorf zusammengesucht hatten, zweimal hineingepasst. Frau Klinge wohnte das ganze Jahr über in der Laube und betrat ihre Wohnung nur an den wöchentlichen Waschtagen oder bei äußersten Minusgraden. Der Garten schien sie all die Jahre wie eine Zeitkapsel umgeben zu haben, in der sie auf mich weder jung noch sonderlich alt gewirkt hatte. Es war, als gäbe es immer nur diesen einen Sommer, etwas Frühling und etwas Herbst. Beim Packen ihrer Sachen war ich vor den Jahrzehnten zurückgeschreckt, die sie zwischen den staubigen Sofakissen und endlosen Reihen an Plastik- und Porzellanpuppen mit hängenden Lidern vor mir verborgen gehalten hatte. Mein Vater und ich hatten den ganzen Besuch über am Fußende gestanden, weil die obere Betthälfte zwischen Maschinen eingepfercht war. Sie krächzten und schackerten wie die Warnrufe der Elstern. Ich versuchte, an Frau Klinges klaffendem Mund vorbeizuschauen. Ihr Gesicht schien aus einem zahnlosen Loch zu bestehen, aus dem sich das Leben zu entweichen bereitmachte. Die laute Stimme meines Vaters wurde in diesem Raum zu einem Vogel, der ein Fenster übersieht. Sie prallte von der Wand und hallte eine Schrecksekunde nach. Er führte ein Selbstgespräch, das nicht zu Frau Klinge durchdrang und, als es um die Rückkehr meiner angeblichen Mutter ging, auch bei mir auf Widerstand stieß. Stattdessen lauschte ich den Elstern in den Maschinen und setzte sie gedanklich zurück auf die Äste des Pflaumenbaums neben der Laube.

Einmal hatte Frau Klinge mir gezeigt, wie gut sie die Vögel ihres Gartens imitieren konnte. Um das kurze Teck-Teck-Teck des Braunkehlchens zu erzeugen, schlug sie zwei Feldsteine gegeneinander. Für die Trommellaute des Buntspechts brauchte man nur die Pforte des Hühnerverschlags so langsam wie möglich zu öffnen, damit das Holz besonders lang knarrte, und für den Warnruf der Elstern schüttelte sie eine halbvolle Streichholzschachtel. Die Elstermutter verließ daraufhin sofort ihr Nest und schackerte so aufgebracht zurück, dass ich vor Lachen einen Schluckauf bekam.

»Mensch, Pilly, jetzt hilf doch mal mit!«, fluchte Katja, und ich ärgerte mich über den Spalt, den der Sauzahn in die Schubladenblende gerissen hatte.

»Ich wette, da ist nichts drin«, sagte ich und blieb bei Bine, die sich die Bilder an den Wänden ansah. Schwarzweißaufnahmen, auf denen faltige Frauen mit Kopftüchern abgebildet waren, von denen mir Frau Klinge nie erzählt hatte, und alte Klassenfotos vom Schulfotografen.

Katja knurrte und bastelte sich aus einer herumliegenden Haarnadel einen Dietrich. »Man schließt eine Schublade nur ab, wenn was Wichtiges drin ist.«

»Guck mal, da ist ja mein Vater!«, sagte ich. »Und Schrauben-Hilli!«

»Sehen die doof aus!« Bine lachte und gab zu, dass Frau Klinge für eine Dorflehrerin gar nicht so unattraktiv gewesen war. »Fesches Kleid. Und die Haare! Sieht aus wie ein Bienenkorb.«

Wie im Krankenhaus versuchte ich auch im Marderzimmer über die Zeichen hinwegzusehen, die nur ein abgeschriebener Mensch setzen konnte. Es war schwierig, das Tapetenmuster von den Stockflecken zu unterscheiden, die sich wie verschütteter Tee über die Wände zogen. Dort, wo die Flecken zu dunklen Kreisen wurden, warf das Papier Blasen, und ich vermutete dahinter die von den Mardern über Jahre angelegten Gänge. Die Laube schien sich unter dem fehlenden Halt von Frau Klinge ebenso aufzulösen wie das auf der Fensterbank ausgelegte Gemüse, zu dessen Zubereitung sie nicht mehr gekommen war. Das Haus produzierte seine eigenen Fruchtmumien, und die Abdrücke, die Frau Klinge in ihrem Bettzeug hinterlassen hatte, erinnerten an die Beschaffenheit ihres Körpers, daran, wo die Schultern aufhörten und wo die Hüfte anfing, an das Gewicht ihres Sommerkopfs. Alles wirkte so, als hätte kurz zuvor noch jemand darin gelegen.

»Und wer ist das?«, fragte mich Bine und zeigte auf eine Fotografie, die über dem Kopfkissen auf Augenhöhe an der Wand hing und von allen den schönsten Bilderrahmen besaß. Frau Klinge hatte sie so ausgerichtet, dass sie das Erste war, was sie am Morgen sah. Einen Platz, den man nur für jemanden wählte, den man vermisst, dachte ich. Der Mann auf dem Bild trug die gleiche Robe wie der Pfarrer der St.-Nikolaus-Kirche. Er erinnerte mich ein wenig an den Frühstücksgast, der mir damals im Haus meiner Ostsee-Oma das Buch von der Roten Zora geschenkt hatte.

»Ist die alte Stasi gläubig?«, rätselte Bine und las den Bibelspruch von der Rückseite einer Postkarte, die lose im Bilderrahmen vor dem Porträt des Mannes steckte.

Ich schüttelte den Kopf.

Frau Klinge hielt nichts von der Kirche, schon gar nicht von unserer, das hatte sie mir mehr als einmal zu verstehen gegeben. Unter dem Dach dieses Gebäudes finde man nicht Gott, sondern nur verwirrte Leute, die einem ein schlechtes Gewissen einredeten. Ich solle mir das mit der Jugendweihe noch mal überlegen, denn das, woran man glauben solle, stehe in Schulbüchern geschrieben und nicht in der Bibel. Es war ausgeschlossen, dass ausgerechnet der Frühstücksgast, der lauwarmen Kaffee getrunken und vor dem Setzkasten Pfeife geraucht hatte, über Frau Klinges Bett hing. Wenn sich Frau Klinge von jemandem ein Bild aufhängte, der von Berufs wegen verwirrt war und ihr ein schlechtes Gewissen bereitete, dann konnte es sich nur um diesen Sohn handeln, der freiwillig gesprungen war. Als ich mir vorzustellen versuchte, von wo ein Pfarrer hinunterspringen würde, rief Katja: »Kommt her!«

Das Schubfach war so verzogen, dass sie es nur mit Mühe an den Zargen rausziehen konnte. Ihr Stolz darüber, das Schloss geknackt zu haben, wich Enttäuschung. Die Schublade enthielt neben Fingerhüten, Farbpinseln und in Plastik eingeschweißten Grußkarten nur Gegenstände, die man von einem aufrichtigen Menschen erwartete. Katja konnte trotzdem nicht aufhören, in jedem Zimmer der Laube nach vermeintlichen Geheimnissen zu kramen, sogar Bine war es peinlich. Sie ging wortlos nach draußen und streichelte Drosselbart im Gras. Mit beiden Händen schaufelte Katja den Inhalt einer rollbaren Holztruhe auf den Teppich, die Frau Klinge zwischen Küche und Wohnstube hin-

und herschob, je nachdem, wo gerade ein Tisch gebraucht wurde. Auch deren Inhalt bot keine Antworten, sondern beschränkte sich auf gefaltete Tischdecken, Geschirrhandtücher und ein paar hässliche Eierbecher.

»Ich muss aber bald los«, log ich mit Blick auf die Wanduhr in Katjas Richtung, die Frau Klinges Geheimnis in einem der Küchenschränke aufzuspüren versuchte. Ich fühlte mich unwohl und dachte, dass Frau Klinge ihren Sommerkörper sofort aus dem Krankenbett bewegen würde, wenn sie wüsste, dass ihr Leben in diesem Augenblick nicht von ärztlichen Diagnosen, sondern von der Sterbenslangeweile einer Jugendlichen durcheinandergebracht wurde. »Mein Vater und ich gehen noch auf den Friedhof.«

»Wieso sollst du auf den Friedhof?«, fragte Katja mit dem Kopf in einem der Schränke und klapperte mit Geschirr. »So eine Scheiße. Hier ist auch nichts!«

Ich ärgerte mich über Katja. Sie brachte die unbestreitbare Ordnung durcheinander, die ich auf der Suche nach Zigaretten sogar im Schnapsregal meines Vaters vorgefunden hatte. Seit der Rückkehr meiner mutmaßlichen Mutter stand er schon vor Sonnenaufgang auf. Die Küche duftete jeden Morgen nach Kakao und aufgebackenen Brötchen, das Wohnzimmer nach Bügeldampf. Er hatte die Gleise der Reichsbahn stillgelegt und rasierte sich den Grauschleier zweimal täglich von den Wangen. Er war wieder vollständig. Die vielen Väter, in die er sich nach dem Verschwinden meiner Mutter gespalten hatte, trafen sich in einem Körper wieder. »Wir finden schon noch Wege«, hatte er früher immer gesagt, wenn etwas schwer auf ihm lastete, uns eine schlechte Nachricht erreichte oder ich zu viele Fragen stellte. Mit der Ankunft meiner mutmaßlichen Mutter schien er die Wege endlich gefunden zu haben. Der erste führte ihn zur Sammelstelle für Altglas, der zweite in die Herrenabteilung des neuen Modeladens gegenüber vom Klatschcafé. Auf dem Gartenfest hatte er mich in die rauchblindeste Ecke des Imbisses gezogen und mehr befohlen als gefragt: »Gehst du bitte mit, wir alle zusammen? Das ist machbar!«

Gemeint war ein Spaziergang, wie wir ihn früher öfter unternommen hatten. Erst eine lange Runde über den Friedhof, dann ein Schlenker durch den Kirchpark, vorbei an den alten Stallungen Richtung Klatschcafé, auf ein Stück Platenkuchen, wie Tante Fuchs das hauptsächlich aus Butter bestehende Gebäck nannte. Ich konnte ihm ansehen, dass er es verstanden hätte, wenn es für mich nicht machbar gewesen wäre, und ich fragte mich, ob er die Verwandtschaft zu dieser Frau genauso sehr infrage stellte wie ich.

»Meinst du, die Stasi hat die geschickt?«, flüsterte ich, und das Lachen meines Vaters brach so laut aus ihm heraus, dass sich Tante Eli beim Tranchieren der Spanferkelbeine die halbe Fingerkuppe abschnitt.

»Wenigstens gibt es hier Sprit«, beendete Katja ihre Suche und griff nach einer der letzten Bügelflaschen im Regal. Nur noch der grüne Schnaps gegen Frau Klinges Sommerkopf war übriggeblieben.

»Hast du in Fortpflanzung nicht aufgepasst?«, rief Bine von draußen, und Katja fing an von einem Film zu reden, in dem eine Frau sehr viel Alkohol getrunken hatte, um ihr ungewolltes Kind aus dem Bauch zu treiben.

»Und hat es funktioniert?«, wollte Bine wissen und setzte sich neben Katja auf die Veranda.

»Nein, sie musste zu einer Hebamme im Dorf. Die hat das mit einer langen Stricknadel erledigt. Aber bei mir ist es ja noch früh. Da reicht der Schnaps bestimmt.« Katja nahm fünf große Schlucke und würgte.

»Komm, Pilly, setz dich!« Bine zog an meinem Rock, den ich extra für sie angezogen hatte.

»Ich gehe lieber die Bäume machen.«

»Die Klinge kommt doch eh nicht mehr dazu, das ganze Zeug zu essen«, keuchte Katja, aber Bine nickte mir zu.

»Dann mach die Bäume. Ich passe hier auf.«

Ich holte die Bettbezüge, die Frau Klinge sich schräg von der Schulter zur Hüfte knotete, und die Leiter aus dem Schuppen. Am nötigsten hatte es der Pfirsichbaum. Seine Früchte glühten rot an den Astspitzen, und ich fragte mich, wie die dürren Äste das Gewicht tragen konnten. Vorsichtig stieg ich die Sprossen hoch, bis der angenehme Schwindel einsetzte.

Zum Schluss gehe es schnell. Das Langwierige sei das Sterben, der Tod am Ende aber nur ein Wimpernschlag, hatte die Krankenschwester gesagt, und das Gleiche galt für den Garten. Nach den Sommerferien kündigte sich auch dessen Ableben an. Er bäumte sich ein letztes Mal auf, um seine Kräfte in Früchte und Blüten zu setzen. Das Unkraut schoss zu allen Seiten, das Blattgrün wurde von welkem Schimmer überzogen, und die Kürbisgirlanden erreichten den höchsten Punkt in den Kronen der Bäume des Nachbargartens. Erst die Kirschen, dann die Pfirsiche, Pflaumen, Trauben und Äpfel, danach ging es schnell. Wenn Frau Klinge die Hagebutten einkochte, wartete der Garten nur noch auf den Wimpernschlag. Einmal Mähen, eine letzte Runde mit dem Schlauch und mit der Heckenschere über die Thuja, dann wurden die Maschinen abgestellt.

Ich pflückte so viele Pfirsiche, dass mich die Schwere des Bettbezugs beinahe aus dem Gleichgewicht brachte. Bine eilte mir zu Hilfe, als sie mich auf der Leiter wanken sah. Von unten betrachtet, wirkte die Menge an Früchten noch größer. Wir falteten das Tuch zu einem Sack und warfen uns die nächsten Bezüge über.

»Wo ist Katja?«

»Die hockt auf dem Donnerbalken und wartet auf die Schwerkraft.«

»Wird sie viel bluten?«

»Ich glaube noch nicht daran.«

Eine Stunde später saß Katja noch immer in dem Kloverschlag hinter der Laube, doch weder Bine noch ich wollten nachsehen gehen. Wir saßen in der Mitte der Tellerkrone, aßen Pfirsiche und wischten uns die Hände an den Bezügen ab. Es ging nicht mehr um den Sommer, sondern um die Dinge, die danach kommen würden. Keine von uns freute sich auf den Schulbeginn, und doch waren wir froh, die Ferien bald hinter uns zu lassen.

Ich erzählte Bine, was Tante Fuchs mir am Tag des Grillfestes anvertraut hatte. Dass nichts von dem, was man sich erzählt hatte, der Wahrheit entsprach. Dass meine Mutter krank war und deshalb so lange woanders hatte wohnen müssen. Sie hatte mir den Namen der Krankheit genannt, doch mir war das Wort sofort wieder entfallen. Mir steckte die Frage im Hals, ob Bine schon einmal davon gehört hatte, dass manche Mütter an ihren Kindern erkrankten und deshalb keine Mütter sein konnten. Sie blieben traurige Töchter und vergaßen darüber ihre eigenen. Stattdessen fragte ich:

»Wie soll ich sie denn nachher nennen?«

»Wie heißt sie denn?«, fragte Bine kauend.

»Waltraut.«

»Oh, das klingt nicht gut. Dann vielleicht doch lieber Mutti?«

Ich ärgerte mich über den schneller werdenden Gang meines Vaters, als die Zaunspitzen des Friedhofstors in der Ferne zu erkennen waren. Ich machte mich schwer und zog jeden Schritt in die Länge. Die Frau stand mit dem Rücken zu uns auf dem Kopfsteinpflaster und blickte die Hauptstraße bergauf, als würde sie uns aus dieser Richtung erwarten. Meine Mutter hätte gewusst, dass man den Kirchhof von der anderen Seite ansteuerte, wenn man in den Kasernen wohnte, und hätte uns längst kommen sehen. Wenn mein Vater dieselben Zweifel in sich trug, dann wurden sie von den Knöpfen seines neuen Zweireihers und dem steifen Revers daran gehindert, aus ihm herauszubrechen. Er griff nach ihrem Arm und zog sie zur Begrüßung an sich, und ihrem Gesicht fehlte, anders als dem meiner Mutter im Sommer, jede Farbe. Es sah blasser aus als an den Tagen zuvor und ähnelte dem meines Vaters nach seinen Stammtischtreffen. Ihre Absätze verklemmten sich in den Spalten der Pflastersteine, und sie streckte mir die blaulackierten Nägel entgegen. Ihre blonde Frisur wölbte sich zu allen Seiten wie die bleichen Herzmuscheln aus dem Setzkasten meiner Ostsee-Oma. Das Haar meiner Mutter hingegen war geflochten und dunkel gewesen. Am Abend ringelten sich lose Strähnen über die bunten Muster ihrer Blusen- und Kleiderärmel. Sie kitzelten im Nacken, wenn wir im Frühling die Stapelschichten des Osterfeuers vor dem Anzünden nach Igeln absuchten, und ich erinnerte mich an ihre Unterlippe, die sich weit nach vorne schob und ihr Gesicht verzerrte, wenn sie sich das Haar aus dem Gesicht pustete.

»Guten Tag«, sagte ich und begutachtete den blauen Nagellack, den Bine gemocht hätte, weil er nach Stadt aussah. Die Frau warf meinem Vater einen langen Blick zu und schüttelte zum Aufbruch die Herzmuschel auf ihrem Kopf. Das Haar knisterte wie der in Krepppapier eingewickelte Blumenstrauß in ihrer Hand.

»Mensch, das hat sich ja gemacht hier«, kommentierte die Frau die Buchsbäume zwischen den Grabreihen im neuen Teil des Friedhofs. »Wer kümmert sich eigentlich?«

»Ich glaube, das macht jetzt der ehemalige Heimbürge.«

»Nein, wie garstig!« Sie kicherte, und mein Vater lachte auch, aber nicht so ungebremst wie am Tag des Grillfests.

Auf dem Weg zur Ruhestätte meiner Gewitter-Oma kamen wir an einem Grabstein vorbei, der von Brombeeren so zugewachsen war, dass man die silberne Inschrift kaum noch lesen konnte. Emil Wenzel.

»Ist das der Mann von Frau Wenzel?«, fragte ich meinen Vater, aber die Frau fiel ihm ins Wort: »Nein, ihr Sohn. Viel zu früh dem Leben entrissen.«

Ich kannte viele Geschichten über Frau Wenzel, sie hatte sie mir schließlich am Fenster Dutzende Male selbst erzählt, nur nicht die von ihrem Sohn.

»Kannst du dich gar nicht mehr an das Kartoffelgrab erinnern?« Sie deutete auf die Erdhaufen zwischen dem Gestrüpp, aus denen von allen Seiten grüne Knollen hervorlugten.

Nach dem Tod ihres Sohns habe Frau Wenzel jahrelang nur noch Schwarz getragen und so bescheiden wie möglich gelebt, damit sie die Grabstelle abzahlen konnte.

»Am Anfang wurde sie von ihr noch ordentlich gepflegt«, sagte die Frau, die immer mehr wie meine Mutter klang.

Die wenigsten würden die Bepflanzung vernünftig im Wechsel der Jahreszeiten setzen, doch Frau Wenzel habe für Krokus im

Frühling und Heidekraut im Herbst gesorgt und sich am Totensonntag Tanne aus dem Auenwald zurechtgeschnitten. Die Zweige stapelten sich anschließend bis zum Osterfeuer am Karfreitag hinter dem Grabmal. Die Kartoffeln seien später gekommen. Anfangs habe sie die Tannen im Wald schon im Sommer beschnitten oder an Frosttagen die Zwiebeln der Frühblüher aus dem harten Boden geschabt.

Je verschwommener ihr Verstand wurde, desto mehr Gemüse landete auf der Erde über ihrem Sohn. Besonders problematisch waren die schwer in den Griff zu bekommenden Brombeeren, manchmal tauchten ihre Triebe an den merkwürdigsten Stellen aus dem Boden. Am Ende blieben nur die Sträucher und die jedes Jahr aufs Neue auskeimenden Kartoffeln auf dem Grab zurück, Frau Wenzel selbst fand den Weg nicht mehr.

»Die Leute haben natürlich geredet. Ich fand es immer sehr herzlich, wenn sie mit einer Schubkarre voller Gemüse nach Hause stapfte.«

Herzlich. Plötzlich fiel mir das Bild meiner Mutter wieder ein, wie sie am Waschbecken stand und eine Tüte Friedhofskartoffeln schälte. Ich wollte sie nie essen, weil sie auch nach dem Kochen noch seltsam rochen, und bildete mir jedes Mal ein, die Knollen schmeckten nach Staub. Ich erinnerte mich an den Herbsttag, als ich ihr einmal nach der Schule geholfen hatte, das Laub von den Gräbern zu sammeln. Die ersten Bodenfröste ließen sich erahnen, und immer wieder war ich in die Sonnenflecken gerannt, um mich aufzuwärmen. Der Laubsack hing über ihrer Schulter und raschelte. Meine Mutter war ein Blumenorakel, denn sie konnte an der Auswahl der Grabbepflanzung ganze Familienverhältnisse ablesen. Je weniger man eine Ruhestätte gießen müsse, desto lästiger sei einem jemand zu Lebzeiten gewesen, meinte sie, und wer geliebt werde, habe immer frische Schnittblumen in der Grabvase. Am schlimmsten fand sie es, wenn man ganz auf Blumen verzichtete und nur das Unkraut stehenließ.

»Auf einem Friedhof fällt es auf, wenn man vergessen wird«, sagte sie und wies mich auf einen Grabstein hin, vor dem schon jetzt eine Decke aus Tannenzweigen und Ilex ausgebreitet war. »Siehste, der hier kriegt vor Weihnachten keinen Besuch mehr.«

Wie von selbst griff ich nach den blauen Nägeln und ließ mich in das Knistern des Krepppapiers ihrer anderen Hand fallen, das immer mehr zu einem Rascheln geworden war, als wir die Fichte am Grab meiner Großmutter erreichten. Mein Vater wickelte den Strauß aus und steckte ihn in eine der Trauervasen.

»Zinnien«, brummte er, »das hätte sie aber gefreut.«

Die Frau hatte nach dem Grillfest den Hexengarten nach geeigneten Blumen abgesucht und den Strauß so zusammengestellt, wie es nur meine Mutter gekonnt hätte. In ihren Augen war ein guter Grabstrauß ein Gruß ins Jenseits, weshalb dieser nicht nur die Lieblingsblumen meiner Gewitter-Oma enthielt, sondern auch Ringelblumen. Sie schlossen vor Regen ihre Blüten und zeigten so die von meiner Großmutter gefürchteten Wetterlagen früh genug an. Als dritte Blumensorte hatte die Frau Eisenhut gewählt, dessen Bedeutung ich nicht kannte. Ich wusste nur, dass er hochgiftig war und Frau Klinge jedes Mal in Alarmbereitschaft versetzte, wenn er in der Blütezeit zur Gefahr für Drosselbart und die Hühner wurde.

24

»Ein Tag und eine halbe Nacht.«

Hedwig hob den Zeigefinger und war dankbar für Frau Pahl im Bett gegenüber, die ihr seit Tagen die Uhr ersetzte. Wenn sie die Augen aufschlug, war sie sich nie sicher, wie lange sie abwesend auf dem Rücken gelegen hatte. Der vom Kopf ausgehende Schmerz hatte in der Zwischenzeit ihre Hüfte erreicht.

»Gehen mir die Lichter aus?«, fragte sie die Krankenschwester, die die schweren Monitore von der Bettkante schob.

»Nicht hier. Haben Sie Schmerzen?«

»Was?«

»Haben – Sie – Schmerzen!?«

»Nein, ach. Wir möchten zufrieden sein.«

Hedwigs Körper war bereit, zurück in die traumlose Versenkung zu gleiten, in der er das Ziehen nicht ertragen musste, das immer weiter Richtung Wetterzeh kroch, doch das Bett richtete ihn mit einem tiefen Surren auf.

»Wenn es mir anfängt, im Knöchel zu ziehen, ist es fast geschafft.«

»Heute wird ein großer Tag, Frau Klinge!«, schrie die Krankenschwester sie an. »Die Kollegen vom Hospiz haben gerade angerufen, der Fahrer ist unterwegs. Aber langsam. Jetzt machen wir uns erst mal in Ruhe fertig.«

Große Tage bedeuteten nie etwas Gutes. Sie verlangten einem zu viel ab, oder es musste etwas passieren, das man sein restliches Leben als Andenken mitzuschleppen hatte. Die kleinen Tage waren Hedwig lieber. Sie überrumpelten einen nicht. Sie ließen einem Platz, selbst zu entscheiden, welche Erinnerung man mitnehmen wollte. Es war alles andere als verwunderlich, dass der Einzug in ein Hospiz auf einen großen Tag fiel und dass das Wort mit einem »z« abschloss, dachte Hedwig. Ein Ort, an den man zum Sterben verfrachtet wurde, konnte ja nur mit dem letzten Buchstaben des Alphabets enden. Viele unbequeme Dinge endeten auf »z«. Schmerz. Sturz. Distanz. Rollstuhlsitz. Grabkranz. Auch ein Herz konnte zu etwas Unbequemem werden. Frau Pahl hatte sich ihrs überholen lassen und wartete jetzt auf die Reha. Ein Wort, das natürlich in einem »a« auslief. Alles auf Anfang, ein paar geschenkte Jahre, und das Gesicht ihres Sohns hatte sich mit jedem Besuch mehr entspannt. Als er die Enkelzwillinge mitbringen durfte, war von einer beständigen Genesung auszugehen. Ihr Krakeelen vertrieb die immer zahlreicher werdenden Krähen vom Fensterbrett und übertönte das Geplänkel der Schwestern, das entweder unverfänglich oder bemüht wirkte, je nachdem, wie laut sich der Tod am Keifen der Maschinen ablesen ließ. Hedwig genoss die Besuche des fremden Sohns. Sie halfen ihr dabei, den eigenen nicht zu vermissen. Das Peterchen.

»Wir werden wieder zu Kindern«, hatte Frau Pahl geflucht, als sie nach ihrer Herzoperation für ein paar Tage Windeln tragen musste und beim Gewickeltwerden verlegen aus dem Fenster sah.

»Meine Mutter hat immer gesagt: Am Leben zu bleiben lohnt sich nur, wenn sich jemand darüber ärgert«, sagte Hedwig.

Am Ende sei sie trotzdem nicht gestorben, um anderen eine Freude zu bereiten. Es hatte lange gedauert, bis Hedwig die Eierbecher aus grauem Steinzeug nicht mehr traurig gemacht hatten. Sie hatten zu den wenigen Gegenständen gehört, die auf der Flucht aus Ober-Leschen nicht gegen Mehl eingetauscht worden waren. Die meisten Frauen hatten damals ihren Nachwuchs in Sicherheit gebracht, die kinderlose Hedwig hatte ihre Mutter auf einen der Pferdewagen gehoben.

Wenn in den Krankenhausfluren die Nacht einzog, konnte sie das alles von früher wieder hören. Das Rauschen des Bober, das Schnauben der erschöpften Kaltblüter vor dem Wagen, das dumpfe Grollen der Bomben in der Ferne und das Rattern der Panzerketten beim Kreuzen der Fluchtlinie der Wehrmacht.

Hedwig schob es auf die Medikamente, dass die dunkle Stimme ihrer Mutter, ihre Art, allem ein »a« anzuhängen, ständig zu Gast am Krankenbett war. *Koochmannla, Herzepinkerla, Tippla. Ala Nala haie nä, noia Nala a nä. Alte Nägel halten nicht, neue Nägel auch nicht.* Der Satz war immer gefallen, wenn die Mutter über zerrüttete Ehen und geplatzte Verlobungen im Familienkreis sinniert hatte, wobei mit dem neuen Nagel später immer der rothaarige Vermieter Kolotzke in Dergenthin gemeint war, der viele Flüchtlingsfrauen mit ihren Kindern bei sich aufnahm. Vier winzige Zimmer mit Kochöfen für dreizehn Familien. In seinem Garten wuchsen die Läuse auf dem Kohl und in den Kabuffen zwischen den Haaren. Wurde man krank, ging es runter in den Rotzkeller, in dem man vor lauter Husten das eigene Wort nicht verstand. Kolotzke konnte ihnen noch so viele Körbe Steckrüben und Schnippelbohnen an die Klinke hängen, für die Mutter blieb er ein *krewatschlicher Plotsch* mit gierigen Händen. Doch ohne die hätte es das Peterchen, den die Mutter nur *Schnakala* nannte, nicht gegeben und auch nicht das Gänseblut, das verkocht mit Essig, Hälsen und Backpflaumen die bräsigsten Kartoffeln genießbar machte. Man gibt, was man kann, lautete Kolotzkes Devise immer, und das galt für ihn genauso wie für Hedwig, die das Einzige hergab, was ihr nach der Flucht noch gehörte. Peters Zeugung sorgte für wochenlanges Jucken unter dem Rock und kam auch nur zustande, um die ausstehenden Monatsmieten auszugleichen.

»Heedia, der schmeißt uns raus«, hatte die Mutter mit Blick auf den wachsenden Bauch ihrer Tochter gesagt, und als er sich nicht mehr verstecken ließ, setzten Kolotzkes Hände Hedwig tatsächlich vor die Tür. Trotzdem dankte Hedwig Herrn Kolotzke auch später noch, sie von dem Fluch befreit zu haben, eine kinderlose *Scharteke* zu sein. Die kränkliche Mutter durfte in Dergenthin bleiben und verstarb, bald nachdem Hedwig die Elbe überquert und in Goldbeck eine Stellung als Kinderfrau angenommen hatte.

»Lässt man die Kriege beiseite, war es eine karge, aber schöne Zeit«, sagte Frau Pahl einmal mit Blick auf den Windelbeutel an ihrem Bett und seufzte dann: »Es ist schon komisch, nicht zu wissen, wie lange man es noch macht.«

»Wenn man sich noch an Storchenbraten zu Mittag erinnern kann, dann wird es Zeit, für andere Platz zu machen«, erwiderte Hedwig und ließ sich zurück in die traumlose Versenkung fallen.

Die Krankenschwester packte die Tasche auf eine Art, die Hedwig vor Augen hielt, dass die Zeit großer Reisen vorbei war. Auf dem Boden landete die Kleidung, die sie nicht mehr tragen würde, darüber schichtete sie alle wichtigen Papiere, obenauf zwei Nachthemden.

»Im Hospiz gibt es eine kleine Kapelle. Da können Sie in Ruhe beten und einmal die Woche kommt ein örtlicher Pfarrer. Mit dem können Sie plaudern und Ihre Wünsche besprechen.«

Hedwig wusste, dass damit ihre Bestattung gemeint war.

»Kommt meine Enkelin heute noch mal?«, fragte Hedwig.

Die Krankenschwester überlegte kurz.

»Wenn Sie das Mädchen und ihren Vater meinen – die waren gestern da. Durch die Medikamente haben Sie das sicher nicht mitgekriegt.«

»Doch, doch. Das ist meine Enkelin, aber wir sprechen nicht davon.«

Die Schwester maß vorsichtshalber ihren Blutdruck.

»Hat sie das öfter?«, fragte die Schwester Frau Pahl, die mit dem Kopf schüttelte, aber »Ja« meinte.

»Außerdem brauche ich keinen Pfarrer, mein Sohn ist selbst einer.«

Die Manschette zog sich zu.

»142 zu 89. Das ist noch in Ordnung, aber muss man im Auge behalten.«

Hedwig hatte alle großen Chancen im Sozialismus gesehen, Peter in der Bibel. Dass sich ihr Sohn einem strengen und ungerechten Herrgott zuwendete, schob Hedwig auf den Vater, den sie ihm ein Leben lang vorenthalten hatte. Als Kind fragte Peter oft nach seinem Vater und wollte immer wieder die Geschichte des Mannes mit den rostigen Haaren hören, der kurz nach seiner Geburt auf einer Forschungsreise im Ural verunglückt war. Hedwig brachte es nicht übers Herz, ihm von Herrn Kolotzkes gierigen Händen zu erzählen. Sie wollte ihrem Sohn einen Helden schenken, einen belesenen, weitgereisten Heimatforscher und keinen Gänsestopfer, der im Rotzkeller Mietschulden eintrieb. Der fehlende Vater trieb den Sohn nicht nur in die Arme eines noch viel größeren Helden, er verhinderte auch, dass Peter selbst einer sein wollte. Sein mangelndes Interesse für Mädchen hatte Hedwig ihm nie zum Vorwurf gemacht, anders als andere Mütter der Nachbarschaft, die in einem alleinstehenden Sohn etwas Skandalöses sahen. Ihr kam sogar der Verdacht, dass Peter es mehr mit den Männern hatte, aber sie konnte ihm nichts nachweisen. Er steckte seine Kraft nicht in die Gründung einer Familie, sondern in die Bedürfnisse der Gemeinde. Das ging so lange, bis er sich der misshandelten Frau annahm, die zu ihrer Schwester in das Fischerhaus zog. Er führte sie ins Café aus und besorgte ihr die Stelle in der Friedhofsgärtnerei, aber die entscheidende Frage schien er ihr nicht zu stellen. Hedwig sah zu, wie Waltraut schwanger wurde und statt ihres Sohns den Brigadisten aus dem Werk heiratete, der früher einer ihrer schlechtesten Schüler gewesen war. Sie schwor darauf, dass die Frau ihren Enkel unter der Brust trug, aber ließ die Angelegenheit unkommentiert, weil es in der Kirche sonst nur Gerede gegeben hätte. Das schien ihrem Sohn am meisten Sorgen zu bereiten.

»Einer muss sie ja ehrbar machen«, hatte Peter am Hochzeitstag nur gesagt und sich dann heimlich weiter mit ihr getroffen. Er verlor kein Wort über das Kind, das nicht nur die Haare von Herrn Kolotzke besaß, sondern auch dessen schwungvolle Ohren. Hedwig konnte Geheimnisse so hüten, wie sie das Wetter voraussagen konnte, und weil Peter mit einem unterschlagenen Vater hatte aufwachsen müssen, beschwerte sie sich nicht, mit einem unterschlagenen Enkel alt zu werden.

Peters Sympathie für Gemeindemitglieder, die sich auf Abwegen befanden, war kein Geheimnis, das gehütet werden musste. Er schloss die Kirche für Bankschläfer und andere Nutznießer auf und jeden zweiten Freitag im Monat für Leute, die den Mehrwert des Sozialismus nicht verstanden hatten. Da waren Familien, die sich vom System zerschlagen fühlten und Kontakte nach drüben knüpfen wollten. Andere beklagten Verwandte, denen das gelungen war und die seitdem unauffindbar blieben. Hedwig nannte es die Meckerrunde, in der Dinge ausgeheckt wurden, mit denen man lieber nichts zu tun hatte. Sie hätte weggesehen, wenn der Schuldirektor nicht immer wieder auf sie zugekommen wäre, um sich nach Peter zu erkundigen. Der Junge sei schon immer ein Kummerkasten gewesen, und jetzt sei das eben eine Berufskrankheit geworden. Mehr hatte sie nicht gesagt, auch wenn Peter etwas anderes behauptete. Er warf ihr vor, dass die Meckerrunde ihretwegen untergraben worden war, aber von dem Plan, den Transporter der Gärtnerei zu präparieren, hatte sie nichts gewusst. Nachdem Peter eingefahren und Waltraut verschwunden war, fragten die Kasernenbewohner Hedwig nur noch nach den Wetteraussichten, alles andere ging eine Verräterin nichts an. Mit argwöhnischen Nachbarn konnte sie umgehen, auch mit einem enttäuschten Sohn, aber nicht mit einer Enkelin, der die Mutter unterschlagen wurde. Manche Geheimnisse sollte man lieber mit ins Grab nehmen, hatte sich Hedwig oft gesagt, wenn Pilly ihr im Garten half und sie an Herrn Kolotzke denken musste. Und so unternahm sie auch nichts, als kurz nach der Wende eine Karte mit Uelzener Poststempel bei ihr ankam, die die Lüneburger Bachkirche zeigte. Auf der Rückseite stand:

Er wird nicht immer hadern, noch ewiglich Zorn halten.

(Psalmen 103:9)

Hedwigs letzter großer Tag erreichte seinen Höhepunkt im Griff eines Pflegers, der sie auf den Sitz eines Krankentransporters hob. Er roch nach einem Mann, der nach der Arbeit noch etwas vorhatte.

»Sie sind der Einzige, der mich noch auf Händen trägt.«

»Das soll auch so bleiben«, witzelte der Pfleger, ohne sie anzusehen. Er musste schon Dutzenden anderen Frauen etwas Ähnliches entgegnet haben, die ihrer Angst vor dem Sterben mit Humor begegneten.

Er zurrte an den Gurten. »Zu fest?«

»Das geht gut, danke. Wissen Sie, welcher Tag heute ist?«

»Heute ist der 26. August.«

»Ich meinte eigentlich den Wochentag.«

»Mittwoch.«

Hedwig rechnete. Es könne jetzt schnell gehen oder sich eine Weile hinziehen, hatte der behandelnde Arzt vor knapp zwei Wochen diagnostiziert und den Rest Peters Gott überlassen. Er hatte auf die unmissverständlichen Stellen der Röntgenbilder gezeigt. Hedwig wollte nicht wissen, an welchen Punkten sich ihr Körper zerlegte, und fand es eigenartig, dass jemand studieren musste, um Patienten mitzuteilen, dass etwas schnell oder langsam gehen konnte. Sie wusste nicht, ob ein paar Tage als schnell galten oder zwei Wochen als langsam. Als sich der Krankentransport in Bewegung setzte, fasste Hedwig den Entschluss, dass das einzige Gesetz, auf das man sich verlassen durfte, das der reinen Willkür war.

Kein Zufall war jedoch, dass ihr letzter großer Tag in die fünfte Jahreszeit fiel. Sie war ihr von allen immer die unliebste gewesen. Der Sommer war nicht mehr als eine Behauptung und hatte die Enddiagnose erhalten. Es konnte jetzt schnell gehen oder noch eine Weile dauern. Der Garten wurde zur Röntgenaufnahme, an der man den Verfall des Jahres ablesen konnte. Man konnte die schwachen Stellen erkennen, an denen der Herbst sich zuerst ausbreiten würde, um dann zu streuen. Die fünfte Jahreszeit gaukelte einem die Endlosigkeit des Sommers vor, doch nachts fielen die Temperaturen. Am sichersten konnte man es an den Vögeln erkennen. Erst nahm die Flughöhe der Mehlschwalben ab, dann fielen den Amseln die Federn aus. Sie verstummten, und die zerzausten Tiere schafften es im Flug noch gerade so aufs offene Feld oder in die Baumspitzen zwischen das vergessene Obst. Hedwig kochte immer dann ihre Marmeladen, wenn sie die Stille der erschöpften Mütter zwischen den Zweigen nicht mehr ertragen konnte.

25

Die erste Schulstunde war immer die schlimmste. Die Lehrerin wollte wissen, welche wunderbaren Dinge uns in den Ferien widerfahren waren, und die Mädchen hörten nicht auf, über Pferde und ihre neuen Brieffreundinnen zu reden. Die meisten hatten ihren Urlaub auf irgendwelchen Reiterhöfen verbracht, ein Junge war mit seinen Eltern sogar ans Schwarze Meer gefahren. Alle wirkten frisch und ausgeruht, bis auf diejenigen, die die sechs Wochen zu Hause geblieben waren. Ich stellte mir eine unsichtbare Kuppel vor, die hinter dem Werk anfing und in der Mitte des Zuckerrübenfelds neben dem Wachturm aufhörte. Sie hielt die Sonne, aber vor allem das von der Lehrerin in den Raum gestellte »Wunderbare« draußen.

In diesem Schuljahr war die zweite Schulstunde die schlimmere. Alle Klassen sollten sich in der Aula versammeln, weil unser Rektor eine wichtige Ansprache hielt, in der es um die jüngsten Vorkommnisse in der Gartenkolonie ging. Die Lehrer lotsten mit ernsten Gesichtern ihre Schüler durch die Gänge, und ich war froh, als mich Bine und Katja vor der Brandschutztür abfingen, die der Hausmeister noch während der Schulferien eingebaut haben musste. Frau Leopold verteilte uns beim Betreten der Halle so, dass in der hinteren Stuhlreihe die höheren Klassen, in der vorderen die jüngeren Kinder saßen. Katjas Gesicht war blass, und unter ihren Augen hingen diese grünlichen Schatten, die ich schon im Marderzimmer bemerkt hatte. Ich fragte mich, ob es an der Kuppel über dem Ort lag oder sie vielleicht doch schwanger war. Seit dem Tag im Garten lenkte sie vom Thema ab, wenn Bine und ich sie darauf ansprachen.

Als alle Platz gefunden hatten, begrüßte uns der Rektor und redete über einen historischen Sommer, der ganz und gar nicht zu den freudigen Anfängen dieses Jahrzehnts passte. Nicht nur in unserem Ort habe es gebrannt. Die Brände zögen sich quer durch die Republik, und wir als Schule müssten jetzt die richtigen Zeichen setzen. Durch die Stuhlreihen ging ein genervtes Raunen, als die Rede von einem Chorabend war, dessen Erlös an die Vietnamesen gespendet werden sollte, und ein Jubel, weil wegen der in der Turnhalle untergebrachten Familien der Sportunterricht für alle Klassen bis auf Weiteres ausfallen würde.

»Der Arsch hat immer noch nicht angerufen«, flüsterte mir Katja ins Ohr, und ich flüsterte zurück, dass er vielleicht ihre Nummer verloren hatte. »Vielleicht. Aber dann kann er ja schreiben!«

Ich überlegte, wie lange ein Liebesbrief von Portugal nach Deutschland brauchte, und war nicht mehr froh, dass Marcik weg war. Kurz vor seiner Abreise war Katja noch mit ihm durch die Brachen spaziert, die Hände zwischen ihnen zur Faust verankert. Es tat mir weh und gleichzeitig genoss ich es, sie neben mir auf dem Stuhl so klein zu sehen. Ich konnte die Dinge nicht mehr benennen, die unseren gemeinsamen Sommer zu etwas Wunderbarem gemacht hatten. Wenn es je ein Geheimnis zwischen uns gegeben hatte, wollte ich es für mich behalten und mit den richtigen Blumen in der Erde verscharren, damit es endlich seine Ruhe fand.

»Glaubst du echt, du bist schwanger?«

»Mache nach der Schule einen Test.«

Katja fiel mit angezogenen Knien in sich zusammen, als würde sie sich selbst umarmen. Sie wippte in Zeitlupe vor und zurück, der Papagei schaukelte unter ihrem Ohrläppchen, und die Lämpchen an meinen Schuhen blieben dunkel.

»Man kann es nicht ausschließen«, hatte mein Vater am Tag zuvor auf die Frage geantwortet, ob meine Mutter bald wieder bei uns leben würde, und das Seifenwasser in breiten Bahnen vom Fensterglas gezogen. Nach jeder Scheibe hielt er inne und betrachtete den Kasernenhof und die Platane vor dem Haus, als würde er sie zum ersten Mal sehen.

»Mama und Tante Eli wollen mit mir schwimmen gehen. Kommst du auch mit?«

»Nein, ich habe hier zu tun. Das siehst du doch.«

Mein Vater polierte mit Zeitungspapier die letzte Scheibe und stürzte sich dann auf eine Pappkiste, die normalerweise zwischen Rügen und Heizung am Ende der Reichsbahn stand und in der mein Vater alles aufbewahrte, was meine Mutter mit in die Ehe gebracht hatte. Dazu zählten geblümtes Kaffeegeschirr, Stickereien für Sofakissen und Alben voller Lackbilder. Auch die selbstgenähten Bettbezüge und Laken waren darin verstaut. Als er nicht mehr mit der Rückkehr meiner Mutter rechnete, durften nur die Blusen im Schrank bleiben, weil in der Kiste kein Platz mehr war. Mein Vater wickelte die Tassen mit spitzen Fingern aus dem Packpapier, als könnte die kleinste Erschütterung sie zu Staub zerfallen lassen. Sie landeten ganz vorne in der Schauvitrine auf ihren Untersetzern, die er säuberlich auf Kuchentellern platzierte. Die Bettbezüge und Laken drehten im Schonwaschgang ihre Runden, und die Lackbilderalben bekamen ihren alten Platz im Bücherregal zurück.

Mein Vater erinnerte mich an die Ringeltauben in unserer Platane, die Kessel-Klara im Frühling mit dem Schrubber von den Astgabeln schüttelte. Ihre halbfertigen Nester rieselten herunter, doch sobald sie ihr Fenster schloss, begann das Vogelpaar mit dem Wiederaufbau. Die Tauben schossen nacheinander auf den Boden und ließen sich von keinem Schrubber davon abbringen, die Zweige in gemeinsamer Anstrengung an exakt derselben Stelle wieder ineinanderzustecken.

Die Kettensägen im Hexengarten hatten auch unseren Wasserschaukelbaum in die Elbe befördert. Er ragte über drei Meter weit ins Flussbett und das auf der Wasseroberfläche treibende Schwingseil zeigte die Strömungsrichtung an. Meine Mutter ließ sich von Tante Eli ein Obstmesser aus dem Picknickkorb reichen, schlüpfte aus ihren Absatzschuhen und balancierte in Sekunden über den Stamm bis zu dem Leitast, an dem das Seil in mehreren Bahnen die Rinde umwickelte. Ihre Füße glitten sicher über das rutschige Holz, und in ihren Bewegungen lag etwas Schwebendes.

Tante Eli streichelte mir über den Kopf und flüsterte: »Toll, nicht?«, und ich wusste nicht, ob sie die Rückkehr meiner Mutter meinte oder die Schnelligkeit, mit der sie die Schaukel erreicht und vom Ast getrennt hatte. Meine Mutter hielt die Arme wie eine Seiltänzerin in die Luft, von einer Hand baumelte das Schwingseil wie eine erlegte Schlange.

»Jetzt brauchen wir nur noch einen neuen Baum!«, rief sie auf halber Strecke, und meine Tante schlug vor, vom Wasser aus eine

Badestelle anzusteuern, an der es unter dem Dach einer massiven Flatterulme nicht nur genügend Äste, sondern auch einen Strand mit Anlegesteg gab.

Auf dem Weg zum Boot watete meine Mutter barfuß durch die Brennnesseln und freute sich über das Wort »Flatterulme«. Es klinge mindestens so herzlich wie der sich am Abend einrollende Farn, und man würde doch viel lieber unter einer Flatterulme schaukeln als unter einer Stieleiche. Tante Eli musste über den Gedanken lachen. Meine Mutter trug ihre Schuhe mit zwei Fingern am Fersenriemen und erklärte mir, dass die Bauern früher gerne Ulmen auf ihre Höfe gepflanzt hätten, weil sie Blitzeinschläge und böse Geister fernhielten. Die Ulme sei deshalb nicht nur der ideale Baum für eine Wasserschaukel, sondern habe sich auch im Garten meiner abergläubigen Gewitter-Oma bewährt. Sie erzählte, dass in England die Särge häufig aus Ulmenholz seien, damit die Toten sich auch dann nicht in ihrem Grab umdrehten, wenn man die falschen Blumen brachte, und dass mittelalterliche Nachtwächter mit Ulmenstäben durch unseren Ort gewandert seien, um Wesen zu vertreiben, die Albträume verursachten.

Als Tante Eli den Motor anließ und rückwärts auf die Mitte des Flusses zusteuerte, war mir noch immer kein Wort eingefallen, das sich auf »Ulmen« reimte und den Gewitterspruch meiner Großmutter um eine Baumart erweitern konnte. Die Schuhe meiner Mutter hingen noch immer an zwei ihrer Finger und schlugen gegeneinander, wenn der Bootsrumpf seitlich von einer Welle getroffen wurde. Wir saßen mit geschlossenen Augen nebeneinander, und ich streichelte das Seil der Wasserschaukel wie eine entlaufene Katze, die sich nach Jahren dazu entschieden hatte, doch zu ihrem Besitzer zurückzukehren. Ich suchte weiter nach einem Ulmenreim, aber meine Mutter wollte wissen, wie meine letzten Zeugnisse gewesen waren, ob ich mich auf den Schulanfang freue und welche Lehrer ich am meisten mochte. Sie war stolz, dass ich nur eine Drei in Mathe hatte und in allen anderen Fächern zu den Klassenbesten gehörte. Dass ich mich gegen meinen Vater durchgesetzt und Französisch statt Russisch belegt hatte und dass ich beim diesjährigen Thälmann-Lauf als Erste ins Ziel gegangen war. Ich erzählte ihr von Katja und Bine, wie wir uns angefreundet und alle zusammen den Sommer verbracht hatten, nur dass ich die meiste Zeit der Hund gewesen war, ließ ich aus. Endlich konnte ich laut aussprechen, dass Katja vielleicht von Marcik schwanger war und niemandem etwas davon erzählen konnte, schon gar nicht ihrem Vater.

»Außerdem hat sie sich mein Geburtstagsgeschenk von dir unter den Nagel gerissen!«, schloss ich meine Zusammenfassung ab.

Meine Mutter neigte ihren Kopf, so als wüsste sie nicht, worüber ich sprach.

»Die schönen Schuhe, Waltraut, die du geschickt hast«, sagte Tante Eli, worauf meine Mutter nach meiner Schulter griff und wie ich früher gegen etwas in ihrem Hals anschluckte.

»Sei nicht traurig. Ich hole sie mir ja wieder!«, sagte ich.

»Ich habe so viel verpasst. Du bist so erwachsen, und mir tut es bis in die Zehen weh, dass ich nicht für dich da sein konnte.«

»Aber jetzt bist du doch wieder da.«

Sie nickte und wischte sich die Nase am Blusenärmel ab.

»Aber ich weiß ja auch, dass ich nicht bleibe.«

Eli steuerte den Badestrand an, den ich wegen der alten Flatterulme beinahe übersehen hätte, aber auch weil mir das Bild meines Vaters in den Sinn kam. Ein dünner, grauer Mann, dem der Bart fehlte und der in der Schauvitrine Porzellan einsortierte, das nicht mehr in die Ehe gehörte.

»Könntest du dir vorstellen, mit mir mitzukommen?« Die Stimme meiner Mutter klang belegt.

Sie wohne über einem Blumengeschäft in einem Eckhaus aus rotem Backstein, keine zwei Stunden von hier entfernt. Der Laden gehöre ihr, und in der Wohnung habe es schon immer ein freies Zimmer für mich gegeben. Mir gefiel die Vorstellung einer Mutter, die einen eigenen Blumenladen besaß und die Sträuße für lebende, nicht für gestorbene Menschen zusammenstellte, eine Mutter, deren Hände keinen Friedhof brauchten, um nach Erde und Pflanzensaft zu riechen, und die einen leeren Raum neben ihrem Schlafzimmer besaß, ohne zu wissen, ob er jemals bezogen werden würde. Ich dachte an Bine, die ihren Vater alle zwei Monate in Berlin besuchte, aber trotzdem auf dem Sofa schlafen musste, und suchte nach der richtigen Antwort.

»Man kann es nicht ausschließen.«

Katja wollte den Test nicht in unserer Apotheke bei Frau Czarnowski kaufen. Sie ging mit Frau Küstrin jeden Freitag zur Rückengymnastik und würde es ihr erzählen, wenn sich eine Stammtischtochter fragte, ob sie geschwängert worden war oder nicht. Frau Küstrin würde es ihrem Mann berichten, der würde es dem Genossen Bergmann petzen, und dann bekäme Katja bis zum Winter Hausarrest, egal, wie der Test ausfiel. Bine meinte, es wäre besser, gleich zu einem Arzt zu gehen, aber dann würde erst recht alles auffliegen. Ich schlug vor, in einem der Nachbarorte nach einer Apotheke zu suchen, und auf dem Weg zur Haltestelle erzählte Katja, dass Marcik und die Jungs die Ferkeltaxen benutzten, um auf den Dächern bis nach Stendal zu surfen. Man konnte im hinteren Fahrwagen durch das Fenster steigen, und mit etwas Glück bekam der Zugführer nichts mit. Sie habe gesehen, wie ein Freund von Marcik herausgeklettert, sich an der Seite des Waggons über die Trittstufen entlanggehangelt habe und dann durch ein anderes Oberlicht zurückgestiegen sei. Danach habe er nicht aufgehört zu lachen und auf dem Rückweg sogar die ganze Fahrt über mit einem Bier auf dem Dach gesessen.

»Ich wette, das traut sich keiner von euch«, sagte Katja mit Blick auf den einfahrenden Zug, und Bine erwiderte: »Bei unseren Bahnen kann man ja mitlaufen. In Berlin machen das echt alle, aber die Züge sind viel schneller!«

Als das Warnsignal der sich schließenden Falttüren ertönte, versuchte ich so dicht wie möglich am Führerstand zu sitzen und ging still die Langsamfahrstellen der Strecke durch. Mein Vater hatte sie minutiös nachgebaut und mir genau gezeigt, wie scharf ich das Rad am Trafo nach links drehen musste, um das Fahrtempo zum richtigen Zeitpunkt zu drosseln. Ich zählte Katja fünf Schienenabschnitte auf, die zum Surfen geeignet waren. Ein Abschnitt kurz bevor der Zug in einer scharfen Kurve den Ort verließ, um sich auf die Spur parallel zur Schnellstraße zu wuchten, zwei an den Stellen, wo ein offener Bahnübergang lag und Fußgänger mit dem Horn gewarnt werden mussten. Die vierte Fahrstelle verlief durch einen Ausläufer unseres Auenwaldes, in dem häufig umgekippte Bäume die Schienen blockierten, und die fünfte passte sich dem kurz vor dem Stendaler Hauptbahnhof einfahrenden Güterverkehr an.

Der Ort mit der Apotheke kam nach zwei Stationen, unmittelbar hinter dem Waldstück.

»Ich würde die erste Stelle nehmen. Da biegt der Zug nach

links, und wenn du mein Fenster nimmst, sieht dich der Fahrer nicht.«

Katja legte den Kopf auf Bines Schulter und drückte mit Daumen und Zeigefinger die Silberteilchen in ihren Haarsträhnen fest: »Ich kriege das schon hin. Du willst doch nur, dass ich auf deinen Schoß steige, stimmt's?«

Ihr Blick versuchte sich an den Gebäuden festzuhalten, die hinter mir vorbeizogen. Bine streichelte Katjas Arm und flüsterte ihr immer wieder etwas ins Ohr, worüber beide lachten. Ich klammerte mich an die Hallenbauten, die auf das Schuttkontor folgten, und befürchtete, dass Bine ihr von meiner Mutter erzählt hatte, die ins Irrenhaus musste, weil sie keine Mutter sein konnte. Dass ich mir den Kajalstift so schlimm ins Auge gestochen hatte und zwei Tage mit der hässlichen Sonnenbrille meines Vaters herumlaufen musste, oder von den puckernden Quaddeln auf meiner Haut, die ich bekam, wenn ich zu lange im Chlorwasser badete. Im schlimmsten Fall hatte sie verraten, dass ich sie im Garten von Frau Klinge bei unserem zweiten Kuss mit viel zu spitzer Zunge geküsst hatte. Bine nannte mich hinterher im Scherz einen Zahnstocher und ich traute mich danach nie wieder, sie zu küssen.

»Jetzt kommt die Kurve«, sagte ich, woraufhin Katja ihren Ranzen auf meinen Schoß warf und über mir die schmale Fensterkassette aufhebelte. Sie ließ ihren Oberkörper nach draußen gleiten und blieb auf dem Fensterrahmen sitzen. Der Zug wurde langsamer und zog mit einem Ruck nach rechts, sodass Katja fast aufs Gleisbett geschleudert wurde und sich gerade so an der Innenkante des Dachs festhalten konnte.

»Willst du mich umbringen? Du hast doch gesagt, der Zug biegt nach links!«

»Der biegt eigentlich immer nach links!«

Ich überlegte, ob meinem Vater beim Nachbau der Strecke ein Fehler unterlaufen war. In seinem Modell kamen nach der Linkskurve das Zuckersilo und der Kaliberg, die Ackerflächen der Bauern Putz und Noltemeyer, dahinter die Waldstrecke vor der zweiten Haltestelle. Bei ihm verlief die Schnellstraße links entlang der Schienen und nicht rechts. Die Autos hupten, als sie Katja entdeckten, die schon halb aufs Dach geklettert war und sich nur mit einem Fuß auf dem Rahmen abstützte. Ich wurde unruhig, weil wir weder am Zuckersilo noch am Kaliberg vorbeigekommen waren. Auch bei den eintönigen Feldern, die auf Bines Seite vorbeizogen, war ich mir nicht sicher, ob es sich tatsächlich um die Äcker von Putz und Noltemeyer handelte. Über uns lief Katja mit extra schweren Schritten auf der Dachfläche auf und ab und rief uns etwas zu, das im Klackern der Schienenräder unterging. Ich wartete auf das Zughorn, das jeden Augenblick den ersten Übergang ankündigen musste, der ungesichert den Feldweg kreuzte.

»Du hast ihr von uns erzählt! Nein – du hast ihr alles erzählt!«

Bine starrte auf den Boden. »Mensch, Pilly, Katja ist doch nicht blöd.«

»Wann?«

»Im Garten. Nachdem du zu deiner Mutter bist. Was macht die denn da oben?« Bine steckte ihren Kopf durch das Oberlicht, um nach Katja zu sehen.

Ihre Schritte waren nicht mehr zu hören. Der Zug hatte kein Warnsignal gegeben und hätte längst auf der Waldstrecke sein müssen. Stattdessen fuhr er noch immer neben Feldern, die ich nicht zuordnen konnte.

»Ich habe keine Lust mehr auf euren Mist. Ihr seid doch beide total krank. Katja lügt die ganze Zeit, und du bist einfach nur eingebildet. Dir ist alles scheißegal, aber das liegt ja in der Familie. Deinem Vater bist du auch scheißegal …«

»Mensch, jetzt halt doch mal die Klappe! Sie ist weg!«

»Was?«

»Katja ist weg!«, schrie Bine, und im selben Augenblick bremste der Zug so heftig, dass wir von unseren Sitzen gerissen wurden.

26

Waltraut war keine Schlechtwetterfrau mehr, dachte Martin, als sich ihr Schlüssel wie früher im Zylinder verhakte und sie kurz darauf im Sommerkleid hinter ihm stand. Weder hatte es am Tag ihrer Ankunft geregnet noch an irgendeinem anderen danach. Sie sah ihm beim Reden in die Augen und nicht mehr an ihm vorbei. Die Zutaten in ihrem Einkaufsbeutel ließen nicht auf ein Gericht schließen, hinter dem sie sich beim Kochen wie früher verstecken wollte. Martin deutete das als gute Vorzeichen, und er hätte alles dafür getan, damit sie sich einlösten. Er war fest davon überzeugt, dass sich jemand wie Waltraut bei der Heimkehr besonders willkommen fühlte, wenn alles so aussah wie immer. Das in die Ehe Gebrachte stand an den richtigen Stellen, er hatte die Vorhänge bei Brunig waschen und mangeln lassen und sie in der Mitte so festgebunden, wie Waltraut es hübsch fand. Am Morgen hatte er den Kuckuck absichtlich nicht aufgezogen und sich zweimal rasiert.

»Ich brauche eine Zigarette«, stöhnte Waltraut und suchte die Küche nach einer Schachtel oder nach Veränderungen ab. Sie stellte den Beutel vor sich auf den Tisch und setzte sich auf ihren alten Platz am Fenster. Die Schatten der Platane kamen Martin zuvor und umarmten sie zur Begrüßung. Er schloss den Schnapsschrank auf, in dem nur noch die Packung F6 lag, die er Pilly abgenommen hatte.

»Ich dachte, du rauchst nicht mehr.«

»Nur, wenn ich sie im Nachttisch unserer Tochter finde.«

Martin steckte sich zwei Zigaretten zwischen die Lippen und zündete sie am Toaster an. Sie saßen schweigend voreinander und stießen den Rauch abwechselnd gegen die Decke, als schwebte über ihren Köpfen etwas Bedrohliches, das auf keinen Fall zu ihnen herabsinken durfte. Kurz befürchtete Martin, sie hätten sich nichts mehr zu sagen.

»Alles wie immer hier«, sagte Waltraut und bog ihren Oberkörper zur Küchentür, durch die der Blick auf den Flur und den Kuckuck im Wohnzimmer fiel. »Wo ist Pilly?«

»Im Eisenbahnzimmer. Ich bekomme sie nicht mehr von den Schienen los.«

Auf der Wache war ausgerechnet Brandkommissar Harnisch beauftragt worden, Pilly und ihre Freundin an die Eltern zu übergeben. Die anderen Kollegen waren in der Kaffeepause. Martin trat in sein Büro und fühlte sich ähnlich klein wie an dem Tag, an dem er auf demselben Stuhl wie jetzt Pilly gesessen hatte und zu den Vorgängen in der Kolonie hatte aussagen müssen. Die Vietnamesen, die beiden Mädchen, sie hätten Glück gehabt und seien erstversorgt worden, nur die Ursachenforschung stehe noch aus. Auf Pillys Stirn klebte ein viereckiges Pflaster. Anders als ihre Freundin weinte sie erst, als auf dem Heimweg die Spitze des Wachturms über den Sträuchern des Haselecks am Anfang der Elbpromenade auftauchte.

»Das ist alles meine Schuld.«

»Wir wissen doch gar nicht, was passiert ist. Vielleicht sitzt sie längst auf der Wache und wartet auf ihren Vater.« Martin trat auf der Stelle.

»Wenn sie nicht aufs Dach geklettert wäre, dann hätte sie jetzt auch nur ein Pflaster.« Pilly drückte mit dem Zeigefinger auf ihre Stirn und zog ihn wieder weg, als hätte sie eine heiße Herdplatte berührt.

»Du kannst nichts dafür, dass sie unbedingt aufs Dach wollte.«

»Ich habe ihr aber gesagt, wo der Zug langsamer wird.«

»Das ist bestimmt nur ein harmloser Streich.«

Martin griff nach den Schultern seiner Tochter und hockte sich vor sie auf die Steine. Er war nicht gut in solchen Gesprächen. Im Blick des Brandkommissars hatte etwas Schweres gelegen, und Martin hatte sofort gewusst, dass das Mädchen längst geborgen worden war.

Den Rest des Wegs nahm er Pilly an die Hand wie früher, wenn er mit ihr zu den Eichen spaziert war, weil sonst nichts half. Zu Hause beugte sie sich sofort über die Schienen der Reichsbahn und suchte nach dem Fehler im Gleisplan, doch auch Martin konnte sich die Rechtskurve nicht erklären, die der Zug an der beschriebenen Stelle genommen hatte. Er kannte die Streckennetze der Altmärker Haupt- und Nebenbahnen auswendig. Mit den Gebietsreformen war alles, sogar die Bahn im ehemaligen Bezirk Magdeburg, unberechenbar geworden.

Pilly suchte im Karton mit der Aufschrift *Dieselhydraulik* nach dem richtigen Modell.

»Guck mal nach DR 171/172. Das ist der Nachfolger der VT 2.09. Die Reihe kam aus dem Bautzener Werk.« Martin wusste nicht, was er sonst sagen sollte. »Der wurde später dann im Waggonbau Görlitz produziert. Seit Januar heißen die 771 und 772.«

»Kannst du einfach mitsuchen?«

Er atmete zweimal tief durch und versuchte sich zu akklimatisieren. »Da ist er doch schon.« Er stellte den Schienenbus auf den richtigen Modellabschnitt und wollte sich nicht vorstellen, wie Bergmanns Tochter von dessen Dach gestürzt war.

»Es gibt eine alte Strecke, die am Schuttkontor vorbeiläuft.«

»Wir sind an den Hallen vorbeigefahren!«

»Die ist aber eigentlich seit Jahren nicht mehr in Betrieb.«

Pilly rupfte die Schienen am linken Ende des Modellbretts zwischen Salzwedel und Oebisfelde auseinander und versuchte, die Teile an der Ostseite des Orts zu verlegen.

»Ich brauche ein Kurventeil. Schnell!«

Martin knirschte mit den Zähnen und pflückte eins aus der Schleife der Harzer Schmalspurbahn.

»Das passt nicht! Das passt alles überhaupt nicht zusammen!«, schrie Pilly und trat zu. Sie stampfte den gesamten Ort in den Erdboden. Die Kasernen stürzten in sich zusammen, und vor ihnen knickten die Straßenlaternen auf halber Höhe ab, ließen ihre Köpfe wie vom Blitz getroffene Bäume hängen. Das Hauptgebäude des Betonwerks bekam die Risse, die es inzwischen ohnehin besaß, Krämerbrücke, Zwinger und Völkerschlachtdenkmal flogen hoch in den Schweriner Bezirk. Pilly zerlegte die Reichsbahn ab Erfurt so weit nach Norden, dass nur der Rasende Roland seinen alten Fahrplan beibehalten konnte.

»Die Kleine kommt nächste Woche unter die Erde«, sagte Waltraut, lüftete die Küche und kippte zwei Konserven Ravioli in einen Topf. »Einen schönen Grabstein hat er sich ausgesucht. Sieht fast so aus wie dein Greppiner Klinker.«

Martin freute sich, dass sie sich daran erinnerte, wie gerne er die gelben Ziegelsteine am Magdeburger Hauptbahnhof hatte. Über zwei Wochen war er Bildaufnahmen durchgegangen, um sie seinem Modell originalgetreu aufzupinseln. Er wollte nicht über die Beerdigung reden, sondern Antworten auf die Fragen, die er sich immer wieder neu zurechtgelegt hatte, doch wie früher fehlten ihm in Waltrauts Gegenwart die Worte. Sie ließen sich nicht zu sinnvollen Sätzen verbinden oder zu Fragen zusammensetzen. Martins Mutter hatte immer mit Quacksalberweisheiten um sich geworfen, um seine Ehe zu flicken. Gib der Frau nicht zu viel Zucker, nimm ihr hin und wieder die Butter vom Brot, und wirf auf keinen Fall das Handtuch. Kurz vor seiner Hochzeit riet sie ihm, den Ochsen nicht hinter den Pflug zu spannen, und kurz vor Pillys Geburt, nicht derjenige zu sein, der mit dem Klammerbeutel gepudert ist. In ihrer Welt setzten sich Männer durch und ließen sich von ihren Frauen nicht mehr als nötig gefallen. Das stand im völligen Gegensatz zu der Ratgebersendung im Dritten, die Martin sich nur ansah, wenn er zufällig während ihrer Sendezeit aufwachte. Dort hatte einmal ein Experte behauptet, dass die moderne Frau sich bei der Partnerwahl für Männer entscheidet, die Gefühle zeigen und aussprechen können. Aber weil Martin den neuen Kanälen im Fernsehen so wenig traute wie früher seiner Mutter, saß er schweigend am Tisch wie immer, bewunderte Waltrauts perfekt geratene Beine, die in einen perfekt geratenen Rücken übergingen, und hoffte, die sinnvollen Sätze setzten sich von selbst zusammen. Waltraut würde heute nicht über die Aussichten dieser Ehe sprechen, sondern irgendwann damit rausrücken, dass sie das Kind mitnehmen möchte, und dann würde sie die Rahmenbedingungen verhandeln, schließlich die Scheidung. Martin beschloss, es wie der Kommissar in seiner Vorabendserie zu machen. Der kam immer zu seinen Antworten, ganz ohne Fragen zu stellen.

»Dem Kind hat eine Mutter gefehlt.« Er überließ Waltraut, ob sie die Aussage auf das verunglückte Kind vom Bergmann oder auf ihre Tochter beziehen wollte. Sie legte den Kochlöffel in die Spüle, zündete sich eine zweite Zigarette am Toaster an und setzte sich zurück auf ihren Platz am Fenster.

»Martin, ich weiß, worauf du hinauswillst. Tu's nicht.« Sie inhalierte den Rauch durch die Zähne. »Ich bin damals nicht wegen, sondern für Pilly weggegangen. Das versteht ihr nur alle nicht.«

»Und du verstehst nicht, dass es uns nie um das Warum ging.«

Waltraut vernebelte die Zimmerdecke und fragte in den Rauch: »Bist du noch bei mir? Weil, wenn nicht, kann ich auch wieder gehen.«

Martin nickte und erwiderte: »Für dich ist alles neu, aber wir hier sind noch dieselben. Das musst du auch mal begreifen.«

Wie früher, wenn er mit Waltraut unter dem Juwel-Regenschirm im Platzregen spaziert war, reichte sie ihm die zweite Zigarettenhälfte und schwieg sich aus.

Als sich die Zweifel seiner Mutter auch in ihm verfestigt hatten und dadurch der Inhalt des Laternenkoffers immer weiter angewachsen war, hatte Martin an jedem zweiten Freitag im Monat vor Schichtbeginn einen Umweg über den Friedhof gemacht und hinter dem Gewächshaus der Gärtnerei gestanden. Er beobachtete Waltraut, die hinter den beschlagenen Scheiben die Trittflächen zwischen den Pflanztischen fegte und die Belüftungsfenster prüfte, bevor sie Richtung Kirchhof über den Staketenzaun des Rohlinglagers vom Steinmetz kletterte. Ihre Schritte klangen immer etwas zu fest. Immer etwas zu entschlossen.

Martin war es nie darum gegangen, Ordnung bei den Fuchsschwestern herzustellen. Ihn interessierten die Anweisungen der höheren Werketage nicht und auch nicht das Programm der Kirchengruppe, die vom halben Ort ins Lächerliche gezogen wurde. Er wollte Waltrauts Gang entschlüsseln und ihrem Kuchenblick auf den Grund gehen. An einem viel zu langen Stammtischabend hatte er sich Schrauben-Hiller anvertraut, der sich mit komplizierten Frauen am besten auskannte. Um sicherzugehen, müsse man Stichproben nehmen, meinte der. Die Qualitätskontrolle einer Ehe unterscheide sich nicht von der einer Farblieferung.

»Mindestens vier Eimer, Martin«, hatte Hiller gelallt. »Man darf nie nur einen Eimer pro Palette öffnen.«

Martin brauchte eine Weile, bis er verstand, was damit gemeint war, und stellte ihr danach nicht mehr nur an den Kirchenfreitagen nach, sondern auch an den Dienstagen, an denen sie sich mit Frau Bandau bei Riesels zum Mokka traf. Er machte sich Notizen, wann welche Dinge in den Transporter geräumt wurden und an welchen Tagen sie in die Kantine zu ihrer Schwester fuhr. Die grellen Nachtschichten dehnten sich ins Unerträgliche, weil er sich tagsüber verausgabte, anstatt wie seine Kollegen vorzuschlafen. Einmal nickte er am Band kurz ein und wachte gerade rechtzeitig auf, bevor es ihn unter die Stanzen zog. Doch der Laternenkoffer enthielt trotzdem keine Hinweise auf die Gründe für Waltrauts Kuchenblick oder ihren entschlossenen Gang. Er brachte in Erfahrung, dass sie ihren Mokka mit Kondenssahne trank und immer dann in die Kantine ging, wenn Eli frischen Fisch anlieferte. Tagsüber schob sie Mittagsblumen oder Kranzrohlinge aus Weide und Clematis in den Wagen, die Orchideen für den Handel unter der Tischkante verließen das Gewächshaus erst nach Einbruch der Dunkelheit. Betrat Waltraut ein Gebäude, war Martin davon überzeugt, sie würde es im nächsten Moment mit dem Mann verlassen, für den sie ihre Reisetasche packte, doch jedes Mal kam sie allein wieder heraus. Selbst Schrauben-Hiller war sich plötzlich nicht mehr so sicher, ob es diesen Mann außerhalb von Martins Fantasie überhaupt gab. Schnaps mache paranoid, hatte er gesagt und dreimal nachgeschenkt. In seiner letzten Notiz schrieb Martin, dass Zielperson W. J. die Beteiligung an in Verbindung mit der Kirchengemeinde stehenden Konspirationstreffen nicht nachzuweisen sei. Lediglich die zweckentfremdete Nutzung der Räumlichkeiten für die Aufzucht von Grabfloristik in der Straße des Aufbaus 4–6 könne als gesichert gelten. Nach Waltrauts letztem Abschied hatte Martin einen Umschlag fertig gemacht und war durch einen scharfen Novemberwind ins Werk gelaufen. Er warf ihn ins Postfach des Genossen, und die Bögen trafen stumpf auf Metall, wie seine Steine die Flanken des Nachbarhundes.

Als Waltraut nach dem Essen durch die Wohnung wanderte, beobachtete Martin, wie sie nicht nach Dingen Ausschau hielt, die sich in ihrer Abwesenheit verändert hatten oder gleich geblieben waren. Sie sprach auch nicht von Scheidung und erläuterte auch nur kurz die Rahmenbedingungen, sollte sich Pilly dazu entschließen, mit ihr mitzugehen. Er versuchte die Worte Umzug, Besuchsrecht und Unterhalt in einen sinnvollen Zusammenhang zu bringen, während Waltraut den erfreulichen Zustand der Vorhänge und das Arrangement der Efeututen im Bücherregal kommentierte, das er in der neuen Kaufhalle in einer Illustrierten gesehen hatte. Ihre Hände griffen etwas zu entschlossen nach den Dingen, die sie nicht in der Ehe zurücklassen wollte. Sie riss ihre

Bücher wie Pflaster aus den Fächern, und Martin atmete tief durch. Er versuchte, sich nicht an den Lücken zu stoßen, die sie in den nach Größe und Farbe sortierten Reihen hinterließ, und schaltete den Fernseher ein.

Auf einem der neuen Sender lief die Wiederholung seines Vorabendkrimis. »Schauen Sie in den Spiegel, und dann haben Sie Ihren Beweis«, raunte der Kommissar dem Täter zu. Waltraut verteilte die Dinge auf dem Boden der Kiste, die Martin vor Tagen so sorgfältig ausgeräumt hatte, und er erschrak, wie viel Platz darin noch war. Ein weiteres Leben hätte in den Karton gepasst, ein neues, das man nicht anfangen wollte, dachte er.

»Kannst du dir das vorstellen? Mir passt keine der Blusen mehr!«, rief Waltraut aus dem Schlafzimmer, und Martin rief zurück, dass sich das gut treffe, weil für die Vietnamesen vor allem Kleiderspenden dringend benötigt würden.

27

Auf Katjas Beerdigung sprach der Pfarrer von den Möglichkeiten, die im Tod eines geliebten Menschen lägen. Trauer und Verlust würden Schmerz und Tränen bringen, aber auch Erlösung und Neuanfänge, in denen man sich nach dem Licht ausrichten könne. Wenn ein Mensch so jung gehen muss, hat uns der Herr nicht verlassen, sondern ist im Gegenteil ganz nah. Ich verstand, was Frau Klinge an den Leuten in der Kirche verwirrend fand. Auch die Orgel zwischen den Reden klang durcheinander, als könnte sie sich nicht entscheiden, ob sie eine Pfeife oder doch ein Klavier aus Metall sein wollte. Der halbe Ort quetschte sich auf die Kirchenbänke, und die meisten vergruben sich hinter Taschentüchern, obwohl sie Katja nicht wirklich gekannt hatten. In der ersten Reihe saßen Genosse Bergmann und Katjas Verwandte, die für die Beerdigung angereist waren. Sie hatte nie von ihrer Mutter gesprochen, nur dass sie schon vor Jahren mit ihrem älteren Bruder in eine Nachbargemeinde gezogen war und sie ihr das nie verziehen hatte. Sie besaß ihre Locken, und ich stellte mir vor, dass Katja in zwanzig Jahren haargenau so ausgesehen hätte. Meine Eltern, ich und Bine durften hinter Katjas Familie sitzen, nur dass ich neben Bines Mutter Platz nehmen musste, die ihre Tochter von mir abschirmte. Wir hatten seit dem Unfall nicht mehr miteinander geredet und gingen uns auch auf dem Schulhof aus dem Weg. Alle drei Klassen, die Katja besucht hatte, und einige ihrer verhasstesten Lehrer verteilten sich auf den übrigen Bänken und weinten, sogar der Rektor war gekommen und hatte im Namen der Schule einen Kranz gestiftet. Ich dachte, dass Katja diese Art von Aufmerksamkeit gefallen hätte, weshalb ich versuchte, mein Taschentuch nicht zu benutzen. Erst als ihre Stimme in meinem Kopf sagte: »Bitte tu mir den Gefallen und sei traurig«, platzte es aus mir heraus, aber ich konnte mir nicht vorstellen, dass in dem Sarg wirklich Katjas Körper lag.

Niemand wollte mir erzählen, wie man sie aufgefunden hatte. Meine Mutter hatte nur gesagt, dass sie nicht auf, sondern neben den Schienen gelegen hatte, an einem Spargelfeld, und mein Vater war der Frage ganz ausgewichen. Er hatte immer wieder angefangen, von Gleisverwerfungen zu reden, die während besonders heißer Sommer vorkommen konnten und die Züge von den Schienen schubsten. Und dass nicht ich schuld an dem Unglück war, sondern die von der Bundesbahn veranlassten Gleisarbeiten und Fahrstreckentests.

Die ersten Tage nach dem Unfall versuchte ich mich an den genauen Moment zu erinnern, in dem Katjas Schritte über uns verstummt waren. Ich versuchte zu rekonstruieren, wie sie vom Zugdach in den Sarg gelangt war. Die Wege des Herrn seien unergründlich, hatte der Pfarrer seinen Nachruf begonnen, doch ich brauchte eine Begründung. Manchmal sah ich sie wegen eines maroden Gleises vom Dach stürzen und ihren verdrehten Körper neben dem Spargelfeld liegen. Dann wieder sah ich sie nackt vor mir im Teich, die Haut übersät von Brandblasen, und ich dachte an die Oberleitungen, die mir erst am Bahnhof kurz vor Stendal aufgefallen waren, als uns der Zugführer mit zitternden Händen aus dem Waggon geholfen hatte. Mein Vater hatte mir erklärt, dass der Schutzabstand zwischen Zug und Leitung anderthalb Meter betrug. Bei einer Hochspannung von fünfzehn Kilovolt hätte für Katja erst ab einem Abstand von fünfzehn Zentimetern zu den Kabeln Lebensgefahr bestanden. Ich ärgerte mich über meine Drei in Mathe, denn meine Versuche, die dreieinhalb Meter Zughöhe mit ihrer Körpergröße und der Höhe der Oberleitungen zu einem Ergebnis zu bringen, liefen jedes Mal ins Leere. Ich wusste nicht, ob sie die ganze Zeit auf dem Dach gestanden oder auch gesessen hatte, ob das Gelände an der Stelle des Unfalls anstieg oder abfiel. Vielleicht wäre sie noch am Leben, wenn sie den Gewitterspruch gekannt hätte, wenn mir ein Reim auf Flatterulme eingefallen wäre oder ich nicht mit im Abteil gesessen und den Strom wie ein Magnet angezogen hätte. Obwohl mein Vater sich ganz sicher war, dass die Oberleitungen als Todesursache nicht in Frage kommen konnten, schon gar nicht bei den Ferkeltaxen und nicht auf dieser Strecke, dachte ich ständig an die 15 000 Volt und wägte nur andere Möglichkeiten ab, wenn ich sonst nicht weiterwusste. Sie konnte zwischen die Waggons gerutscht sein. Ein Baum, ein Mast, etwas Langes und Hartes konnte den Weg zurück in den Waggon verhindert haben, eine Schnellstraßenbrücke, vor der sie zu spät den Kopf einzog. Die Vorstellung, Katja läge nicht im Ganzen, sondern nur in einzelnen Teilen in ihrem Sarg, machte mir Gänsehaut. Deshalb stellte ich sie mir auf dem Rücken liegend vor, mit geschlossenen Augen und gefalteten Händen, ihr Gesicht von Locken und Feuerzeugsilber eingerahmt. Das Einzige, was ich nicht zuließ, war die Möglichkeit, sie könnte mit einem Kind im Bauch freiwillig vom Zugdach gesprungen sein.

Als der Pfarrer seine Predigt beendet hatte, trat Genosse Bergmann ans Pult und fasste mit zittriger Stimme Katjas Kindheit zusammen. Er nannte sie ein »braves Mädchen«, das »folgsam« und »lernfreudig« gewesen sei, redete von ihren Errungenschaften als Jungpionierin und davon, welchen Beitrag sie zu einer engagierten Jugend geleistet hatte, aber er schien seine Tochter nicht besonders gut gekannt zu haben. Nach seiner Rede hätte ein Song von The Cure kommen müssen und kein Pionierlied, das auf seinen Wunsch von unserem Schulchor vorgetragen wurde und die Haarmuschel meiner Mutter knistern ließ. »Unfassbar«, raunte sie und verbarg ihre Grimasse hinter einem Tempotaschentuch.

O lasset uns im Leben bleiben
Weil jeden Tag ein Tag beginnt
O wollt sie nicht zu früh vertreiben
Alle, die lebendig sind

Katjas Klassenlehrerin aus dem Vorjahr beschrieb sie nicht als brav und folgsam, sondern als »gerissen« und »temperamentvoll«. Sie zählte kluge Köpfe auf, die sich wie Katja durch »Willensstärke« und »Abenteuergeist« ausgezeichnet hatten und die wie sie alle zu früh aus dem Leben geschieden waren. Sophie Scholl und Anne Frank waren die Einzigen, die auch ich kannte. Sie schloss mit einer Anekdote, in der Katja das Klassenbuch wegen eines Tadels aus ihrem Schreibtisch entwendet hatte. Danach habe sie sich beim Hausmeister freiwillig für die Gartenarbeit angemeldet, um an einen Spaten zu kommen. Es blieb ihr schleierhaft, wie Katja es geschafft hatte, das Buch mitten auf dem Schulhof in einem der Blumenbeete zu vergraben. Erst ein

Jahr später habe sie den Diebstahl zugegeben und auf zwei Tadeln bestanden. Ich fand es geschmacklos, auf einer Beerdigung über ein beerdigtes Klassenbuch zu reden, aber alle anderen mussten so lange über die Geschichte lachen, bis Katjas Vater und ein paar Männer vom Stammtisch den Sarg anhoben und langsam aus der Kirche trugen. Ihr Grab lag nicht weit entfernt von Frau Wenzels Sohn, und deshalb wuchs ganz in der Nähe ein Brombeerbusch. Katja bekam so viele Kränze, dass die Grube vollständig von ihnen eingerahmt war. Als ich an die Reihe kam, türmten sich auf dem Sargdeckel rosa und weiße Rosen. Ich hatte meine Mutter gefragt, welche Blumen man jemandem schenken soll, von dem man enttäuscht worden war, den man aber trotzdem vermisste. Sie riet mir zu einem Bund aus Hornveilchen und Sonnenblumen, doch ich fand, dass das Gänseblümchen nicht fehlen durfte. Der Strauß wirkte unbeholfen, die Blumen passten nicht zusammen, egal in welche Ordnung ich sie brachte. Die riesigen Köpfe der Sonnenblumen drängten sich immer wieder in den Vordergrund und begruben die zarten Hornveilchen und die Büschel Gänseblümchen von der Wiese des Kasernenhofs unter sich. Ich fand, dass er genau deshalb gut zu unserer Freundschaft passte. Zum Abschied umarmte mich Katjas Vater und drückte mich gegen seine Brust, bis ich husten musste.

»Entschuldige. Du hast gerade wie meine Tochter gerochen.«

Ich gab ihm die Hand und verschwieg, dass ich Katjas Hemd unter der schwarzen Bluse trug.

Ohne zu wissen, ob ich in das leere Zimmer über dem Blumenladen einziehen würde, hatte mich meine Mutter an einer evangelischen Privatschule angemeldet. Dort würde man herzliche Schuluniformen tragen. und mittags kochten einem die Schwestern vom Stift Gemüse aus dem schuleigenen Garten. Sie fragte mich, ob ich mich noch an Peter erinnerte, der uns damals an der Ostsee besuchen gekommen war. Ihm hätten wir den Platz zu verdanken, weil er inzwischen dort als Lehrer arbeitete. Ich wollte keine Uniform tragen oder von verwirrten Nonnen bekocht werden, aber am wenigsten wollte ich bleiben. Ich bekam kaum Luft, wenn ich im Hof an der Röhre vorbeilaufen musste oder jemand anderen als Katja auf dem Stromkasten sitzen sah. Sobald in der Ferne ein Zug vorbeifuhr, wurde mir so schlecht wie Katja nach einem Glas Dillgurken, und sah ich am Ende der Kasernen den Wachturm, fiel mein Blick sofort auf die roten Vorhänge in ihrem Fenster.

Am Tag unserer Abreise rief ich im Hospiz an. Eine Pflegerin atmete gehetzt durch die Nase in den Hörer.

»Wir können es probieren«, blies sie in die Sprechmuschel und stellte den Anruf auf einen anderen Apparat um. Das Hospizgebäude schien nicht enden wollende Korridore zu besitzen, denn es dauerte ein paar Minuten, bis die Pflegerin erneut abnahm und wiederholte: »Wir können es probieren.«

»Pilly, mein Kind, bist du das?«

Frau Klinge klang, als würde der Telefonhörer neben ihr auf dem Kissen liegen und das Gebiss nicht richtig sitzen. Trotzdem war ich glücklich, ihre Stimme zu hören. Sie verjagte das Bild des viel zu spitzen Kinns und der pechschwarzen Mundhöhle vom letzten Besuch im Krankenhaus.

»Ja, wie geht es dir denn?«

»Danke. Wir möchten zufrieden sein.«

»Hast du Schmerzen?«

»Ach, i wo.« Sie lachte und ließ sich von der Laube erzählen. Ich berichtete von den gerade noch rechtzeitig gepflückten Pfirsichen, die mein Vater aufgeschnitten und zu Marmelade verarbeitet hatte, davon, dass die Hühner sie vermissten und deshalb weniger Eier legten und dass die Schwalben ihre Nester verlassen hätten. Dann erzählte ich von Katja und meiner Mutter. Sie hörte zu und sagte immer wieder »ach so«, ihre Stimme rutschte dabei weg, als würde sie eine Frage stellen. An besonders schlimmen Stellen stieß sie ein »Oh« oder ein »Herrje« aus.

»Es liegt nicht an dir, aber ich bin heute etwas mulpzig.«

»Das ist verständlich«, sagte ich, ohne zu verstehen, was damit gemeint war.

»Ist vielleicht nicht das Schlechteste, wenn du mitgehst.« Frau Klinge klang plötzlich windig. »Ihr müsst Zeit aufholen.«

Wir schwiegen etwas länger, nur ihr Atem rauschte in mein Ohr, als stünde sie mitten in einem Sturmgebiet. Im Normalfall hätte sie sich sehr viele Nadeln auf einmal aus ihrer Frisur gezogen. Ich spürte, wie es sie jeden Augenblick aus dem Gespräch wehen würde, und traute mich, nach dem Bild im verbotenen Marderzimmer zu fragen.

»Ich musste an den Rasenmäher«, begründete ich meine Entdeckung, und die Pflegerin schnaubte mir ins Ohr: »Und ich muss weiter. Deine Großmutter ist leider nicht die einzige Patientin hier. Probiere es morgen noch mal.«

Sie legte auf, und die Stille am anderen Ende der Leitung breitete sich im Wohnzimmer aus, bis meine Tanten an der Tür Sturm klingelten, weil sie ihren Lada in zweiter Reihe geparkt hatten. Mein Vater musste dreimal laufen, um die Kisten aus meinem Zimmer auf der Ladefläche zu verstauen, und ich war froh, dass die Grünlilie an ihrem Platz am Fenster blieb, Rübe Langohr am Kopfende meines Bettes auf mich warten würde und der Zug, den wir nehmen mussten, keine Ferkeltaxe war. Als er einfuhr und zum Stehen kam, bildete meine Mutter mit meinen Tanten eine Kette, um das nicht enden wollende Gepäck durch die Tür zu hieven.

»Die Herbstferien bist du wieder hier, und dann machen wir die Laube fest für den Winter«, sagte mein Vater mit einem Seitenblick zum Schaffner und beantwortete schnell alle Fragen, die ich sonst noch hatte. »Wir telefonieren jeden Abend, und wenn ich was Neues von Hedwig höre, sage ich dir Bescheid.«

»Du musst im Hospiz vorbeifahren und ihr das Bild bringen, das im Garten über ihrem Bett hängt. Sie muss es jeden Morgen anschauen.«

Mein Vater nickte und zog mich an sich. Der Stoff seines Hemds raschelte. Es roch nach Stein und trockenem Sand.

Tante Eli gab mir einen Kuss und steckte mir ein Foto zu, das sie aus einem der Familienalben genommen haben musste. Es zeigte uns alle zusammen vor dem Imbiss. Keiner sah abgeschrieben aus, nur Tante Eli stand auf einem Bein, weil der Selbstauslöser zu schnell war und sie es gerade so vor die Linse geschafft hatte.

Ich stieg ins Abteil, in dem meine Mutter mit Tante Fuchs Kisten rangierte, und setzte mich auf einen Platz am Fenster. Es fiel mir schwer, meinen Vater auf dem Bahnsteig anzusehen, der jedes Mal zu winken anfing, wenn ich mich doch überwand. Ich versuchte, dem Zurückgelassenwerden, das er sich aus dem Handgelenk schüttelte, keine Beachtung zu schenken, und stattdessen an das rote Backsteinhaus mit dem Blumenladen meiner Mutter zu denken. Ich stellte mir ein hübsches Geschäft vor, Vasen voller Schnittblumen und Weidenkörbe, aus denen Blüten fluteten, ein Ladenschild mit alter Schrift und darüber das Fenster zu meinem Zimmer. Mein Vater legte seine Hand gegen das

Zugfenster, und ich fühlte mich schlecht, weil das Stofftaschentuch in seiner Hemdtasche nicht mehr ordentlich gebügelt war. Es hing faltig vor seiner Brust wie eine Ansteckblume, und mich überkam das mulmige Gefühl, es in dieser Situation niemandem recht machen zu können. Unsere Handflächen lagen aufeinander, zwischen uns Glas. Mit dem zweiten Pfiff des Schaffners schaffte es auch Tante Fuchs in die Gruppe der Winkenden. Mein Vater trabte neben unserem Abteil her und hielt sich so lange an der Scheibe fest, bis der Zug zu schnell wurde.

»Komisch?«, fragte meine Mutter und ich antwortete:

»Wie lange dauert die Fahrt?«

»Nicht lange. Peter wartet schon am Bahnhof und hilft uns mit den Kisten.«

Der Zug beschleunigte und zog mit einem Ruck in die gefährliche Kurve am Übergang neben dem Bandauer. Die Hauptstraße war leer wie der Spielplatz, der zwischen den Brachen der Kasernen aufflackerte wie ein Traumgespinst. Die Wände des Waggons knarrten, und kurz bildete ich mir Schritte ein, die über meinen Kopf hinwegstampften. Sie liefen in Richtung des Betonwerks, das hinter der Scheibe auf die Größe eines Lochsteins schrumpfte.

Danksagung

Mein Dank gilt allen, die mich auf der Reise, diesen Roman zu schreiben, von Anfang an unterstützt und ermutigt haben:

meiner Familie, allen voran Barbara Ivusic, und meinen Eltern. Benjamin Brückner, der Agentur Graf & Graf, der Klett-Cotta-Familie und dem Tropen-Team um Sarah Iwanowski und Tom Müller, Oliver Vogel, Moritz B.N. Pfaff, Ally Klein, Olivia Kuderewski, Katja Kullmann, Florian Valerius, dem Literarischen Colloquium Berlin (insbesondere der Jury des Alfred-Döblin-Preises 2023), der Berliner Senatsverwaltung für Kultur und Gesellschaftlichen Zusammenhalt, die das Projekt im Rahmen des Arbeitsstipendiums für deutschsprachige Literatur gefördert hat.

www.tropen.de

Arno Frank
Seemann vom Siebener
Roman
240 Seiten, gebunden mit Schutzumschlag
ISBN 978-3-608-50180-3

Ein Sommertag, der das ganze Leben erzählt

Es ist heiß. Freibadwetter. Da sind das Schwimmbecken, die Liegewiese und der Sprungturm mit dem Siebener, der gesperrt ist seit dem Unglück damals. Aber die Vergangenheit lässt sich nicht ewig abriegeln. Das weiß Kiontke, der Bademeister, so gut wie alle anderen hier. Wie Joe und Lenny, oder Isobel, die immer mehr im Gestern lebt. Für sie alle ist das Freibad ein Ort, der ihren Lebensweg bestimmt. Mit feinem Humor und großem Einfühlungsvermögen erzählt Arno Frank vom Weggehen und Zurückkommen, vom Bleiben und der Suche nach dem Glück. Ein Buch, so leuchtend wie der letzte Spätsommertag.

www.tropen.de

Johannes Laubmeier
Das Marterl
288 Seiten, gebunden mit Schutzumschlag
ISBN 978-3-608-50168-1

Die schönsten Erinnerungen sind manchmal die, die es nie gab.

Die Zeit hat ihre eigenen Gesetze. Je länger etwas zurückliegt, desto stärker tritt es einem vor Augen. So geht es dem Erzähler mit seiner wundersamen Kindheit und dem großen Unglück seines zu früh gestorbenen Vaters. Um sein neues Leben zu retten, muss er sich seinem früheren stellen, den Wundern und Schrecken, den Torheiten und der Verklärung.

»Den Vater suchen, der doch längst nicht mehr lebt - eine Verrücktheit? Für Johannes Laubmeier eine notwendige Verwegenheit. Was im Leben nicht geht, gelingt ihm in der Literatur.« *Wolfgang Büscher*